JN113138

日本語を科学する

《和歌文学編》

塩谷 典

展望社

はじめに

『日本語を科学する』の応用篇として、倭民族が形成した最初の（文学）は『歌謡』であるのか、民話・神話が始めなのか、それとも同時並行状態で伴に関わり合って伝承されたものであるのか。不明な状態で今日に至っているという学会での状況から、このシリーズとしては両者それほどの時間的隔たりもなく進行発展してきたものと考え、それら古典に関して高等学校の古典教科書に、特に多く採択されているわが国の、古来伝承されてきた歌謡や、神話・民話・伝説などを採り挙げて、わが国の古典文学を各ジャンルに分けて、古典を読む基礎編に続いて、倭民族の成し得て来た文芸を、この巻から順次解説してゆきたい。

文芸としては、伝説や昔話、神話・民話と同じように上古の昔より伝わり、文芸として形成されたものには次に採り挙げる作品で、わが国の韻文における最古のものに視点を置いた。後述する第二章の初めにも陳べることになるであろうが、応用篇の第一編においては、説話物語を取り上げ、その初めに『古事記』の下巻の初めの仁徳天皇の記述に始まり、その最後が用明↓崇峻↓推古天皇で終結している。歴代天皇として次に続くのが、第三十四代の舒明天皇であり、皇極↓孝徳↓斉明↓天智天皇・・・・と続く。その点を意識して観ると、『万葉集』の扉の冒頭歌は、二十一代の雄略天皇の長歌であり、その次に舒明天皇の歌が続いて、その後に巻一・二のうちには舒明天皇后の歴代天皇の歌が順に採り挙げられている。

『古事記』の下巻で、最も長く記述されているのは、仁政をなした仁徳天皇に関する記録である。次いで長文を要して描かれている行（くだり）は『万葉集』の冒頭に歌われている雄略天皇の記録である。『古事記』下巻の初めが第十六代仁徳天皇であり、結びが三十三代の女帝推古天皇であって、『万葉集』の巻一の冒頭歌が二十一代まで戻って雄略天皇の長歌が挙げられている（詳しい解読に付いては本文で記述する）。

天皇が新しく領地とした春の大切な国見の儀式で、五穀豊穣を祈念して、国民総てが健やかに仕事を成し、安定した生活が可能なようにという前祝の儀式である。『万葉集』の編集者が、この長歌を冒頭に採り挙げたのは、この長歌が単なる私的な相聞歌ではなく、儀式の中での公の歌と見ているのである。それは次に続く雄略天皇の十三代後の天皇である舒明天皇の長歌を読めば理解できる（この詳細は後の本文で解説する）。

『古事記』下巻の最初に記述されている第十六代仁徳天皇の歌は、この『万葉集』には一首も採り挙げられていない。仁徳天皇は難波の高津宮に宮殿を築き、大和の将来を見通して難波地域の河川工事を始め、栗隈（クリクマ）の溝（ウナデ）（京都宇治）・大和和邇の池（奈良市）・河内感玖（カンク）の溝（ウナデ）（大阪河南町）など大阪平野全体を見渡して国家の繁栄と経済政策を初め、河川や低湿地帯を改良し、住民を水害から護り、農地の改良を推進して、農産物の生産力と国民の生活力の向上を諮った。この実情に付いては『古事記』下巻の後半部から次の記述に付いて『秦人（はたびと）を役（えだ）ちて茨田堤（まむたのつつみ）及茨田三宅（まむたのみやけ）を作り、・・・後に国中を見たまへば、国に煙満ちたり。《帰化人ノ秦人ガ人夫ノ仕事ニ出テ河内ノ国ニ茨田堤ト茨田屯倉（朝廷の直轄地）ヲ造リ、・・・ソウシタ後ニ仁徳天皇ガ御覧ニナルト、農家カラ朝食ノ準備ヲスル煙ガ国中ニ立チ上ガッテイタ。》』と記述され、高校の日本史の教科書には必ずこのような仁徳天皇の仁政が描かれている。然しこのような天皇の大后《石之日賣命（イワイノヒメノミコト）》の歌が、『万葉集』最古の歌として、巻二の冒頭に四首採択されているのを初め、その後四百年程に詠まれた歌が約四千五百首、二十巻に纏められている。次に採り挙げるのが、醍醐天皇の勅命により、紀貫之など数名の選者により、やはり『万葉集』に倣って二十巻約千百首の歌が編集された平安初期の歌集『古今和歌集』である。

　最後に鎌倉前期に、後鳥羽院が藤原俊成・定家父子や源通具など数人に勅撰集撰進の院宣を下して、二十巻千九百八十一首が纏められた『新古今和歌集』の中から、これも高校生に馴染む和歌を採り挙げて解説したい。

【日本語を科学する】《和歌文学編》●目次

巻第二

巻第三

巻第四・第五

巻第六

巻第七

【日本語を科学する】《和歌文学編》

第一章『和歌文学（やまとうた）』の概説

第一節「古代歌謡」の成立

一、『うた』の語源からの考察

日本民族の間において、『うた』が歌われてから、『和歌』として『古事記・日本書紀・風土記』などに記載されるようになるまでには、かなりの年月を経過している。和歌と言うことばは、嘗て遣隋使・遣唐使や学僧たちが、漢字や漢文を学んだ時期に、漢詩を「からうた」と呼んだのに対して、倭民族が歌った『うた』を「やまとうた」と区別して言っていた。その「やまとうた」の起源については、はるか以前に、倭民族が集団生活を始めた頃であるが、「息」を意味する「ウタナ（憂詫那）」の略語という『和語私臆抄』の記述があるが、古今和歌集の序文にその頃のこととして、須添之男命と下照姫を歌神と記しているのを初めに、最近の学説では『古語大辞典』によると『歓喜』を意味する「ヱ」の転音でワ行の「ウ」と、『歌謡』を意味する「ウタヒ「謡」」・「ウタゲ「宴」」から派生した言葉と言う説と、「神に自分の偽りのない真心を、声を張り挙げて訴え述べる」という折口信夫説が語源説にあり、更にもう一説、新村出説の「手拍子を打ち合って、「うたふ」の語幹が名詞化してできた言葉」という語源説もある。

これら六説の「うた」に付いての歴史やその発展進歩の過程を述べた論説などを読

むと、「うた」は、自然発生的な歓喜の声であり、皆が歌っているうちに誰も指導者がいなくて自然にリズムに合わせて手拍子を打ち、足を鳴らし、体を揺らしながら、その場で『舞踊』が出来た。その行動を繰り返しているうちに、周りに居る人たちも動かされ誘われて、全体が盛り上がる基本的な集団の自然発生性がある。特に、当時の人たちが労働・生産に互いが努力し合い、助け合い苦労を重ねた後の慰労の時に、自然に発声する歓声は、多くの実りを収穫した時であり、誰からともなく自然な喜びを感じ合って一斉に手拍子が発生する。そのような体験が繰り返し、気候の関係などにより断続的ではあるに違いないが継続して永い時を経て、一定の発声によって韻律が、つまり歌謡が作られたり、身体的な運動のリズムが創り出されたりする中で舞踊が成立したのであろう。一定の韻律になるまでにもかなりの時間はかかるであろうが、その部落の年長者がリーダーになって、先ずそのリズムや舞踊的基本を記憶し、祭などで神に祈り謡う時、その集団の構成員つまり村人は、それぞれに自らの気持ちを声に出し、動作を真似て踊ることによって、自分もこの集団（村）の一員であると感じた時に安心するのである。

それ以来、さらに「うた」だけに付いても『和歌（やまとうた）』と言われるまでを見ても、当時は地域や生活環境により、北海道から九州まで、海浜地区や山間地域により、その「うた」もリズムもまた手足や体の動きにも違いはあったと考えられる。そのような状況の中で歌い踊る過程を経て、歌と踊りの基本的形態が出来、更に修正を重ねながら舞踊という韻律に適応した一定の形態が出来た。「うた」や「おどり」の形態が出来ても、その後も、継続されてゆくことが重要である。リーダー一代で終わらず、何代も集団のリーダーによって引き継がれて、口誦伝承が伝統として成立した時、初めてその集団の文化となるのである。

前古代からの倭民族については、『魏志倭人伝（三国志）』にも記述されている通り、「大人に対しては跪いて話し、物を差し出すときには長い竿の先に着けて「まつらふ」」と述べている。この時の気心が神に対して祈願・鎮魂・感謝を述べる態度であり、「順ふ（まつろふ）」形態となって現れるところから、「まつる」という形を伴った行事を、名詞形にして「まつり」という文化を創り上げてきたのである。当時の「うた」にはその時々の代表者が（時代が下って天皇という立場の王が）民衆を代表して、威霊の籠った真言で国魂（くにたま）の神に対し「御魂触（みたまふり）」の儀式としての「祭」を形成していたとみる民俗学者の一学説がある。

この「祭」の時に謡う「うた」も、先のシリーズ『日本語を科学する』の第一・二篇で記述している「万葉仮名」を遣って、初めて記載文学として残されるに至るのである。然しその永い間、まだ文字を持たなかった日本民族の祖先の間では、盛んに歌われていたことであろうと推察される。それらの「うた（謡）」は、内容は単純で生活の中で感じた素朴単純な感情を、当時の口語で一字一音の万葉仮名により表記されたものでなくとも、一定の形態が固定し何代もの長い期間、伝統として継承されているような「うた」も「踊り」も伝統文化として、その集団の後世代に伝承され、やがては文化と認められるものになるのである。例えば万葉集の巻十八（4096）の短歌『大伴の遠つ神祖の…』・巻二十（4465）長歌―族に喩（さと）す歌一首―『久方の天の戸開き…大久米の丈夫武雄（ますらたけを）を先に立て…大伴の氏と名を負へる丈夫の伴』など兵部少輔であった大伴宿禰家持の歌を読むと、まさに三行前に記述した「…何代もの長い期間、伝統として継承されているような「うた」も伝統文化として、その集団の後世代に伝承され、やがて文化と認められる」という通りである。大伴氏と久米氏との関係は古く、共に軍隊の指揮官の任務を持っていたというのが通説であるが、当時の久米氏は熊襲の軍隊、つまり神武帝の東征当時には反体制側にあったという説もある。『古事記』（中巻）の神武帝の「東征」の項にも記述されているように、大和国家の統制と運営に、古代人の苦労が激烈にドラマチックな表現で描き続けられている。『古事記』（中巻）の八十一から八十三項に見られる上代歌謡は、どれも純粋な感情が歌い上げられ、古代における建国武人の活き様が生々しく彷彿として感じられる。その例としては次の項にて例示して記述する。最も古い「うた」として書承されている文献は『記・紀・万葉』である。他にも『風土記』や『古語拾遺・日本霊異記・皇大神宮式帳・熱田大神宮縁記・琴歌譜』などで、『万葉集』には、「和歌（こたふるうた）」と言っている。その点から考えられるのは、当時では厳粛な儀式や祭りにおいて、神に御託宣を巫女や呪詛が行った後の宴に入り、開放された民衆は気持ちを「和らげ」一息ついて「うた」い始める。

丁度この頃、大陸や半島での戦乱により難民として倭の国に、渡来した人や帰化した人が十五万・二十万人とも言われている。医者や学者・政治家などは都やその近辺の集落において、土地の権力者や豪族に仕えて重宝されていた者もかなり居たことは、当時の歴史書に記述されている。然し一時に二十万人も都近辺の町だけでは受け容れることは出来ず、あまり技術を手にしていない一般難民は、当然地方に送られたことと考えられる。当時の倭民族はそれらの人たちを温かく受け入れ、「宴」の時などは「天つ人」としてその中に誘い入れ、海岸や砂浜で大勢の老若男女が集まって、当時の生活そのものを素朴純粋に、そのままの感情を出し合って本心を歌い合っていた。年配者は歌と踊りの舞踊で集まり、「祝歌・祭歌」を初めとして「田歌・山歌、海の歌」を謡い、発展して永年の後には豊年歌や大漁歌となって今日にまで日本のあちこちで謡い続けられている。また若者は互いに気心の通じ合う者たちが誘い合いながら、先に記述した『和(こた)ふる歌』を目的に誘い合って互いに『応答』の「うた」を歌い、本来その地に生きて来た若者たちは、その日のその場で気付いたり感じたりした「景」も「情」も互いに『真心』を込めて歌い交わして確かめ合うために、多くのものが謡うに相応しい場所を決めて集まる。［時や地域に依ってはそのような謡う所を『歌垣』とも言われていた］前述したように若者のうちには、半島から難民として東北の地にまでやって来た若者たちも、地域の祭事の後に行われる宴での行為について、新しい土地での風俗習慣にまだ馴染んでいないがために、事前の厳粛な儀式の後の開放感から、以前自国の生活習慣をそのまま表現して、男女相互の相手に贈る歌にも表向きの意味で歌いながら、その裏には別の低劣野卑な意味を込めた裏の意味で歌を交し合って楽しむような習慣が有ったという事を、当時の歌について詳しい李寧熙氏は『もう一つの万葉集』などの中で述べている。然し倭民族における「歌」への気心はあくまでも神に申し述べるに相応しい自分の真心の表現であり、その裏を考えるという不遜な事など思うことなく、ただひたすらに自らの真心を相手に対して互いに「うた」を歌う事によって表現していた。

二、「うた」の地域別発生状況

ここでもう一度上古の時代に戻って、少し視点を定めて、古代和歌(「古謡」と言われる事がある)の学習の基礎的な事柄について、今日まで判っている「歌」の発祥状況の具体的な例を大和の国の三地方に亘って記述しておきたい。

まず、大陸の南東部が分離して日本列島が形成され、気候の温暖なその地に、はるか後世になって棲息していた今から一万八千年ほどの昔、琉球民族の元祖であろう原住民「港川人」たちが生きた後、採集生活を営み生き続けていた永い歳月の末頃に「オモロ」や「ウムイ」などの古歌・古謡が出来た。これは文字以前からの口承による伝承歌謡であるが、少し『日本語を科学』してみると、「オモロ」も「ウムイ」も語源は同じで、今日より約二〇〇〇年余り以前の弥生時代に遣われていた琉球方言に《オタカベゴト》＝『お崇べ事』、《ノダテコト》＝『祈り立て言』あるいは《マジナイコト》＝『呪い詞』などと言う【祝女（巫女）が神に自分の『想い』を御託宣した歌】という意味に遣っている《オモイ＝信念》の、琉球方言として転化したことばである。【今日でも沖縄では、祭りの時などに神に対して託宣を述べる役目をする資格を持っていて、民間人から認められた人を「ノロ」とか「ユタ」と言って、一般人とは違うと観ている】琉球の地形状態は、島の山も低く奥は浅くて、大きな川も少ない。随って住民に対して危害を加えるような野獣も少ない。「オモロ」や「ウムイ」の内容も、琉球民族の心が具体的に表現され、古代人の神に対する深い感謝・敬愛の心が込められている。

また日本へ最も早くに渡来したアイヌ民族は、永い間文字を持たなかったために、琉球民族のような明確な記承文化としては残されてはいないが、一七〇〇年頃に幕府の巡検使として派遣された松宮観山が筆録した『蝦夷談筆記』を、昭和の初め一九二七年に、金田一京助氏【アクセント記号付きの『明解国語辞典』の刊行者で、現在発刊されているこの小辞典には、子息の春彦氏が、付表8表を加えて『標準アクセントの手引き』二〇頁ほどを添付した辞典になっている】が、観山の『蝦夷談筆記』を採り上げて、始めてアイヌ語の研究が公として調査されるようになった。しかし金田一氏の調査対象は、主に樺太の公的市民のアイヌ民族中心の、地域における肩書きのある古老に依る所在調査であって、多くのアイヌ語・アイヌ文化を集めることはできなかった。

その後多くのアイヌ研究家によって、北海道東北部の山間地帯に永く生きて、何代も続いて生活して来たアイヌの、お爺さんやお婆さんから聞き取り調査を根気よく続けながら、次第にアイヌ語・アイヌ文化も明らかになり始めている。嘗て以前に梅原猛氏の対談集『古代日本を考える』を読んで、当時の高校生にも話したことがあるが、北海道の地形的情況は琉球と異なり、住民の生活環境は、深く険しく、多くの猛獣が棲息している。その事に関しては、同じような採集生活を営む琉球の生活者とは大いに異なっている。アイヌ民族の一日の情況は、その時その瞬間において命を失ったり助かったり、獲物を獲得したり逃がしたり、一日を極めて鋭い緊張感の意識の中で生きて来たのである。日本民族にとって後の弥生時代に至れば、朝鮮半島から稲作文化が移入され、稲作生活のサイクルの基準は一年単位である。『日本語を科学する』シリーズの第一篇［言語・音韻編］でも記述したように、日本列島に渡来した三ルートのうち、北から渡り住んだアイヌ民族が最も早く日本列島へ渡り棲み、今日のアイヌ民族と倭民族のことばの発生の最初も同じであると考えられている。例えば、多くの擬語［オノマトペ＝擬音語・擬声語・擬態語］の多くはアイヌ語と同様であり、人称代名詞も上代の日本語では第一人称は（ア）であり、第二人称は（ナ）であったことも同様である。『地名起因説話』の一つ『吾妻』も、その証明である一例であり、相手を言う場合も『汝』（ナ・ナレ）である。

　日本列島の南北で、同じような狩猟・採集生活を続けていた古代倭民族の初期の生活過程の中で、実り多い時の歓喜のうちに自ずと集団全体の喜びを表現し、集団の代表者が主体となって神に感謝を託宣し、各民族による歌や喜びの表現方法は異なろうとも、次第に定型化して、歌謡や舞踊が成立する。北海道のアイヌ民族の間では、狩猟で熊を射止めた時には、神を丁重に呼び迎えて、その部落の長老が代表して神に感謝の気持ちと、今後も変わらないように獲物を供与されるよう願望のご託宣を陳べ、『宴』を催した後に、神を天上へ見送る祭りが行われていた。これも、アイヌ民族の間に伝わる『ユーカラ』により、長く口承されていた伝承は、アイヌ民族の長老が一定の詞・唱え方・作法その形態を作り出して『ユーカラ』は成立し、その内容を充分に記憶力の確かな伝承者へと受け継がれ、その形態・内容は厳正に守られて後世に伝え続けるという、伝統行事として成立したものであり、アイヌの文化である。

　このような祭りの形態については、ただ琉球・アイヌ民族のみならず、倭民族の原始時代では狩猟・採集という共通する生活形態であった。巫女や呪詛【＝「呪詛」は、後世において宗教と関係して以降、人に災いを与えたり不幸に貶めたりする呪者を言うようになったが、当時男性の呪者に付いての役目を言った】が神に託宣する時、呪者自身の信念を集中して神に訴えているうちに次第に興奮状態になり、それでもなお一心不乱に訴え続けて、祭に集まった民衆の気持ちを魅了し、誘引した時に民衆の気持ちも神に通じ、神秘的で神聖な精神状態になるという思想は、『言霊信仰』によるものであり、言葉には魂があり、巫女や呪師の託宣する言葉には霊が神に伝わると考えていた。丁度このような巫女たちが活躍した時代が『古事記』の成立時代と一致し、当時を生きた万葉人たちは、一般的に「言霊」を信じており、特に夕暮れの村の別れ道では《言葉の精霊が宿る》といわれていた。「万葉集」2506番の歌《言霊の八十の衢に夕占問ふ　占正に告る妹はあひ寄らむ＝言葉ガ宿ル精霊ハ、人通リノ多イ要衝ノ岐カレ道ニ夕方ニナルト出テキテ、ソノ言葉ノ精霊ハ正シク言ッタモノダ。ソノ可愛イ娘ハ私ニキット寄ルダロウト》。又同2507番の歌《玉鉾の＝枕詞＝路往占にうらなへば妹は逢はむと我に告りつる＝人通リノ多イ道デ、アノ可愛イ娘ニ占師ガ占ウト、アノ娘ハキット逢ウダロウト、占師ハ私ニ告ゲタ》。

　その後の縄文・弥生時代に生きた稲作民族の間にも同様、固有の専門性によって伝承された口承「うた・舞踊」は、その民族の伝統文化である。伝統として伝え続けられてきた民俗文化である。琉球の『オモロ』にしても、アイヌの『ユーカラ』にしても、民衆がそれを伝統として自分の村落全体のものに成し得たものであり、自分たちが生きてゆくための生産に役立てられるものと言う根源的なことが民衆の遺産である。その遺産の創造者はもちろんその村落の民族全体である。その過程では創造者の村民は一定の目標に向って村民相互に意識をもって秩序を構成し続け、秩序が乱れずに継続可能になった時、つまり村全体の秩序の成立した時に初めて民族文化が形成されたことになるのである。文字があれば、その時代の同じ部落のみならず広範囲に伝える事ができる。またその後の民族への記章文化としてさらに後世代へと正確に伝承することが出来る。その意味においては「純粋文学」である。文字がなかったが故に文学とはいえなくて、その地域での伝統的な文化である。このような文化をその地域に限って存在する「境界文化」と呼称する学者もいる。

更にもう一つ、日本列島のほぼ中央部に位置する平城京のその上古から、三笠山、春日山そして更に北の奥へと連なる奥山の連山に対して、奈良の部落に生活した民衆は、年中四季折々の変化やその形状の美しさ、あるいは山層の荘厳さに威圧的な畏敬を感じながら、神体山と見成して自然信仰に心を癒して生きたのであろう。ただ奈良の上古と琉球・アイヌの上古における違いは、食餌となる対象の違いもあったのであろうか、アイヌでは後世までシシ（猪・鹿）を獲物としてきた。今日でも増えすぎた猪をこの瀬戸内の島々ではいい食料としている。然し上古の昔、アイヌ民族は熊を神と見ており、蛇や猿も神と見ている所が多いのと同様、奈良の春日山に増えすぎた鹿は、猪のような猛獣ではなく穏やかさが神に認められた形で、今日では神の僕（しもべ）とされている。その僕と共に、はるか上古の昔と同様の生活形態（途中では度々中断はしたであろうと考えられるが）を営んできている。それとこの奈良の部落は、上代が終わると弥生時代に、倭の中央権勢により半島からの帰化人と共に、宗教理念まで変化混同したことである。これまでの貝塚も古墳も神道の理念でなく、仏教による祭祀儀礼を深めていった。

日本列島の南・北・中央とその生活形態の違いはもちろんあったであろうが、倭民族の稲作民族も、狩猟採集民族も倭の上古の世においては、前頁に記述したように部族の民衆と共に苦労して収穫した物を、住居の最も奥まった立派な部屋に積み飾り、天上から神（＝祖先）を迎えて祭りをする事が記承伝承されていた。日本において今日尤もこのような趣旨の祭は国中あちこちで行われている。農耕においても狩猟生活においても豊作の経過とその結果に対しての神への感謝の祭では、その時の呪者が呪禱する祈りの言葉のうちには、その時の状況に関係する自然神の名前が必ず言い表される。これが神話文学の始まりであり、文学全般の源泉であったのであろうと考えるのである。わが国以外では、このような祭の形式はなく、外国人には理解され難いと言うのが民俗学での定説である。それと同じように倭民族の進歩発展と並行しながら、神事と共に『うた＝歌謡』が謡われ、『短歌』へと成り立ってきた。日本民族のキャラクターと同様に、短歌もまた他国にはない特質な文化である。ここにまでいたる倭民族の文芸の形成発展＝文学の成立を見るとき、その根底には、これまでにも既述したような魏志倭人伝などの表記のように、東洋諸国において認められている民族性＝誠実勤勉という純粋性にあるが、村での祭事の際における呪者の神（＝祖先）への感謝の呪禱を繰り返し聴き続けてきた何代にも亘る長期の時間＝「歴史」・「文化」を形成して、自らの心の内部を表現する力量にまで発展させてきた。自己の獲得であり人間性の獲得である。倭民族の原始的生活形態＝採集・狩猟生活における神とのかかわりを経て、純粋に感謝の心情を口承により、村内にも次代にも伝達してきた口承的な歌謡・民謡芸能から、漢字・万葉仮名の獲得によって文芸→和歌へと発展進化してきたのである。その中の文芸の一ジャンルの特性を以って、次代の万葉人の時代からさらに和歌文学の発展進歩が続くのである。

第二節　『上代和歌』の成立

古代における『うた＝古謡』の成立や内容についてここまで記述したように、慎重に神に対して祈る時の御託宣の詞や呪文を初めとして、その後の宴の場においては、歌謡も舞踊も大衆化し、形式も内容も一定せず種々であり、口承伝承によるものであって非文学的であり、未文学的古謡の段階の「歌」であり、明確なものは口承の記録によるものである。例えばうたの発句が、三音であったり四音であったり、また句数も短いうたや長く続くものなど一定していなかった。「万葉かな」が出来てから、初めて一音一字で表記されて以来、『記・紀・万葉』の「歌謡」から、記録伝承が始められた。「古事記」前巻の須佐之男命が櫛名田姫と住む宮殿を建設する時の歌『八雲立つ出雲八重垣　妻籠に八重垣作るその八重垣を』が、日本最古の「歌」として伝承されて来た。

またその巻の「倭建命」と「御火焼の老人」との問答形式の、五・七・七の三句の形体が「片歌（かたうた）」で、その相手のもう一人の「片歌」の十九音を合わせ、二人の「片歌」が詠和された形態の三十八音の歌が「旋頭歌（せどうか）」である。その他にも五・七，五・七・・・・五・七・七・の長い歌謡形態の「長歌」が有った。

「万葉集」での「長歌」には「反歌」をつけて補足し、長過ぎるような長歌ではその内容の中心を纏めて繰り返して、五七・五七・七の三十一音節の「短歌」を読み加えることで、その長歌を完成している。「万葉集」にもこのような民謡調の「長歌」は二七〇首余りも含まれている。その他にも「佛足石歌体」という五・七・五・七・七・七の形で、短歌の最後の句に七音の一句を付け加えた六句形式の仏教歌謡で、薬師寺の佛足石碑に刻まれた歌も、和歌の形式に含まれている。「万葉仮名」に付いては、シリーズ『日本語を科学する』の第一篇「言語・音韻」編の83頁や第二篇「文法」編の17頁などでも簡単に記述したが、ここで少し補足するが、万葉集の記述には三通りほどの表記があり、隋・唐の時代に派遣され学僧たちが学んだ漢詩・漢文の表記を元に、和歌（やまとうた）の表記に漢字の表意文字を想定して充当した表現方法が一般的である。例えば後述する『巻の第二』の中の初めの仁徳天皇の、磐姫（いわのひめ）皇后の最初の歌の詞書には、「思天皇（おもヒテてんのうヲ）　御（ませル）　作（つくり）　歌（みうた）」の句には、（天皇ヲ思ヒテ）と訓むために漢文の返り点の一・二点を左下にそれぞれ点ける必要があり、「御作」は（作リ御セル）と訓読するために、二字の漢字の中間の左にレ点を点けなければならない。

もう一つの表現は、漢字一字一音節の真仮名表記法であり、万葉集の歌ではこの表記法が最も多用されている。例えば万葉集第一番目の雄略天皇の歌の冒頭三句の記述などがその方法を遣っている。

「籠毛与（こもよ）　美籠母乳（みこもち）　布久思毛与（ふくしもよ）」や、一首すべてがこの表現で詠まれている歌もある。最終の巻の4452の歌であるが、「乎等売良我（をとめらが）　多麻毛須蘇婢久（たまもすそびく）　許能爾波爾（このにはに）　安伎可是不吉氐（あきかぜふきて）　波奈波知里都々（はなはちりつつ）」＝『嬢子等が玉裳裾びく　この庭に　秋風吹きて　花は散りつつ』の歌であるが、この表記法には2種類の区別がある。その一つは高校生の段階ではそこまでの学習は要求されてはいない。今一つの表記法は、当時の遊びの表現法で『戯書』といわれている表記法である。『文法』編でも触れたが、『出る』ということばを言い表すのに、歌の中では『山上復有山＝山の上に復山有り＝山山』と表記するような戯れである。さらにひどい表現には、算数の九九を遣って『二八十一（にくく）　不在国（あらなくに）』の（八十一）は掛け算の9×9のことで、この部分はルビのような意味を表そうとしている「戯書」である。万葉集ではおよそこの三種類の表記法が遣われている。

第二章　日本古典を学ぶ高校生の「三大和歌集」

第一節　『万葉集』

一、『万葉集』の概説

シリーズ『日本語を科学する』の基礎篇二編に続いて、その応用篇として、この『和歌文学』を『説話物語文学』に次いで、さらに日記文学など、わが国古典文学のうち高校の古典教科書に多く取り上げられている作品を順に取り上げながら、基礎編に続いて科学的に解説と鑑賞を試みてみようと考えている。

我が国の最初の歴史文学『古事記』を観ると、その上巻は神代の物語で、中巻からは歴代天皇の記述が、景行天皇から順に成務・仲哀・応神天皇まで記され、下巻は仁徳天皇に始まり、用明・崇峻・推古と第三十三代天皇で終結されている。推古天皇までを万葉人は前代と考えていたのであり、推古天皇に継いで、舒明・皇極・孝徳・斎明・天智・弘文・天武天皇などを万葉人と同時代の天皇とみていたのである。天武天皇の十四年間と持統女帝の八年（694）までの二十二年の間、和やかに楽しい安泰感にあふれた生活に、宮廷貴族も人々もともに天皇と飛鳥の自然とに崇敬と感謝の気持ちで日々を送っていた。

したがって『万葉集』の巻一の最初の歌は第三十四代の舒明天皇の長歌が挙げられ

るはずであるが、意外にも元に戻って、二十一代の雄略天皇の長歌が、巻第一の冒頭歌に置かれている。それに次いで舒明天皇の歌が続くのである。そのことの検討は後に述べることとして、ここでは歌の『左注』に採り挙げられてはいることにより問題視せず先を記述するが、一首の歌としては、二十五番目の歌が天武天皇の歌であり、その間にある歌もここに挙げた天皇に関る歌を、宮廷歌人を務めていた額田王が詠んでいる。このように『万葉集』の巻第一・二は、『古事記』に引き継いだ形で編集されている。

また同様に高校での古典教材として最も多く取り上げられている「竹取物語」に付いても、『万葉集』巻の十六に『竹取の翁』の伝説として、集中二番目の長さの長歌に加えて、二首の反歌とその長歌の詞書に陳べられ、不老不死の中国の神仙思想に描かれている仙女たちの作った仙薬を飲まされたうえ、九人の仙女に遊ばれ、彼女たちへの罰として、それぞれの歌九首も加わった三七九一から三八〇三番まで十二首の、愉しい口承古代文芸の物語歌もあり（勿論この伝承歌は教科書には採り上げられてはいない）、そのような連続関係を観て、応用篇を今後、第二編に『和歌文学』を取り上げることとした。

日本古来の人々の誠実な真心を、そのまま表した叙景・抒情の世界を「和歌・歌謡」という表現方法に因って、次代に継承するためにも、一言一字の万葉仮名が考案され、これまでの素晴らしい多く（万＝よろづ）の言葉を集めて『万葉集』は編集された。

そしてなおこの『万葉集』は、後世永遠に、万世いついつまでも伝承されることを希って「言の葉」の文芸を編纂した歌集として、祝賀慶福の意味を持っている。初めから今日我々が手にする四千五百余首の二十巻本ではなかった。当時の資料の中で『万葉集』に関った人物として、度々名前の挙がっているのは、『栄花物語』（岩波書店）＝「日本古典大系新装版」の本文（35）頁に『昔高野の女帝の御代、天平勝宝五年には、左大臣橘卿諸卿太夫等集りて、万葉集を撰ばせ給。《昔、第四十六代ノ女帝孝謙天皇ノ御代、天平勝宝五年（753）ニ、橘諸兄タチガ集マッテ、万葉集ノ選定ノ勅命ヲ下サレタ》』とあることが、最も古く明確に記述された資料であると見られている。しかしこの資料に付いてかなり異論は多いが、橘諸兄宅に集まった数名の宮廷歌人たちは選者として重視されているが、外にも例えば、当時の留学僧や学問僧たちであろう。彼等が帰国して『漢詩（からうた）』に倣って、『懐風藻』を編集した後、わが国本来の古歌古謡の中から優れた作品を選ぼうという機運が起こり、先ず整理軸の基本としては中国的な部立に倣って、約三〇〇首余の古歌古謡を『雑歌・相聞・挽歌』に分け、巻一・二として、この二巻がその後の『万葉集』の「原本」となり『原万葉』と言われ、同じ編集者によるものと言われている。

「はじめに」でも記述したように、巻二の仁徳天皇の后『磐姫（いわのひめ）』の歌四首を最古の歌として、その後約四百年以上の間に詠まれた当時の天皇・皇后・皇子・高位高官・農民・防人など、総ての倭民族の作品が集大成されて、四五〇〇余首の一大歌集が、北は陸奥の国から南は筑紫の国までの歌、その地名は同じ地名も含めておよそ千三百五十、そのうち大和が三百三十という資料もあり、万葉集は大和中心に編成されている。

然し編集者は、全員が同時に一箇所に集合して選定したのではなく、二・三人あるいは一人で選定作業を進めたからであろうか、同じ歌を選んでいるような不手際が数組ある事や、問答歌の季節のずれがある歌なども含まれている事も指摘されている。随って正確に歌数は決まらず概数となっている。また同じ理由により、最も多い歌は短歌であるが、この歌数も約四二〇〇首としか言えない。短歌に次いで多いのは長歌であるが、これも約二六〇首である。初期万葉の時代では長歌に付いての反歌を持たない歌が多かったが、人麻呂の時期以降には一首もない。複数の短歌を反歌として数えるようになった。また長歌の末句の締め型に付いても、初期万葉の頃には五三七の型であったようだが、以後例外も見られるが五七七で定着している。「古事記」の中巻に初めて記述されているが、五七七の片歌を二人の問答によって歌った五七七、五七七の唱和体の歌を旋頭歌と言うが、万葉集中に六二首収められている。唱和体の性格を持つ歌では、仏足石歌体の歌も同じであるが、奈良薬師寺の仏の足の裏に書き残されている讃佛歌二一首がある。形体は五七五七七七であり、第五句の七音を対句として、少し表現を変えて添えて終わる歌で、もともと謡いものの一形式であった。

二、『万葉集』の解読

「万葉集」を学習する時に、学習者（あるいは読者）は幾つかのことを念頭において読み続けて欲しいと考えている。まずその一つは、ここまで記述してきた非文学・未文芸的古謡といわれるような文芸の発芽から、民族文化にまで成立させる伝承意識の継続力である。文芸の成立には、自然科学のような突然変異による成立はあり得ない。永い長い歳月を重ねて、目標に到達し続ける継続力が必要とされる。またいま一つには、環境や時代の推移に伴って、民族の意識の変化により関心事に対する見方、あるいは民族の価値観が変わり、表現内容や視点の変化が現れてくる。つまり、以下に採り上げる「古今・新古今集」との質の違いがあるということである。「万葉集」時代の歌の多くは、若さ漲る純粋な抒情があふれていて、相手への個人の情愛は和歌をもって伝えるしか方法はなかった。それだけに歌には詠み手の純粋な真意が籠められている。この率直清純な詠みぶりは、ただ対人詠歌のみならず、季節感や風物や回想などに対しても（「万葉集」の部立てには「相聞・挽歌・雑歌」に分け、更に「羇旅・譬喩・四季・問答」また「雑歌・相聞」の中には「由縁ある雑歌」や「春の雑歌」・「秋の相聞」などにも分けている）同様、見たまま感じたままをそれぞれの心眼によって捉えた実態を「写実」して詠み現されている。また『万葉集』には詠まれている地域も、陸奥から東・越・大和・出雲・伊予・日向・筑紫にまでに及んでいる。

『万葉集』の時代は、推古天皇以前の歌は（前にも記述したように）、仁徳天皇の磐姫皇后の四首を最古の歌として、その後の古歌も加えられてはいるがその数は少なく、舒明天皇から淳仁天皇までの百三十年ほどに詠まれた和歌集である。この間の作品を、四期に分けて、その第一期は『初期の万葉時代』で、巻の第一・二の五〇首ほどの「雑歌」・「相聞」に詠まれている抒情歌は、すべて皇族・貴族・豪族の歌であり、歌を文字によって表記できる知力は一般庶民には教育されていなかった。当時はまだ、文字は特権階級の占有であり、たとえ庶民の間で純粋な二人の心情を感じたとしても、歌として残す事は出来ず、その時その場での偶然な一回限りの抒情でしかなく、謡い終わると同時に消えてしまう歌謡であった。そのような状況の中で詠まれた貴族階級の和歌には、民謡的な長歌が多く次第に個性的な個人の短歌へと移り変わる時期で、率直に真心を表現した相聞歌や、惜別の挽歌が多い。第二期は、『万葉調の充実期』で、叙事的歌風の雄大な構成による柿本人麻呂の長歌や、抒情性の深い長歌を特徴とする高市黒人などが活躍した時期である。第三期は、『万葉調の最盛期』であり、個性的な主情を詠み、その反歌・短歌では客観的にまとめた山上憶良や大伴旅人、二人に比べて官位は低かったが、叙景歌に優れ自然に対して真摯に向き合い、絵画的歌風をもって宮廷歌人として仕えた山部赤人たちが活躍し、また伝説を主題とした長歌を纏めた時期でもある。最後の第四期は、『万葉の終焉期』で、大伴旅人や、山上憶良も居なくなり、歌風も理知性を増し繊細幽寂で、万葉の清香が静かに漂うような時期となり、狭野弟上娘子（さののおとがみのむすめ）・笠郎女（かさのいらつめ）・中臣宅守や編集者のひとり大伴家持などが登場し、次第に和歌も貴族社会の社交の道具として使われる時期になった。これらの記録は、年代順ではなく部立てにより、纏められている各巻の順によって、教科書に採り挙げられているものが多い。選択して解説する。

以上を以下の三歌集から取り上げられている各歌の解説を続けるベースとして、長々と記述した。

巻第一

雄略天皇（五世紀頃）の歌を最初に置き、奈良時代初期（八世紀初期頃）までの口承による集団的な古代古謡が多く、「古事記」が皇族の皇子・皇女の教育資料として編集された主旨もあるが、万葉集の主旨の一面には「古事記」に次ぐ倭民族の伝統的文化として、「古事記」と対照的に庶民一般の作品を収録している。

歴代天皇では、（三十四代）舒明天皇から（四十一代）持統天皇までの時代と考えられる。巻の一の編集者の一人である大伴家持一族は次第に凋落状態にあった頃であり、それに代わって藤原家が台頭して来た。巻の第一は、飛鳥時代・藤原京時代の雑歌ばかりである。『雑歌』に付いてはその後の勅撰集などで見る場合とはその意味合いが異なっている。『古今集』などで使っている部立の意味は、『恋』の歌や『春夏秋冬』に関する歌のどこにも容れられない歌を、最後に置いたのが『雑歌』である。然し大伴家持自身、後ろ盾もなくなり、大伴家の凋落し始めていることを察知していたであろう。この飛鳥・藤原京時代の政争や混乱期に、集められた多くの歌の中から先ず『相聞・挽歌』に入れられない歌、時代と共に変化しつつある自らの運命を意識しながら、家持の心に強く感じる歌が集められ「雑歌」として、それらの歌を最初に置いたと思われる。したがって時代の古い歌が多く、作品の表現も内容も率直で力強い歌が並べられている。

明治以前の古い伝本の万葉集の用字は、幾種類も併用されてはいるが、今日の高校の古典教科書においては常用漢字を主として表記されているが、中にはできる限り学習者諸君に万葉仮名の理解可能な表記に付いては、ルビを打って万葉仮名を使用した教科書もある。この巻の第一に掲載されている有名な和歌の語句の説明と解説・現代語訳・補説と鑑賞の三項目を設定して、以下学習者諸君に協力したい。最後の『補説と鑑賞』の項に関しては。一般読者の短歌に関心のある読者の皆様からのご批判も戴きたい。

◎天皇（てんわう）の御製の歌

1 ①籠（こ）もよ　②み籠持ち　③掘串（ふくし）もよ　み掘串持ち　この岡に　④菜（な）⑤採（つ）ます児　家聞
⑥かな　⑦名告（なの）らさね

そらみつ⑧　大和の国は　おしなべて⑨　吾こそ居れ⑩　しきなべて⑪　吾こそ居れ
吾こそは　告らめ⑫　家をも名をも

「語句の解説」（例文中の傍線部について）

＝［巻第一から以下の十三首の和歌を採り挙げたが、（2）と（64）番の和歌は、ほとんど教科書には採択されていない。この項において解説上記載したが、それよりも（29）の柿本人麻呂の長歌が採択されている場合が多い。」◎「天皇」は、第二十一代の雄略天皇である。第十六代の仁政を為したことで有名な仁徳天皇の孫に当たり、「万葉集」第二巻の冒頭歌に四首出ている歌は、「古事記」など多くの歴史書に描かれている仁徳天皇の后で、嫉妬深い后の典型とされている磐姫（いわのひめ）皇后の、五子中三男の第十九代允恭天皇の皇子で、当時支那（現在の中国）の歴史書『宋書』にも登場している「五人の倭の国王」の五人目の『王』が長らく不明であったのが、当時、宗の順帝から贈られた鉄剣には、その裏面に銀象嵌銘の七十五文字の中から、『獲加多支歯（わかたける）』の文字が読み取ることができ、477年から宋の順帝に、朝貢を届け始めた雄略天皇の名を多く記載していた。当時の漢民族は南北からの攻防が激しく乱戦状態にあり、そのような状況下において、倭の国からの朝貢は大いに歓迎され、当時の歴史書には『武』と記載され、これまでに倭の『王』として順帝は、《讃＝仁徳》・《珍＝履中》・《済＝允恭》・《興＝安康》の四王を任命し、最後に中国の属国の『大王』という形で、朝貢して来た雄略天皇の名の一字を用いて《武王》と認定した。この歴史的事実が、その前の義弟から付与されたという卑弥呼を加え六人の『倭の国王』を認定することによって、自国支那（中国）の属国としようとしている大国主義は、既にこの時代から芽生えていたのである。この雄略天皇は、作歌技量に優れていると言うだけでなく、日本の歴史書『古事記』に別の方面からの特徴を記録している。つまり景行・応神天皇ほどではなくても、行く道すがら麗しい乙女を目にすると、必ず声を掛け名前を聞こうとした。この長歌でも岡に出て「菜摘ます児」に声をかけている。そのような行為を『妻覓(ま)ぐ＝《妻ヲ探シ求メル》』と言い、当時の風俗習慣では、男性から名を聞かれて応えるという事は、結婚を承諾する意思が有ると言う事になっており、一夫多妻制度が長く続いていた。然し万葉集の選者たちが雄略天皇のその様な浮薄な人物だったとしても、その長歌を筆頭に採り挙げたのは、それだけの和歌に対する実力的な詠み振りを認めたのであろう［以上は番外「天皇」の解説］。

①・②の「も」は、係助詞＋「よ」間投助詞で、上の「籠」に対して読み手が《立派ナ素晴ラシイ籠ダネ》と情意を込めて詠んでいる。「み」は、「籠」に対する美称の接頭語で、前行の《＝》内の二重傍線部に相当する。③菜の根を掘り取るための竹や木で作った箆(へら)状の道具。④・⑤「菜」は春の象徴であり、それを摘んでいる「児」も、まだ年齢的に青春前期という年ごろであろう。そのような素材が、眼前に広がる

春の一時を近くの小高い岡の上から見下ろしながら、自らが治める立場で、繁栄と豊穣の状況を詠んだ「国見の歌」である。その麗しい少女に対して、「採ます」と敬語の助動詞を使って、丁寧で上品な歌のイメージが一層感じられる。⑥「な」は、願望の終助詞。《若菜ヲ摘ンデイラッシャル乙女ヨ、アナタノ名前ヲ聞キタイナ》。⑦「さこ」は上代語で、四段活用の未然形に付いて尊敬の助動詞「す」の未然形＋願望の終助詞「ね」の付いた語。《名前ヲオッシャイナサイヨ》。⑧「そらみつ」は、『大和』に掛かる枕詞。意味は決定的な定説としては未定であるが、伝説的に言われているのは《饒速日命（にぎはやひのみこと）》が地上に降臨した所が大和であったからと伝えられている。⑨・⑪は、ともに今日では《全体ニ・総テ・アマネク》の意味であり、それに続く『吾こそ居れ』の二句ずつが対句表現となっていているが、巻の三以降の長歌の形態では「5・7・7」の音韻数で最後の三句は締められている。このあたりに古謡的な名残りを感じさせている。その点では次の舒明天皇の長歌にも同じような表現が見られる。⑩の『こそ』は係助詞で、直下のラ変動詞『居る』の『居れ（已然）』に係っている。その⑨からの4句の意味は《スベテ私ノ住家デアリ全体的ニコソ私ノ領地ナノダ》。⑫『め』は、推量の助動詞『む』の已然形で、この場合は意志の用法、上句の『こそ』の結び。最後の句は補足で倒置法になっている。『家をも名をも　告らめ《家モ名前モ言イマショウ》』である。

現代語訳

《スバラシイヨイ籠ヤ　若芽ノ根ヲ掘ルヘラナドヲ持ッテイルネ　コノ岡デ春ノ若菜ヲ摘ンデイラッシャル娘サンヨ　アナタノ家ガドコカ聞キタイナ　名前モオッシャイヨ　コノ日本ノ国ハ　スベテ私ノ住処ナノダヨ　デハ私ノホウカラ先ニ　家モ名前モ伝エマショウ》。

補説と鑑賞

この長歌は、初めから八句目の『名告らさね』で切れて、二段構成になっている。その前半は、若菜を摘んでいる『児』に、優しく丁寧に名前を聞き出そうとしている。前頁でも記述したように、当時の風俗習慣として、男性に名を尋ねられて応えることは、その男性に自分の生命を預けるほどに名を大切にし、求婚に応じたと言う事であり、一般的にはそう簡単には返事をしないのが普通であることを知っていたが、一旦目をつけた女性に対して、必ず妃としてきた雄略帝である。これも前頁に記述したように、歴代天皇のうち景行帝・応神帝に次いで多くの妃を抱えていた三帝の一人である。後段では内容は一変して威圧的になり、《自分コソガコノ大和ノ国ヲ治メル王者ナノダ》と誇大に歌って、この土地の族長の娘であろう女性と、結婚した際の古謡と言われている。この長歌により、後々王子を出産し、子孫繁栄を含み詠んだ歌として、更に族長の豊穣な土地全体が、天皇家の領地の一部となり、五穀豊穣を予祝する万葉集の巻頭歌に相応しいと、撰者は読み取ったのであろう。更にこの長歌が、春先の『国見の歌』であることを読者に明瞭に感じてもらうために、『古事記』の最後に採り挙げられた第三十三代推古天皇に次いで」、舒明天皇の長歌を次に提示することにより明確になるのである。

天皇◎の、香具山に登りて国を望みたまひし①時の御製の歌

2　大和には　群山あれど　とりよろふ②　天の香具山③　登り立ち　国見をすれば
国原④(くにはら)は　煙立ち立つ海原は　かもめ立ち立つ　うまし国⑤ぞ　あきつしま⑥
大和の国は

語句の解説

◎『天皇』は、第三十三代推古天皇の次の舒明天皇である。当時の人々（万葉人）の感覚では、『古事記』の時代までが「古代」と見ていて、「万葉」からが現代だと言う感覚であったと想像される。　①「望（のぞミ）国（くにヲ）」で《天皇ガ高イ所ニ登リ、国ノ様子ヲ見渡ス行為＝「国見」》の意味。前の歌の④・⑤の行為を言い表す熟語表現。　②上代語で、草木が生い茂っていて、いかにも山らしい様相が整っている状況を言う。　③神話における神々が天上からこの地上へと降臨したと同じよう

に、形のよい緑豊かな「香具山」は、天上からこの地へ降りてきたと言う伝説のある霊山の伝えがある。④『とり』は、現存するものを誇張する接頭語＝（「とりなす」・「とりそろふ」など）で、『よろふ』は、「具ふ」で、《山トシテ必要ナ草木ガ充分ニ生イ茂ッテイテ形ノ整ッタ山ノコト》ここでは、広く開けた広々とした平野を表す古語。⑤『甘し（旨し）・美し』の二用がある。前者は、《味ガ良イ・手際ガ良イ・都合ガ良イ》の意味に用いる。後者は、《様子ガヨク整ッテイテ美クシイ・素晴ラシイ》の意味に用いる。⑥本来は、大和（奈良）の御所市付近の地名であったが、広まって日本全土を言うようになった（大和＝日本）の枕詞。

現代語訳

　舒明天皇ガ　香具山ニ登ッテ　国見ヲナサッタ時ノ御製ノ歌

大和ニハ　タクサンノ山ハアルガ　コノヨウニ草木ガコンモリト生イ茂ッタ形ノ良イ天ノ香具山ニ　登リ立ッテ　国見ヲスルト　大和ノ平野カラハ　炊飯ノ煙ガ　アチラニモコチラニモ立ッテイル　マタ広イ海面デハ　鷗鳥ガ飛ビ立ッテイル　アアナント素晴ラシイ国ダロウ
　アキツシマト言ワレルコノ大和ノ国ハ。

補説と鑑賞

先にも陳べたように、当時『万葉人』にとっては、三十四代舒明天皇からが、当時の現代であり、冒頭歌の雄略帝のように、事の良し悪しに付け、目立つことは殆ど見当たらないが、古代末期三代＝三十一代用明・三十二代崇峻・三十三代推古天皇までの約40年間は、時の地方の諸豪族との力関係に押されていた。『古事記』（中巻）の応神天皇の頃から凋落の兆しは始まっていた。400年から410年にかけて、特に秦氏(はたし)は、百済から百二十県の人民を引き連れ、特に機織物の技術者を大和各地に移住させて、絹織物や紡織機械の生産普及に当った。また漢氏(あやし)は、後に東文(やまとふみ)・坂上(さかのうえ)などに別れるが、十七県の技術者を百済から送り込んできて、主に大和の高市辺りに集団生活をしていた。それらの帰化人がそれぞれの技術を倭民族に広げ、次第に信頼を受け同化し、中には地方の豪族とかかわり相対的な関係を続けつつ、次第にその勢力を大きくして行った。『古事記』最終末の三代天皇は、この不安定な天皇家をどうにか引き継いでいた。そのような諸豪族との関係を断ち切って、天皇家の皇統一本の揺るぎない法律を制定し、律令国家を目的とした大化改新の産みの祖が舒明帝であり、輝かしい栄光の歴史の始まりであり、以降万世に亘って受け継がれる『万葉』の時代が幕開けした時代の区切りとして、万葉人にも深く受け容れられた舒明天皇のこの長歌の後、歴代天皇の和歌は絶え間なく続き（ただ孝徳帝の歌は見当たらないが）、舒明帝のこの「望国の歌」が冒頭歌を補助している。つまり、この項の2行目の『事の良し悪し』についての雄略帝の「悪しき事柄」については、冒頭歌の補足で陳べたような多妃を抱えた歴代天皇中第3位で、多くの女性を抱えていたことで有名であるが、更に「悪しき事」に付いては多くの歴史書に記述されている。

その一例であるが、雄略帝は、先に陳べたように「有徳の帝」と言われた仁徳帝と、その皇后である極めて「嫉妬深い大后」と言われた磐姫（いわひめ）の孫であり、その二人の間に生まれた三男の允恭帝（歴代19代）が父である。雄略帝の后は兄の娘で従妹であり、雄略の妃には吉備の上道臣田狭の妻を奪った女、もう一人は殺害した葛城園大臣（かつらぎのおおおみ）の女、今一人は朝鮮半島から来て帰化した和邇（わに）から献上された采女（うねめ）である。この王妃のあり方も、他の天皇には見られない特異さである。さらに少し長くなるが、雄略天皇即位までに実に多くの皇子が殺害されている。これらを列挙すれば、「大日下王（おおくさかのきみ）＝仁徳皇子。（中略）眉輪王（まゆわのきみ）＝大日下王の子。市部押磐王（履中皇子）＝（中略）。御馬王（みまのきみ）＝（押磐王の弟）。木梨之軽太子（允恭太子）。境之黒日子王、八瓜之白日子王（いずれも允恭皇子）となるが、その中には皇位の継承権を持つ皇子や実際に治世を行ったと言う伝承を持つ皇子も有り、さらに重要なことは、この允恭天皇崩御後に殺害された皇子が、安康、雄略二天皇を除けば、仁徳天皇の血統を受けて生存した皇子、皇孫のすべてであり、その安康天皇も眉輪王に殺害されているのである。これらはいずれも雄略天皇の父祖の時代から、王権にまつわる抗争が生じ、それぞれの有力豪族を巻きこんだ戦いの果てに、王権を中心とした新しい支配組織が生じ、その統率者として雄略が皇位についた」ことを語るものと考えられる（『日本の古代文学』より）。まだ外にも同様に雄略帝の「悪徳天皇」の史実はあるが、ほぼ同様の内容であり省略するが、5世紀から6世紀にかけての皇位継承については、丁度半島からの帰化して来た漢氏を祖とする和邇・蘇我などが豪族に成り上がった半島式の手練手管を、そのまま古来の穏やかな倭民族がまねてわが意を思うままにするようになり下がっていた。今日における状況から見れば、雄略の即位は殺人行為、しかもほとんどが親族殺人である。このような人物の歌を重要な歴史の転換の一大歌集の冒頭に置くに付いては、大いに異論もあり問題視されたことは多くの古文書にも視ることができる。

◎額田王（ぬかだのおほきみ）の歌

7　熟田津（①にぎたつ）に　船乗りせむと②　月待てば　潮もかなひぬ③　今は漕ぎ出でな④（こい）

語句の解説

◎「額田王」の生没に関しては不詳であるが、万葉集初期の代表的な女流歌人である。その名から生立ちは、大和生駒郡額田部連家に育成した高級巫女として宮廷に仕え、その職務に係る歌が多い。あるいは近江の額田出身ではないかという説も想定されてはいるが明確ではない。鏡の王の娘で、最初に大海人皇子（天武天皇）に召され、十市皇女を生み、その後、大海人皇子の実兄である天智天皇の寵愛を受け、大津の宮に召される。天智・天武両帝に仕えた後も、その歌いぶりが女流歌人らしい優艶華麗な歌風から一転して、雄渾壮大ないかにも男性的な詠みぶりとなり、女性として当時珍しい技量を身に着けていることを認められ、高く評価されていたことが、次代の持統女帝の世に至って詠んだ二首が、巻二にも伝えられ、万葉集中に十二首残されていることでも、宮廷歌人としての活躍をなし、宮廷の儀式・行事にいかに認識が深かったかが理解される。額田王には公的な作歌が多く、中には皇族の代わりに読み上げた歌もあり、歌の前後の詞書も依頼されては書くような詞人の任務でも秀でていた。

①『熟田津』は、伊予（現在の愛媛県松山市）付近の海岸と言われている。『に』は、方向を表す助詞《ニ向ッテ》ではなく、場所の格助詞《デ》と読取る。②『せ』は、名詞に着いたサ変動詞の未然形に、推量の助動詞『む』の意志の用法・終止形＋『と』（格助詞＝『日本語を科学する』文法編（下巻）24頁参照）＝《船出ヲシヨウト思ッテ》。③『も』は、同類のものを例示する係助詞（前示資料71頁参照）。『かなひ』は、ハ行四段動詞『かなふ』の連用形で、その意味には基本的には二様ある。一つはハ行四段動詞であり、もう一つはハ行下二段動詞である。前者は《ピッタリ合致スル・望ミドオリニナル・ソノヨウナ状態デイルコトガデキル・相手ト充分対抗デキル》、後者の場合は《願望ヲ実現サセル・願イヲカナエル》という現代語訳となる。『ぬ』は完了助動詞終止形であるから、この歌は一応この第四句で切れている。④『漕ぎ出で』は、二語が複

合して熟語となり一語になったダ行下二段動詞で、その未然形。『な』は、上代語の願望・呼びかけ・勧誘などの意味に用いた終助詞である〔前出同様（下巻）の96頁③を参照〕《サア漕ギ出ソウヨ》。

現代語訳

《塾田津デ船ニ乗ッテ出発シヨウト思ッテ月ノ出ルノヲ待ッテイルト　月モ出テ潮ノ具合モ丁度良イ都合ニナッタ　サア今コソ漕ギ出ヨウ》。

補説と鑑賞

この歌に付いて問題視されている部分は、どの参考書にも採り挙げられているところであるが、『月待てば』の捉え方の違いである。つまり「月が満ちるのを待つ」と採るか、「月の出を待つ」と捉えるかによる歌意全体の解釈が異なると言う問題である。先ず前者で解釈すると、時間（日数）がかなり経過していることになり、気持ちのうえで《待チニ待ッテヤットソノ時ニナッタ》と言う詠嘆的感動が深い。これに対して後者で解釈すると、月が東の方から登り始めて、次第に辺りが輝き始めて雄大な景色が目前に広がっている情景描写の写実的解釈になる。この歌は、女帝三十七代斉明七（661）年正月十四日に詠まれたものと言われるが、その前年300年の交流のあった百済が、唐と新羅の軍勢に攻め込まれると言う状態となり、斉明女帝は皇太子や皇族を引き連れて難波の宮に移り、その救援隊の武器を整備し、正月六日に九州へと向かった。その途中に伊予の石湯（現在の愛媛県の道後温泉）に停泊した。その後の予定の九州（那の大津＝今日の博多）に到着したのが三月二十五日である。女帝の療養も兼ね、石湯の辺りは『午後九時前後に満潮になるから、この歌は恰も大潮の満潮に当ったこととなる。すなわち当夜は月明であっただろう。月が満月でほがらかに、潮も満潮でゆたかに、一首の声調ゆたかにゆらいで、古今に稀なる秀歌として現出した』（斉藤茂吉「万葉秀歌」より）。また第四句『潮もかなひぬ』の四句切れによって、この辺りの潮の流れの激しさだけではなく、この歌全体が厳しい合戦に向う集団に対しての掛け声とも感じられる。それをさらに重ねた末句の『な』で強調している。

15　わたつみの①　豊旗雲に②（とよはたくも）　入日さし　今夜の月夜③（つくよ）　さやけかりこそ④
天智天皇

語句の解説

①『わたつみの』の『わた』は上代語での《海》の事。『つ』も上代語の格助詞で《ノ》の意味。『み』は《霊・神》の意味に遣われてきた。ここでは《海ノ神ノ》の意味で、《ソノ海ノ神ガ居ラレル海原ノ》という意味に遣っている。②『豊旗雲』の「豊」は、

美称の接頭語で、《横ニ長ク旗ノヨウニ美シイ色ヲ帯ビテ靡ク雲》の情景を言う。
③『月夜(つくよ)』は、この歌の場合には《月》の事。古典に於ける暦は、《月》の運行を中心とした中国の《太陰暦》を奈良時代から使用していた。月が基本であるから、新月から次の新月までの29・5日を一か月とし、一年十二か月を交互に二十九日と三十日とした。これでは一年が354日にしかならない。次第にずれてしまう事になっていく。太陽を中心とした今日の太陽暦では暦と季節がいつまでも一致するように四年に一度の閏年として一日増やしていて矛盾はないが、太陰暦では十九年に七回閏月を決めて、たとえば［前の皐月・後の皐月］などと同じ月を置いて一年十三か月の年を決めていた。この太陰暦は江戸中期頃まで使用していたが、その後二・三回国暦「完政暦・天保暦」などに変えたが、明治六年の元日から今日の太陽暦に制定され実行する事となった。④『さやけかり』に付いては、万葉仮名の『清明』の訓み方に多くの説があり一定してはいないが、今日では「まさやかに・あきらけく・さやけかり」が多用されている。意味としては、基本的に万葉仮名の表現から受ける［冷たく澄みきった情態を視覚で感じている］＝《清ク澄ンデサワヤカダ・明ルク際立ッテイル》。「さやけかり」は、形容詞ク活用『さやけし』の連用形。最後の『こそ』は、係助詞の上代語の用法で、願望・強調表現として使われることが多く、［『日本語を科学する』文法編（下巻）83頁参照］結びの語には『あらめ』を補って解釈することが一般的である。

現代語訳

大海原ノ横ニ広ク棚引イテイル大キナ旗ノヨウナ雲ニ　夕陽ガ射シテ赤ク染マッテイル　今夜ノ月ハ爽ヤカデアッテ欲シイモノダナア。

補説と鑑賞

上の句で、大海原に接する色鮮やかな大漁旗のような、夕日をいっぱいに受け明るく輝く美しく、心の躍動する歌詞が続き、下の句ではその感動を率直に結んでいて、一層歌意を強調している。

この一代の英雄天智天皇の皇子志貴(しき)の皇子(みこ)には、白壁の王・湯原王・春日王・榎の王という皇子と海上女王の皇女があった。天智皇統の二代目志貴皇子の即位はなかったが、孫の三代目には白壁王が歴代四十九代目（光仁天皇）として即位している。次の湯原王は万葉歌人として秀でており、祖父天智天皇の作歌力を最も受け継いでいる［375番にて解説］。天智帝は若くして藤原鎌足と提携し、大化の改新を断行したのちも、多くの政敵を倒し常に先頭に立っていたが、朝鮮半島の遠征に失敗し、弟の大海人皇子も不和となるなどやや激しい気性と思われる人の詠み歌としてこの歌を読むと、いささか異なったイメージがある。万葉集中に長歌一首と三首ほどの短歌と左注・詞書が七ヵ所掲載されている。二代目志貴の皇子には、歌が八首と詞書など数首ある。

18　反歌(はんか)①

三輪山を　然(しか)②も隠すか　雲(くも)だにも③　心あらなも④　隠(かく)さふ⑤べしや　額田王(ぬかたのおおきみ)

語句の解説

①『反歌』は、前の長歌に付いて、その長歌が長くなったので内容を纏めた短歌・前の長歌で詠みもらした事を補充した短歌・前の長歌の要所を捉えてもう一度繰り返して強調した短歌という三様がある。この場合は、天智天皇の近江の遷都に随行した井戸王(いのへのおうきみ)の長歌に「和歌(あわせし歌)」＝《アワセタ反歌》の意味である。②『然も』は、情態副詞で《ソノヨウニモ》の意味。③『だに』は、最小限の願望を示す副助詞で、この場合には直下に強調の係助詞『も』を伴って、更に強く表現している《セメテ雲ダケデモ》。④『なも』は、上代語で使われた願望の終助詞。動詞の未然形から続く。《…テ欲シイ》。⑤この最終句は前の長歌の最終句を使って、調子を合わせている「和歌（あわせし歌）」である。『隠さふ』の「ふ」は、上代語の継続を表す助動詞で、ハ行四段に活用する。上の語からの接続は動詞の未然形につく〔前歌の語句解説④と同書の235頁参照〕。『べしや』は、推量の助動詞「べし」＋反語の係助詞「や」の終助詞的用法で、《イツマデモ隠シ続ケテイイモノダロウカ、イヤ隠スベキデハナイデアロウ》。

現代語訳

（私ガ眺メタイト思ッテイル）三輪山ヲソノヨウニ隠スノカ　セメテ雲ダケデモ思イヤリガアッテ欲シイモノダ　ソノヨウニ隠シ続ケテ良イモノデアロウカ。

補説と鑑賞

時の政治家たちの事情により、天智天皇六年三月の近江遷都をしなければならない事情があったが、その土地に住み慣れてきた国民たちは、遷都を願わず反対していた。永い間見慣れてきた美しい三輪山を、最後にもう一度よく見つめたくて、素朴で民謡的な歌ではあるが、何物によっても隠されたくはないという強い気持ちが読取られる。さらに、最後の二句の倒置法では、三輪山の神を捨てて近江へ遷都しなければならない事情を陳述し、新しい都の安泰を、詠み人は深く心中では祈念していることが著されていて、一層詠み手の気持ちは強められている。

天皇の蒲生野に遊猟したまひし時に、額田王の作りし歌

20　あかねさす　紫野行き　標野（しめの）行き　野守は見ずや　君（きみ）が袖振（そでふ）る

語句の解説

◎の『天皇』は、三十八代天智天皇であり、万葉集初代三十四代舒明天皇の二十七年後に即位し、わずか三年の在位であった。①『あかねさす』は、太陽が茜色に照り輝く意味から、陽・昼・光・君に係る枕詞。「あかね」は、多年草でその根から赤や紫色の染料を採り、当時の貴族階級では古代色として最も珍重された色である。それだけにこの「あかね」を栽培する一定の野原を、立ち入り禁止にした所を『標野』と言って監視の番人を付けていた。『さす』は《・・・ヲ含ンデイル》の意味。「枕詞」とは、主に和歌や歌謡において用いられる修飾法の一つであり、ある語の上に置いてその語を修飾したり語調を整えたりする語で、多くは五音の特定の言葉である。枕詞の成立は、この10頁辺りに記述した上代に和歌が成立する頃からすでに使われていた。呪者が神に祈祷する時に神の名を挙げて、神々を讃え感謝を呪誦する気持ちと同様、その下に付く言葉に対しての美称の誉め詞であった。②「標野」は、皇室や貴族の領地で、主に狩猟などに使うために、一般人の立ち入りを禁止した野原。③「君」は「大海人皇子」。当時「袖を振る」ことや、首にかけて肩に垂らした領布(ひれ)を振ることは呪術的な行為であり、思う相手を招き愛情を表し、相手の魂を引き寄せようとする動作であった(今は天智帝に仕えている身の私にかつての恋人の大海人皇子がこの狩猟に参加していた)。

現代語訳

天智天皇ガ（即位サレタソノ年ノ五月）蒲生野ニ遊猟ナサッタ時ニ、額田王ガ作ッタ歌＝以上詞書。紫草ガ植エテアル野原ヲ　アナタ（大海人皇子）ガ狩ヲシナガラ　私ニ袖ヲオ振リニナルノヲ　野ノ番人ガ見ナイデショウカ。

補説と鑑賞

「蒲生の遊猟」は、時の天皇が主催して盛大に華々しく行われた「薬猟」であり、男女とも着飾って行う。男子は鹿を狩り、女子は薬草を採る。この歌には、大海人皇子と額田王の二人が専制的な支配者であった天智天皇によってその仲を裂かれて、禁じられた二人の愛に生きる抑えきれない思慕を歌い上げている。その気持ちを女が《野守は見ずや》と歌いかけ、男に対する拒絶ではなく、反対に強い思慕の表現である。それは『古代色』の「紫」で、「あかねさす紫野行き」と心のうちを華麗な色彩言葉を用い、「標野ゆき」と人目を忍ぶ恋心を見事に表現している。しかも女からの恋心の不安と、それに対する喜びの両方を、「古代紫」ということばで、いとしい人を深く心のうちに思いながら率直に歌いあげ、まず額田王の方から皇子に送っている。野守が見ているかもしれないのに、大胆にも私に袖を振るなんてと、恐怖感を表に言い表してはいるがその裏には深い喜びが読み取られる。

21 紫の　にほへる[①]妹を　憎くあらば[②]　人妻ゆゑに　我恋ひめ[③]やも

天武天皇

語句の解説

①『にほへる』の『にほへ』は、「にほふ」の已然形（最近では命令形と言う説が多い）＋「る＝完了の助動詞「り」」の連体形の二語である。『にほふ』は奈良朝末期頃までは、視覚的な感覚用語で《輝くほどに美しい女性・あかみがかった色合いが良く似合うような美人》と言う気品にあふれた気持ちを表現している。［その語源に付いては、「に」は、「丹」で赤い色の物をいう。例えば「はにわ・にぬり」の「に」である。「ほ」は、「穂・秀」であって、先が尖っていて飛び出しており目立つ部分を言い表す語である。例えば「ほこ先・波ほ（波の先の白い部分）ほつ枝（枝の先）・岩ほ《大きな磐の先端のとがった部分＝巌》などと言うことばの中の語になっている。「ふ」は、前の（18）の歌の⑤「隠さふ」で説明したように継続の助動詞で、「にほ」の状態が長くいつまでも続いている状態を表す四段活用動詞の語尾となっている。」］当時奈良朝末期頃までは、嗅覚的表現では、「薫る」を用いていた。今日では、むしろ「におう（匂う）」の方が嗅覚的用語になっている。②ラ変動詞未然形「あら」＋接続助詞「ば」が付いた形であるから、仮定条件法である。《モシ…デアルナラバ・タトエ…デアロウトモ》。③『めやも』は、［推量の助動詞『む』の已然形「め」＋反語の係助詞「や」の終助詞的用

法十詠嘆の終助詞「も」』＝《ドウシテ（私が）…シヨウトシタデショウカ　イヤソノヨウナコトハ決シテアリマセン》。

現代語訳

紫草ノヨウニ美シイアナタヲ　モシ仮ニ私ガ憎イト思ッテイルナラバ　人妻デアルアナタト知ッテイル私ガ　ドウシテアナタニ恋イ慕ウヨウナコトヲスルデショウカ　イヤ決シテシマセン。

補説と鑑賞

この二人の思慕の情は、支配者天智天皇によって引き裂かれたことにより、いっそう互いの思いは深く燃えている。前の女性の歌で「野守は見ずや」と抑えた女性の不安感を、この男性の返歌ではきっぱりとその心配を否定している。以前に恋い慕っていた自分の気持ちを理解もせずに、人妻になってしまった相手を憎く思うのはもっともであるという気持ちが前提であって、相手への断ち切れない気持ちを歌っている。額田王は当時既に四十歳に近い初老である。それにも拘らず、天智・天武両帝に仕えることの可能なほどの美しい姿を、まず発句で「紫のにほへる妹」と言い表し、下句では、忘れようとて忘れえない気持ちで、たとえ公のこのような場であろうとも、自己の内奥の激しい高まりを誰に見られようとも恐れない、という偽りのない真実を明瞭に表現し、いかにも「益荒男（ますらを）」ぶりを詠み上げた典型の歌といえよう。宮廷社会においてこの二首や大和三山の歌のほか、額田王に関る多くの歌物語が有り、「万葉集」初期の代表歌人である。

天皇（てんわう）①の御製の歌

28 春過ぎて　夏来（きた）②るらし　白たへ③の　衣干したり④　天（あめ）⑤の香具山

語句の解説

①この場合の「天皇」は、女帝四十一代の持統天皇である。天智天皇の娘（第二皇女）母は蘇我遠智（そがのおち）で、十三歳で天武帝の皇后となり、草壁王子ただ一子を出生したが、病弱で二十八歳にて逝去したために、孫の軽皇子（後の四十二代文武天皇）はまだ七歳であったために成人するまで自らが、夫の天武帝の崩御後、治政の意志を継いで四十一代目の天皇に即位した。女帝ながらも天下国家の統治の器量を発揮し、ゆったりとおおらかな人柄であり、その歌風も格調高く女性らしい感覚的で律動のある詠み振りが選者の目を捉え、長歌二首と短歌四首も採り挙げられている。②『来る』はラ行四段動詞・終止形である。「来たる」

のようにカ変連用形＋完了の助動詞「たる」ではない。『らし』は、〔（文法編・下巻）の174頁参照〕根拠のある推定の助動詞である。《来ルラシイ》。その根拠は、次に続く二句である。③真っ白な楮の皮で作った布で、一般的には白い着物の事で枕詞ではない。④『たり』は、完了の助動詞・存続の用法・終止形。《…テアル》。⑤《天ニアルヨウナスバラシイ》と言う「香具山」の美称で枕詞的用法だけではない（22－23頁参照）。

現代語訳

春ガ過ギテ、イヨイヨ夏ガ来ルラシイ。形ノ素晴ラシイ若葉ノ生イ茂ッテイル香具山ノ緑ノ麓ニ、真ッ白ナ夏ノ着物ガ干シテアル（ソレヲ見レバ夏ガ来ルトイウコトガハッキリト分カル）。

補説と鑑賞

この歌の背景には、持統女帝の宮廷のあった丘陵に囲まれた狭い飛鳥野宮から見れば、広く開けた平野の中央の築かれた藤原宮の周辺には、大極殿を中心にして、東に香久山西に畝傍山北には耳成山の大和三山が眺められる藤原京の安泰期に入る。天皇家の氏神である伊勢神宮に通じる大和の出口に、水と桜の景勝地吉野の離宮に持統女帝も三十回以上も行啓されている。この歌は、『新古今和歌集』の巻第三の「夏」の冒頭歌であり、また「小倉百人一首」でも採り挙げられていて、学習者諸君もなじみの和歌である。つまり『夏来るらし』↓『夏来にけらし』、『衣干したり』↓『衣干すてふ』の表現に付いて、その見る方向によって少しの違いはあろうが、しかし『万葉集』の歌とこの表現の違いに付いても多くの意見がある。やはり写実的にずばりと歌っている『万葉集』の表現が、生き活きとして読者の心に伝わってくる。《マダ来テハイナイガモウ直グ夏ハ来ルラシイ》(万)・《モウ夏ガ来テシマッタラシイ》(百)、《白布ガ干シテアルノヲ見レバ解ル》(万)・《白布ガ干シテアルトイウノヲ聴クト》(百)、と言う語句の解釈の違いにより、『万葉集』の方が読み手の直接的表現がよく感じられる。『百人一首』の方は人伝に誰かから聞いた伝聞的で作者の実感が薄い。しかし一つの自然美としいて初夏の風物とともに、一般の人たちにもなじまれている風景である。緑の中の白布がはっきりと浮き出ていて清々しい女帝らしく清らかながら総体的に展望して捉えた歌である。

29 近江の荒都に過ぎし時に、柿本朝臣人麻呂の作りし歌（長歌は省略）

反歌

30 楽浪（①ささなみ）の　志賀の唐崎　幸（②さき）くあれど　大宮人の　船待（③ま）ちかねつ

（この短歌は、前の（29）の長歌の反歌である）。

語句の解説

①『さざなみ』には「細波・小波・楽波」の表記があり、平安時代以降は『さざなみ』であり、（風によって水面に立つ細かい（細波）のことや、琵琶湖の南西部沿岸一帯の地名を言う場合がある）。『さざなみの』で枕詞として遣われる場合には『細波の・楽浪の』で、《波ガ寄ル》と同じ音の『夜』に係る枕詞や、前行に記述したように、琵琶湖の南西部の地名にかかる枕詞にもなっている。この歌の場合の『志賀の唐崎』がその一例である。②『幸く』は、《幸イニモ・無事ニ・ツツガナク》の意味で情態副詞。③『待ちかね』は複合動詞のナ行下二段動詞・連用形＋完了の助動詞『つ』の終止形＝《待ツ事ガ出来ナクナッテシマッタ》。

現代語訳

ササナミノ志賀ノ唐崎デハ、昔ト変ッテハイナイガ、カツテコノ唐崎デ、船ニ乗ッテ行キ来シタ大宮人タチノ船ハ、イクラ待ッテイテモ再ビヤッテハ来ナイ。

補説と鑑賞

この反歌を詠んだ時に、上の句の十七音中、摩擦音（S音）と破裂音〈K音〉とで十音以上が続いているが、当時都の辺りの一般日常生活では話し言葉においては勿論であるが、文書に書かれたものに付いても、摩擦音や破裂音に慣れていないこの時期の万葉人たちにとっては、先ず上の句を読んで感じる音韻のリズムの良さに驚きをもあって、人麻呂に対する見方が宮廷歌人たちに意識化された一首である。作者柿本人麻呂に付いての詳細は明らかではない。生没不詳、父母も妻子も兄弟についてもわからない。が、壬申の乱後、舎人として草壁・高市両皇子に仕え、持統女帝の行幸に随行した時に羈旅の歌を詠んだり、地方官を勤めたりしながら宮廷を背景とした歌が多く、万葉集の中にも長歌十六首・短歌六十三首も採り挙げられているが、その作歌期間は女帝持統天皇の御代と上皇として崩御するわずか十年余りのうちに、女帝とその皇女皇子たちと深くかかわる年月に、その内容も羈旅の歌だけでなく、挽歌・雑歌・相聞などにわたり情念と才知は万葉歌人の第一人者である。人麻呂が、万葉歌人の第一人者になったのも、天皇の賛歌や、皇族の死を悼む挽歌などの長歌の構想の雄大さ、荘重なリズム、修辞法の多用による構想の確立と、その格調のレベルの高さについては他に比類を見ない。短歌においてもその構想の雄大さは、次に取り上げる48番の歌でも読み取ることはできる。人麻呂の歌のベースは詩情豊かで、その表現リズムの流れは自然で滑らかであり、後世の歌人への影響は大きい。このような宮廷歌人として、さりげなく詠みあげた歌の原動力として、深い「愛」を基盤とした時点での詠み歌によって、人麻呂自身が読手たちの心を捉えたことが要因であろう。

48 東（①ひむかし）の　野にかぎろひ②の　立つ見えて　かへり③見（み）すれば　月（つき）かたぶきぬ④

柿本人麻呂

語句の解説

①「ひむかし」は《陽に向う方向》を意味している。平安時代になると「ひむがし」となり、鎌倉末期頃から「ひがし」と言うようになった。「し」は、方向を示す語。②「かぎろひ」は、《春の日の出の頃に、空を茜色陽炎（かげろう）にする現象》。「かげろう」は春の現象から、「春」あるいは「燃え上がる」に係る枕詞になった。③「かへり」は、《自分が来た道を振り返って見る》ので、「見すれ」は尊敬で訳す事は出来ない。《丁寧の補助動詞》としての一般的用法である。《自分ガヤッテ来タ道ヲ振リ返ッテ見マスト》。④鎌倉時代までは一般的に「かたぶく」であったが、鎌倉以降は、m音とb音の口の開きや声の出し方は同じであるが、m音は鼻から息を出して（ム）と発音するが、b音は唇を破裂させる状態で（ブ）と発音することから「かたむく」と変わり、今日に至っている。今でも両方用いていることばは多い。たとえば『ねむたい＝ねぶたい・けむたい＝けぶたい・さみしい＝さびしい』など日常語でも両方使っている。『ぬ』は完了の助動詞終止形である。

現代語訳

東ノ空ニ暁光ガ立ツノガ見エテ、コレマデ歩イテキタ道ヲ振リカエッテ見マスト、月ハモウ西ノ空ニ傾イテシマッテイル。

補説と鑑賞

柿本人麻呂は、前の反歌でも記述したように、万葉集中、宮廷歌人の第一人者であり、この歌も軽皇子の時代の到来を暗示して詠んでいるとも言われている。年の初めの春、東の空の日の出の茜色に燃え立っている輝かしい暁光の原野を振り返って見ると、西の空にはもう月が傾きかけている。前の歌の中でも表記したように、天空の宇宙全体をただ三十一音の、一首の歌の中に詠み上げている壮大な視点が雄大で素晴らしい。天武天皇と、天皇の崩御まで仕えた后との間に生まれた軽皇子の三皇族に、舎人として仕えた人麻呂が特に天武帝の後を継いだ軽皇子を即位させるまでに、天武帝の治世を大きく進める女帝持統天皇と共に、わずかな舎人だけによる手勢で、古代史上未曾有の内乱『壬申の乱』を勝ち取り、乱後の天皇家の皇権を強化する事が自ずと成立した。この際に皇室中心の精神的支柱としての文化的政策として、民族的伝統のある和歌文化の統一に対する興隆が見られた。特に天武帝崩御後、持統帝になって一層その機運が大きくなり、宮廷歌人の人麻呂はいよいよ持統帝とともに編纂作業に貢献する事となる。その作業に万葉集中誰よりも優れた歌人といわれるようになるのである。このことから万葉集の巻の一について『持統万葉集』と呼称する学者もいる。

58　①いづくにか　②船泊（ふなは）てすらむ　安礼の崎　③漕（こ）ぎたみ④行（ゆ）きし　⑤棚（たな）なし小舟

右の一首は、⑥高市連黒人（たけちのむらじくろひと）

語句の解説

①「いづく」は、不安定な状況を示す場所の代名詞「いづ」に、方向を表現する接尾語の「れ」が付いた代名詞。「く」は場所を表すことばで「こ」が付いたり、「ち」が付いたり、二者択一の「れ」が付いて「いづこ」、「いづち」、「いづれ」などの指示代名詞が使われた。「にか」は、場所の格助詞「に」＋疑問の係助詞「か」＝《デアロウカ》。②「船泊て」は、《船ガ港ニ停泊スルコト》の慣用的な二語の連語。「すらむ」は、サ変動詞の終止形「す」＋推量の助動詞「らむ」＝《…ノダロウカ》＝直前に疑問語がある場合には、この推量の助動詞が疑問語に呼応する。③「漕ぎたみ」は、「漕ぎ回む」＝《アチラコチラ漕ギ回ル》の二語連語のマ行上二段複合動詞である。④カ行四段動詞の連用形「行き」＋過去の助動詞「き」の連体形「し」＝《行ッタ》。⑤「棚なし」

は、船の横板の張り付けてない小さな船のこと。⑥作者に付いては後の［補足と鑑賞］で詳述する。

現代語訳

阿礼ノ崎ヲ回ッテ漕イデ行ッタ棚モツケテナイヨウナ小船ハ、一体ドコノ港ニ停泊スルノデアロウカ。〈あのような小船では遠くへは行けないし、このあたりには船の停泊するような港らしい場所があるのだろうか、〉心配ダナ。

補説と鑑賞

この歌の作者高市黒人は、万葉集に十首あまりの短歌しか乗せられていないが、人麻呂などと並んで初期の代表的歌人に挙げられているのは、その歌の芸術的素質の高さが評価されている。普通では平凡な風景と見逃してしまうような情景の中にも、黒人の目を通じてみると深く心に感じるものがあるのである。例えばこの歌にしても、棚も着いていない小さな船が、阿礼の崎を回ってどこかへ出てゆこうとしている普通の景色であるので気にはしないが、黒人にとっては、このような小船が向っている大海原との対象により、彼の目にはその小船の行く末が心配になるのである。目を向け、崎の向こうには大海原が広がっているかもしれない。もし海の状況が変化して荒れはじめてきたら「船泊り」するような港があるのであろうかなどと、小さな対象に対して大きな舞台の取り合わせも、また作者の作歌の感情を刺激する素材である。そして常に小さなもの弱いものに対して、同情を持つところに作者の歌心が表れている。このような黒人の詠い振りに付いて、同じ宮廷歌人の先人であり、叙景歌の第一人者である柿本人麻呂の評価を得た黒人には、短歌だけを見ると黒人の作なのか疑問のある歌もあるが、この(58)番の歌に付いては題詞によると「大宝二年(702)太上天皇(持統)参河国に幸しし時の歌」とあり、制作年代が明確な歌はこれだけである。皇族・貴族の経歴に付いては人名事典など資料には詳細に記述されてはいるが、柿本人麻呂や高市黒人などの下級官人の経歴に付いては、どの資料にもさほど詳細に記述されたものは見られない。黒人もその一人であるが、彼の一族の者の一人が「壬申の乱」の際に功績をなし、天武十二年に「連」という新姓を賜与されて以来その一族の黒人にも『連』姓が中名に呼称されるようになっている。

巻第二　次第に個性的で素朴明朗な情熱が歌い上げられ、巻頭の四首は磐の姫(仁徳天皇の后)の歌で、この万葉集全巻の中でも最古の歌である。感情を率直平明に表現した相聞の典型的な歌である。また　この巻の二には、「壬申の乱」など時代の動乱から自然観入へと歌人の目は移り行き、あるいは身近に居た人との惜別を悼む挽歌に特徴がある。巻の二も前巻と同じように、それぞれの歌頭に歌番号を付して整理が行き届いた表記が見られ、二十巻全巻の基本として整理されているのが見られる。

この第一期の主な歌人には、舒明・天智天皇、大海人皇子（おおあまのみこ）・有間皇子・額田王（ぬかだのおおきみ）、磐の姫（いわのひめ）、鏡皇女（かがみのおおきみ）らである。巻の第二の有名な和歌に付いてこの巻は、仁徳天皇（四世紀）の時代から、奈良時代の霊亀元年（715年）に及び、相聞の歌五十二首、挽歌九十首と、その他に四首の百四十六首が納められ、巻の第一と合わせて二百三十首の古代歌謡が含まれ一纏まりとして、古来「万葉集」の原典と見られている。柿本人麻呂の名作の多くはこの巻にある。

「相聞」　①難波（なにわ）の高津（たかつ）の宮（みや）に　天の下②知らしめしし　③天皇（てんのう）の代

④磐の姫（いわのひめ）の皇后の、天皇を思はして　作りませる御歌

85　君が行き　⑤け長（なが）くなりぬ　山尋ね　迎へか行かむ　待ちにか待たむ

語句の解説

「相聞」とは人に贈り、またそれに応える歌の種類。古来わが国においては男女の間で、歌をやり取りする習慣があり、その系統を受けて『相聞』に整理したので、自ずと男女関係のものが多いが、その他のものも含んでいる。また人に贈らない、いわゆる恋

の歌もこの分類の中に入れられている。　①現在の大阪城の南にある東高津で、その地域は当時海岸であった。　②他動詞『知らす』の連用形「知らし」＋四段動詞敬語の「召す」の連用形「めし」＋過去の助動詞「き」の連体形「し」＝《（この海岸地帯の不毛の土地を）皆サンガゴ存知ノヨウニ開拓ナサッタ》　③十六代仁徳天皇④３４７年まで仁徳天皇の皇后。葛城率彦の娘。　⑤「け」は、用言に付いて、《ナントナク…：ノヨウナ気ガスル》と言う感じを添える接頭語。＝《ナントナク時久シクナッタヨウニ思ウ》。

現代語訳

仁徳天皇ガ、東高津ノ方へ行カレテカラ長イ時ガ過ギタヨウナ気ガスル。山ヲ越エテオ迎エニ行ウカ、ソレトモココデオ帰リヲオ待チシヨウカ。

補説と鑑賞

この歌に続く四首のうち、この最初の歌がよく高校の教科書に採り挙げられている。最も作者の心が率直に表現されている。この歌は、「古事記」の下巻、第十九代の允恭天皇の項によく似た歌が謡われている。允恭天皇の皇子軽皇子と、同母の皇女衣通王との兄妹の夫婦関係の破綻が、伊予の道後温泉で生じた時の歌を使っていると思われる。［「日本古典文学大系」一巻［古事記］の下巻、297頁の歌を付記する。］

君が往き　け長くなりぬ　山たづの　迎へを行かむ　待つには待たじ

大津の皇子の、伊勢の神宮に竊に下りて上り来ましし時、

大伯の皇女の作りませる御歌

105　わが夫子を　大和へ遣ると　さ夜更けて　暁露に　吾が立ち濡れし

語句の解説

①②③④大津皇子（六六三－六八六）第四十代天武天皇の皇子。漢詩をよくした。天皇崩御後、伊勢神宮に下り、太伯皇子や大津皇子の同母の姉。当時斎宮として伊勢神宮に奉仕していた。弟の大津皇子が京に帰るのを見送って詠んだ歌。⑤「夫子」は、「妹（いも）」に対する語で、女性から夫や恋人を呼ぶことば。ここでは弟の大津皇子。⑥「さ」は接頭語、《ヤヤ夜更ケニナッテ》。⑦立っていて濡れてしまった＝「立ち」と「濡れ」は熟語ではなく二語である。最後の「し」は過去の助動詞「き」の連体終止法による余情止め。

現代語訳

京へ帰エシテ戻ロウトシテイル私ノ弟ヲ、見送ッテ立ッテイルト夜モ更ケテ、夜明ケガタノ露ニ濡レテシマッタコトダ。

補説と鑑賞

伊勢の斎宮までひそかに訪ねて来た弟に、作者が逢ったのち弟を見送る時の歌である。別れの寂寥感は、歌の後半部に使い尽くされ、しかも歌の終結に余情止の連体終止法が使われいることによって、いっそう作者の気持ちは強調されている。上代語の「暁（あかとき）」は、夜明け前のまだ薄暗い頃を言う。平安時代から（あかつき）というようになった。

107　あしびきの[①]　山の雫に　妹待つと　吾が立ち濡れぬ[②たぬ]　山の雫に

語句の解説

①「あしびきの」は、「山」・「峰」にかかる枕詞である。『枕詞』は、この11頁に記述したような祭事の際に、呪者が祈祷することばの中で関係する神の名前を挙げ、神々を讃えて感謝を呪誦する気持ちと同様、本来はその語の直下のことばに対する美称の

讃めことばであった。②「立ち」は《山の中に立ち続けて》、「濡れ」は《山の雫に濡れ》で、この二語の間に最終句の「山の雫に」が入る倒置法である。

現代語訳

アナタヲ待ッテ、山ノ中ニ立チ続ケ、木々カラ落チル山ノ雫ニ私ハスッカリ濡レテシマッタコトデスヨ。

補説と鑑賞

「大津の皇子」に付いては、前の歌105でも記述したが、父は天武天皇、兄は草壁皇子で681年に皇太子になっていた。然し大津皇子は、その後684年から既に政治に執務し、兄に先んじていた。大津皇子の母は太田皇女で、兄の草壁皇子の母はその妹の鵜野皇女、後の持統天皇である。父天武天皇に認められていた大津皇子は、天皇の死の翌月に、謀反の理由で処刑された。大津皇子はその時まだ二十四歳であった。聡明な大津は既に漢詩に秀で、「詩賦の興りは、大津より始まれり」とまで言われていた。二歳年上の姉の大伯皇女は十四歳の時から伊勢の斎宮となっていたが、弟の大津は身に降り懸かった難事に付いて相談のため、幼くして別れた姉を訪れたのである。

108 吾を待つと　君が濡れけむ　あしびきの　山の雫に　ならましものを

語句の解説

①「けむ」は過去の推量の助動詞で、この場合は「過去の婉曲」の用法＝《…トカ言ウ》。②「まし」は推量の助動詞で、この場合は「反実仮想」の用法＝《モシ・・・ダッタラ・・・デアロウニ》。「ものを」は接続助詞。この場合は「逆接」の用法《・・・ナノニ》。

現代語訳

私ヲ待ツトイウコトデ貴方ガ濡レタトカ言ウソノ山ノ雫ニ私モナリタイト思ッテイマスノニ。

補説と鑑賞

軽く戯れたような返歌ではあるが、姉の弟を思う情愛が強く詠まれている。姉弟二人が久しぶりに再会して、分かれる時の贈答歌107と108には、互いに同じ句を双方が受け答え合った古歌の知識を十分に活用した優れた二首である。

柿本朝臣人麻呂の、石見の国より妻と別れて上り来し時の歌一首

131

石見の海　角の浦廻を　浦なしと　人こそ見らめ　浦なしと
人こそ見らめ　よしゑやし　浦はなくとも　よしゑやし　潟は無くとも
鯨魚取り　海辺をさして　柔田津の　荒磯の上に　か青なる　玉藻沖つ藻
朝羽振る　風こそ寄らめ　夕羽振る　波こそ来寄れ　波の共
か寄りかく寄り　玉藻なす　寄り宿し妹を　露霜の　置きてし来れば
この道の　八十隈毎に　萬たび　顧みすれど　いや遠に　里は放りぬ
いや高に　山も越え来ぬ　夏草の　思ひ萎えて　思ふらむ　妹が門見む
靡けこの山

132　反歌　石見のや　高角山の　木の間より　わが振る袖を　妹見（⑩いもみ）つらむか

語句の解説

①現在の島根県西部。　②今日では「角」という地名はないが、①の近辺に「都野津」という所がある。その近辺一帯を差しているようである。「浦廻」は海岸が湾曲して港に良い場所。　③「見らめ」は、上一段動詞「見る」の活用語尾の省略形「見」＋現在推量「らむ」の已然形「らめ」＝上の係助詞「こそ」の結び＝《見ルダロウ》。　④「縦（よ）し」に間投助詞の「ゑ」「やし」が複合した上代語の感動詞＝《ドウデモ勝手ニ・エイママヨ》。　⑤朝鳥が羽ばたくその時に立つ風や波。　⑥「こそ…め」の係結法による強調、畳語によりさらにこの部分を強く表現している。　⑦《波トトモニ》。　⑧《アチラニ寄ッタリコチラニ寄ッタリ》。　⑨「いや」は《マスマス》という意味の情態副詞＝《イヨイヨ遠クニ》。　⑩「見つらむか」は、上一段動詞連用形「見」＋完了の助動詞「つ」の終止形＋現在推量の助動詞「らむ」の連体形＋疑いを含めた詠嘆の終助詞「か」＝《妻ハ見テイナイダロウカ》。

現代語訳

石見ノ海ノ、角ノ海岸ニハ良イ湾ガナイト人ハ見ルデアロウガ、エイドウデモイイヨ。良イ湾ガナクテモドウデモイイヨ。海辺ヲ目指シテニギタヅノ荒イ磯ノアタリニ青々トシタ玉藻ヤ、沖ノ藻ヲ朝ニ鳥ガ羽バタキスルヨウニ風ガ吹キ寄セ、夕方ニハ鳥ガ羽バタキスルヨウニ波ガ押シ寄セテクルダロウ。波ト共ニアチラニ寄ッタリコチラニ寄ッタリスル美シイ海ノヨウニ、寄リ添ッテ寝タ妻ヲ露霜ガ置イテキタノデ、コノ道ノ多クノ曲ガリ角ゴトニ何度モ振リ返ッテ見ルガ、イヨイヨ遠クニ里ハ離レテシマッタ。夏草ノヨウニ妻ハ萎レテ思イ嘆キ、私ヲハルカニ慕ッテイルコトデアロウ。ソノ妻ガ居ル家ノ門ヲ見タイト思ウ。ドウカ山ガ靡キ伏シテ見セテ欲シイヨ、コノ山ヨ。

〔(132)反歌〕 石見ノ高角山ノ木ノ間カラ、私ノ振ル袖ヲ妻ハ確カニ見テイルダロウカ。

補説と鑑賞

この歌は、古都石見の西部一帯を舞台として、妻と別れて都に上る時作者人麻呂は同じ内容の表現を数箇所ずつ変えてはいるが、二首(135・138)続いて詠んでいる。歌中の、「いさなとり」は「海」の枕詞である。同様に「露霜の」は「置く」の、「夏草の」は「しなゆ」の枕詞。「潟」は、波打ち際と接する砂浜の部分。「磯」は岩の多い海岸。「波こそ来寄れ」までが前半部で、妻が住む海岸の景色を後半部の序として詠み、以下の後半部で玉藻のように美しい妻への思いを歌っている。それに続けて山路を登りつつ、妻のいる里を振り返り、最後に「なびけこの山」と別れの悲しみを振り切るように詠み切っている。最初にも古歌の口唱性を叙述したが、人麻呂は他の長歌においてもこのような古謡の詠み方でその特色を発揮している。この歌でも長い前半の古都石見の荒磯の叙景で、都遠く離れた妻を改めて見出したように「玉藻沖つ藻」と讃えている。今妻と別れてきて、遠く離れ山を越えてきてもう妻の姿は見えないが、妻は私を見送った門にもたれかかり、まだ自分を見送り続けているに違いないと作者が想像して詠んでいることは、この長歌の最終句の山に対して叫び挙げている部分から読者の私たちには読取れるのである。

この場合の反歌は、長歌の抒情の延長で、さらに新しく彼の個性的な特色を現している。長歌の最終句で、妻との別れの寂寥感を「なびけこの山」と叫び切った一瞬のあとに冷静な自分に戻って再び妻への思いに返っている。

人麻呂の長歌131には囃子詞や語りの繰り返しの用法で、民謡調のリズムを使っている事が感得できる。然し次の反歌132になると前の長歌を深く受け、歌謡的な抒情詩の部分を人麻呂の心のうちで見事に整えて、明確に整理抽象化した「相聞」の歌として記誦している。万葉集の巻一・二の中に見られる初期の抒情歌＝「相聞」の歌などにより、万葉歌人特に人麻呂を中心とした宮廷歌人の歌には、素朴な民謡的抒情詩から詠み手個人の心のうちを通って個性化し、抽象化され新鮮な抒情詩として芽生え、相聞の歌として発芽している歌が多くなっている。この「うた」が和歌文学の出発点であると感じられる根拠の一つの要因として、『科学』してみると、祭事にムラを代表して神に呪詛する時の心のうちが感じられるのは、この長歌は全体で四十句の五・七調で、調子よくリズムに乗って詠まれてをり、二四〇語で歌われている。そのうち、ア音とオ音が特に多用されていて、各六十七・八語である。つまりこの長歌全体の80パーセントをアとオの二音で詠まれているという事から、既に記述したように短詩型文芸において、同一母音の多用は自ずとその詠み手の心のうちが表出すると言う、今日の短詩型文芸に対する鑑賞法の一つの視点と考えられている。その面から観ていえることは、この長歌は感情的な激しい表現を用いながら、落ち着いて妻のいるふるさとを後にして人麻呂が一人都に帰る寂しさをこらえ、落ち着いて詠み挙げている万葉秀歌の一首である。〔(歌)の誕生は遥か昔日に、各(ムラ)での祭事の最中と最後に自然発生的にできてきたものであった〕。

巻第三　時代は聖徳太子(571〜621)の歌と思われるもの一首と、明日香の宮か藤原の宮時代以降天平十六年(744)頃までの、全体を雑・比喩・挽歌の三部に分類し、その詠まれた順に歌番号を付けて並べられている。長歌一首と短歌三百一首に旋頭歌一首が挙げられている。主な作家は、聖武天皇・志貴皇子・春日王・湯原王・鏡女王・額田王らの宮廷歌人の他、柿本人麻呂・笠金村・大伴旅人・大伴家持・紀郎女・笠郎女・坂上郎女・坂上大娘・田村太嬢などの歌人で、大伴家の人たちに加えて、藤原京の末期から奈良京の中期までの新しい作家が多くなっている。雑部は持統天皇から聖武天皇までの歌で、比喩部は持統天皇から天平の半ばまで。挽歌の部は推古天皇から天平十六年七月まで大伴家が編集したと思われる。巻一・二の古歌古謡の多いのに比べ、歌の調子･色彩に柔軟性が出てきて、短歌がほとんどである。

この時期は、万葉集の時期的区分で言えば、第二期の『万葉調成立期』（670〜710年代）で、丁度『記・紀・風土記』の編集が始まった時期に相当する。つまり天武・持統・文武朝時代に至り皇室中心の国家意識が強まった時期であり、万葉歌風としての内容も表現も充実し万葉調が確立して、専門歌人が多く排出した。中でも柿本人麻呂の叙事性に富む長歌は、雄大な構想と荘重な表現に秀でたその才能を発揮した。そのほかにも短歌だけではあるが、この時代に対しての哀惜と哀愁深い旅情歌人の高市黒人がいる。その他この次期の代表的歌人には、持統天皇・大津皇子・石川郎女（いしかわのいらつめ）・志貴皇子・長意吉麻呂（ながのおきまろ）などが居る。

255　天離る（①あまざかる）　夷（②ひな）の長道（③ながち）ゆ　恋ひ来れば　明石の門（④と）より　大和島見ゆ

柿本人麻呂

語句の解説

①「天離る」は、《空から遥かに離れた＝天皇の都から遠く離れた》という意味で、「離れた・向こう・鄙・遠く」などにかかる枕詞。　②《都から遠く離れた田舎の地域》　③都からこの明石の港まではおそらく船路であったであろうが、ここまでを振

り返って「長路」であったと感じているのである。その後の都までは長い道のりを徒歩で行くのであろうが、しかし詠み人は任務も船旅も「長路ゆ」と経験してきたために、港について島山が見えるときになってやっと故郷に戻れた、という安堵感と自分を慰愛する心情や以前に住んでいた都への懐古の情など、一度に感じて感無量なのであろう。今日とは異なり港についたとてまだ長路を歩くのだが、そのことは今は全く脳裏にはない。都との地続きのこの港に着いた歓喜の歌である。「ゆ」の使用は上代語であり、動作やその働きの起こる場所やその時を表した格助詞《…デ・…ヨリ・…カラ》であったが＝「長路ゆ」、平安時代になると、その動作や働きの影響を自然に受ける場合にも遣われるようになり、自発・受身の助動詞に成長したことば《自然ニ…サレル・…レル》＝「見ゆ」。この歌を「歓喜の歌」といい得るのは、「ゆ」の上代語の用法からである。④両側から山や海などが迫っているような狭くなった通路の用語で、そこを通って出入りする場所。

現代語訳

田舎カラ上京スル長イ道ヲ、都ヲ恋イ慕イツツヤッテクルト、明石海峡カラ美シイ大和連山ノ様子ガ見エテキタ。

補説と鑑賞

前の歌に続く六番目の羈旅の歌である。この歌は第二句で切れている二句切れの歌であり、五・七調の典型的な万葉調の形体をなしている。長い旅路を過ぎて、大和の西寄りの山なみの奥に見える生駒山や葛城山の連山を「島」と見て、異郷の長旅の果てに見慣れた山影を眺めながら、その嬉しさを率直に万葉調で詠み挙げた名歌の一首である。

長①（なが）の忌寸奥麻呂（いみきおきまろ）の歌一首

265　苦しくも零②（ふ）り来る雨か　神③（みわ）が埼（さき）　狭野④（さの）の渡（わた）りに家⑤（いへ）もあらなくに

語句の解説

①作者奥麻呂は、かつて五世紀の応神天皇朝に自国漢の戦乱を逃れて帰化を赦された東漢（やまとのあや）氏の流れと同じ帰化系氏族で、斉明天皇五年（６５９）に、遣唐使の一人として渡唐した東漢の長の直阿利麻の親族である。奥麻呂は、藤原宮時代の宮廷歌人として仕え、万葉集に残る歌は、十四首である。②句末の「か」は詠嘆の終助詞。［「かは」・「かや」などのように他の語を伴う場合で、体言や活用語の連体形以外に付く場合は、反語や疑問の係助詞である。」＝《降ッテキタ雨ダナア》。③現在の和歌山県

新宮市の三輪崎のこと。④三輪崎の西側にある「佐野の渡し」場のこと。⑤名詞「家」＋係助詞「も」＋ラ変動詞「あり」の未然形「あら」＋打消の助動詞「ず」の未然形「な」＋形式名詞を作る（ク語法の）「く」＋逆態の接続助詞「に」＝《家モナイコトナノニ》。

現代語訳

困ッタコトニ降ッテキタ雨ダナ。三輪ノ崎ノ佐野ノ渡シ場ニハ雨宿リノデキル家モナイノニ。

補説と鑑賞

作者奥麻呂は、生立ちの位置を意識していた下級官人の頃は、公的な会合や皇族の旅行きの後の宴などでは、多くの宮廷歌人に混じって、特にそのような席での即興と機知の利く彼は、同じ歌人仲間でも次第に目立つようになっていた。山上憶良も同じ頃の仲間の一人であったが、憶良は慶雲年間（704〜7）に遣唐使として選ばれるような上級の官僚貴族であったが、憶良を尊敬していたこの作者奥麻呂は、憶良から次第に歌風の方向性を学んでいた。憶良は唐から帰朝した時に、当時唐で話題になっていた大陸小説『遊仙窟』を持ち返り、その内容の艶笑性と華麗な文体により、憶良を取り巻く官僚貴族の歌人たちには珍重されたが、奥麻呂も披見してはいたであろうが、その頃には取り巻き連中が希望する様な即興的に艶笑味のある歌で一座を爆笑させ喝采を受けるような歌は、もうこの頃には詠まなくなっていた。しかし帰化人の多くの影響を受けた当時の中下級の官人たちは、律令制定に伴う新しい階層を占めている官僚機構の中の宮廷歌人の作歌態度が、即興的な艶笑歌を基本とするようになりつつあるのを視て、奥麻呂は、本来の伝統的な従駕応詔歌に回復したいと心を痛めていた。この歌は、その頃の詠み歌の一首である。前の〈語句の解説〉での略歴の最後に記述した万葉集に残る十四首のうち、八首は当意即妙の艶笑歌と見られても否定の出来ない若い頃の作歌も少々はあるが、持統・文武両帝に随って従駕歌人となってからは、本来の伝統的な常識のある宮廷歌人らしい歌が多く、憶良や柿本人麻呂らに学び、自由な趣向を歌風としながらも日本の伝統を確証しようとする意志が詠まれた歌に、彼の詠み歌の変容が見られるようになりつつある。帰化人の中では誠実に大和民族になりたいと努力している内面の変化が、詠み歌を通して感知される人物である。

◎柿本(かきのもと)の朝臣人麻呂の歌一首

266 ①近江(あふみ)の海(み)　②夕波千鳥(ゆふなみちどり)　汝(な)が③鳴(な)けば　④心(こころ)もしのに　いにしへ⑤念(おも)ほゆ

語句の解説

◎作者柿本人麻呂については既に60頁に詳述。　①琵琶湖のこと。万葉集の五・七調で読むときには語調を整えるために「海」の頭母音を省略する。　②夕暮れ時の湖水の波間を鳴きながらとぶ千鳥。　③カ行四段動詞「鳴く」の已然形「鳴け」＋接続助詞「ば」＝この場合は一般的条件接続《鳴クト》。已然形に同じ「ば」が付いたときには確定条件法《…カラ・…ノデ》の解釈法もある。　④心がぐったりと萎えるように。　⑤「ゆ」は自発の助動詞。本来は、自動詞「思ふ」の未然形「思は」＋受身・自発の助動詞「ゆ」の上代の二語が活用語尾の子音共通・母音変化による現象で(omoha)→(omoho-yu)と熟語化して自発の一語となり、その後平安時代になると活用語尾の音節(ho)が脱落して(omoyu)となった時に、(m)音の破裂音の(b)音と口の開き方は全く同じだが、息を吐く時に口を破裂させて声にすると「おぼゆ」となる。「おぼゆ」になると一語の自立動詞になり、同時に受身の用法も生まれてきたことばである。

現代語訳

近江ノ琵琶湖ノ夕波ニ飛ブ千鳥ヨ。オ前ガ鳴クト心モ萎レテ昔ノコトガ思イ出サレルヨ。

補説と鑑賞

かつて琵琶湖のほとりの大津に天智天皇が都を開いたが、天皇崩御後、壬申の乱により崩壊し、都は再び大和に戻った。近江の都が栄えた頃は、作者の人麻呂はまだ幼少期であった。以来栄枯盛衰の人間の歴史を見つめてきた一人の旅人として、その昔と変わらない自然の風景を眺めながら、幼少時の都を懐かしみながら、将然としている作者の姿を感じさせる。例えば場所（琵琶湖のほとり）・時（夕波＝夕暮れ時）、感覚＝視覚（夕波・千鳥）、聴覚（夕波・千鳥・鳴けば）、知覚（心も・萎に・いにしえ）というように作者は自分のからだ全体で受け止め、それぞれをことばに替えて詠み挙げている。まさに旧懐の名作である。

①高市連黒人（たけちのむらじくろひと）の、②羇旅（きりょ）の歌（うた）八首

270　③旅（たび）にして　④もの恋（こほ）しきに　⑤山下（やました）の　⑥あけのそほ舟（ぶね）　沖を⑦漕（こ）ぐ見（み）ゆ

語句の解説

①皇族・貴族に付いての経歴はかなり詳細に人名事典や関係書類などの資料には記述されてはいるが、一般の万葉歌人に付いては柿本人麻呂などと同じく、黒人についてはさほど詳しく記述されていないが、同族が壬申の乱の際の功績により、天武十二

年に「連」の新姓を賜与された。②「旅」のことで、和歌・俳諧では、その内容から部立の一つの項目としている。万葉集では、「雑歌」の中の一項目にしているが、「古今和歌集」以降は「羇旅歌」として独立した部立となった。③名詞「旅」＋格助詞「に」（場所）＋格助詞「して」（手段・方法＝…デ・…ニヨッテ）。④「もの」は、形容詞・形容動詞の上に付いて、漠然として明瞭でなく、はっきりと表現の出来ない感じを添える接頭語＋形容詞シク活用の連体形「恋しき」＋格助詞「に」（時間）＝《恋シク感ジテイル時ニ》。⑤この歌では直ぐ下に続く第四句の「あけ」にかかる枕詞。⑥「あけ」は、当時の地方官吏が中央政府への往来に使用した官船が魔除や保全のために赤土で赤く塗られていた船。⑦ガ行四段動詞「漕ぐ」の連体形「漕ぐ」＋自動詞ヤ行下二段終止形「見ゆ」＝《漕イデユク舟ガ見エル》。

現代語訳

旅ノ途中ニイテナントナク物寂シク人恋シイ気分デイル時ニ、山ノ下ヲ沖ノ方ヘ漕イデ行ク小サナ船ガ見エ、一層淋シサヲ感ジルコトデアル。

補説と鑑賞

詞書にもあるように、旅の歌八首続くうちの第一首目の歌である。作者黒人に関してはすでに（58）＝（34頁）の歌でも既述したが、旅愁の歌に付いては第一人者である。特に柿本人麻呂や黒人のような下級官吏は地方から都への時間も、歩く距離も大変な旅であった。万葉集でもこの二期の第三の巻から「羇旅歌」が主要な部分になった。作者にはもう長い旅の日が続いていて人恋しさが深まっている。そのような時に目立つ赤い「そほ舟＝《官船》が山の下に停泊していた。だから都の人も乗っているかもしれない。と思って見ていると間もなく沖の方へと漕ぎ出て行ってしまった。作者はいよいよ旅愁が深まり孤独感は募る。緑の山と青い海と空の大自然の中に、一点の赤い小舟が次第に小さくなって遠ざかって行く、という正に絵画的な把握は黒人に勝る詠み人はいない。

高市黒人

271　桜田（①さくらだ）へ　鶴（たづ）鳴き渡る　年魚市潟（②あゆちがた）　潮干（③しほひ）にけらし　鶴鳴きわたる

語句の解説

①桜田は愛知県南部の海岸の町。　②年魚市潟は桜田のさらに南部にある海岸湿地帯で、干潮時には鶴などの鳥の餌場になる。　③「潮干に」は、名詞・主語「潮」＋ハ行上一段動詞「干る」の連用形「干」＋完了の助動詞「ぬ」の連用形「に」の三語である。その三語にさらに過去の助動詞「けり」の連体形「ける」の語尾の省略語

「け」＋現在推量で、（ある根拠を元に推量する）助動詞「らし」の終止形が続いた五語の第四句切れの歌＝五・七調である。この第四句の現代語訳は《磯ガ引イテシマッタラシイ＝↓その根拠は鶴が鳴きながら年魚市潟の方へ飛んでゆくからである》。

現代語訳

桜田ノホウヘ鶴ガ鳴イテ渡ッテユク。年魚市潟ハ潮ガ引イテシマッタヨウダ。鶴ガ鳴イテ飛ンデユクヨ。

補説と鑑賞

前の歌に続いての高市黒人の歌であるが、共に情景描写の優れた解りやすい歌でありながらも、この歌では明瞭に四句切れの典型的な万葉調であり、然も第二句と最終句においてのリフレインは古歌の歌謡の強調法が巧みに使われた秀作である。

ここまでのことに付いては、どの参考資料にも記述されてはいるが、黒人のこの「羇旅の歌」二首に付いて、『日本語を科学する』という視点から少し分析して鑑賞すると、日本文芸の特質である短歌俳諧などの短詩形文学においては、遣われる音韻一音に付いても、その一つの詩のイメージに強く影響する機能がある。これは古典文芸のみでなく、現代短歌や俳句でも鑑賞の方法に活用されている。一般的によく言われていることでは、三十一音で成立する和歌文学では、一母音の多用により概観的に言われるのは、ア音が多用されている歌では「優雅で落ち着き」が感じられ、イ音の多用の歌では「堅固で厳粛」なイメージが強く、ウ音が多用されていると「落ち着きはあるがやや暗さ」が感じられる。エ音が多用されている歌は「軽妙で明るく快活的」であり、オ音が多い歌では「荘重で落ち着いた」感じが強く読み取られるという基本的な感じ方が示されている。

このことばの音韻と、倭民族の情緒・音感との関係は、深く鋭くかなり的確性がある。今日よく言われることでは、校歌はア音やオ音のことばが多く使われていて、応援歌や寮歌にはエ音やイ音のことばが多いといわれている。特に現代にまで伝えられているアララギの源流たる万葉集の短歌においても言いうることである。まず黒人のこの二首（270・271）の歌を鑑賞してみる。初めに（270）の『旅にして……』の歌には、イ音とオ音がそれぞれ十語音も使われている。ウ音とエ音は共にただの三語ずつしか使われていない。この音感からの感じで言うならば、堅固で厳粛な感じが強く、重々しく落ち着いたイメージの歌ということになる。また次の（271）番の『桜田へ……』の歌に付いてみると、前の歌と変わって最も多い母音は、ア音の十五音で、次いで多い母音はイ音の七音とウ音の六音である。随ってこちらの歌の特徴は一首の歌の約半数の母音がア音であるという事から、落ち着いた優雅な気持ちで状況を眺めているときに謡われた歌であろうと想像できる。勿論当時の歌人には音韻に付いての意識は皆無であり、現代に至ってからこのような短歌などの短詩型の文芸に関して、一つの鑑賞の方法論が言われるようになったのである。

その観点から二首の特徴を付け加えるならば、前の歌では初めの二句において自己の一人旅の寂寥感を歌い上げ、終わりの二句で自己の心境をさらに深めるような大自然の沖の広い海に向って、小さな真っ赤な『そほ舟』が一つ出てゆく景色を見て歌を結んでいる。後半の叙景句は前半の抒情句の象徴化で厳しく堅く表現している。後の歌では順が前の歌とは逆になっていて、前半で叙景を歌い後半の二句に自己の心情を客観視して詠み、しかも上下の句を繰り返して強調し、なお余裕を持ってのんびりとした風景を詠んでいる。このように見てくると短詩型文芸の音韻的鑑賞法は黒人の二首においては適合している。さらに見比べるとこの二首は共に上の二句の具体性を、下の二句によって客観化し抽象表現で結ばれた形になっているが、その要は抒情・叙景歌に関係なく、現実に土地・地名を第三句の真ん中の一句で上下の句を結び付けている。

317 長歌

山部の宿祢赤人(①やまべのすくねあかひと)の、不尽(ふじ)の山を望める歌一首幷(あわ)せて短歌

天地(あめつち)の　②分(わか)れし時(とき)ゆ　③神(かむ)さびて　高く貴き　④駿河なる　布士(ふじ)の高根を
⑤天(あま)の原(はら)　⑥ふり放(さ)け見(み)れば　渡る日の　⑦陰(かげ)も隠(かく)らひ　照る月の　光も見えず
白雲も　⑧い行(ゆ)き憚(はばか)り　⑨時(とき)じくぞ　⑩雪(ゆき)は降(ふ)りける　⑪語(かた)り継(つ)ぎ
言ひ継ぎ⑫行(ゆ)かむ　不尽(ふじ)の高嶺(たかね)は

318

反歌

⑬田児(たご)の浦(うら)ゆ　⑬うち出(い)でて見れば　⑭真白(ましろ)にぞ不尽の高嶺に雪は　⑮降(ふ)りける

語句の解説　長歌

①山部赤人に付いても、人麻呂や黒人と同じように詳細に付いては明らかではない。赤人は第三期の万葉歌人の代表者に挙げられているが、人麻呂などと同じように下級官人であり、宮廷詩人であった。万葉集には、短歌三十八首・長歌十三首が採り挙げ

られている。多くは従駕の歌であるが、都周辺の近畿地域で、吉野・紀伊・摂津や播磨であるが時には東国の下総は葛飾の真間や、西国伊予の道後温泉までにも旅をした時の羇旅の歌が多い。「山部」とは地方の山人の集団を統制していた豪族で、宮廷に仕えてからは「撰善言司（よごとつくりのつかさ）」が本務で、天武天皇の八式改正に当って「宿禰」の姓を賜っている。彼の詠み歌のうち、三首の挽歌の他は全て雑歌であることから「自然詩人」と言われている。この歌も富士山を詠んだ歌である。　②ラ行下二段動詞「分る」の連用形「分れ」＋過去の助動詞「き」の連体形「し」＋体言（名詞）「とき」＋上代語の［起点（…カラ）・通過点（…ヲ通ッテ）・比喩（…ト比ベテ）・手段（…ニヨッテ）］の意味用法のうちこの場合は「起点」の用法＝《分カレタ時カラ》。③名詞「神」＋上代語で状態を表す接尾語「ーさび」《…ラシイ様子…ラシク見エル》＋接続助詞「て」＝《神々シク見エテ》。　④この場合は「…にあり」が語源で、存在の用法《…ニアル》〔同シリーズ『日本語を科学する』の「文法編」220頁参照〕。⑤《広ク大キイ空》で、「原」は広く見える物を言い表す時にも遣われる。　⑥動作や姿を現す名詞「ふり」が、自分から遠くへ離れる状態を言い表す動詞「さく」が複合動詞となった一語のカ行下二段動詞に、マ行上一段の已然形「見れ」＋条件接続助詞「ば」この場合は確定条件のうち一般的状況の用法＝《振リ仰イデ遥カ遠クヲ見ルト》。⑦「陰」は（太陽の光）のことで、（月の光）の時には「影」を使う事が多いが決定的ではない。「隠らひ」はラ行四段動詞「隠る」の未然形「隠ら」＋上代語の継続の助動詞「ふ」の連用形中止法「ひ」で、直前の句「わたる日の　蔭も隠らひ」の二句は、次の二句『照る月の　光も見えず』と対句になっていて、《山ガ大キクテ高イノデ大空ノ太陽ノ光モ隠レテ見エズ、照ル月ノ光モ見ルコトガ出来ナイ》という誇張表現で、漢詩漢文の用法を用いて強調している。『対句』は、特に漢詩の律詩では三・四句と五・六句には相い対応する語句を使わなければならないという規律がある。⑧「い」は接頭語。《山ニ阻マレテユク事ガ出来ナイ》。⑨「時じく」は、形容詞のジク（シク）活用「時じ」の連用形名詞法＋係助詞強意の用法「ぞ」（体言や活用語の連体形に付く・文末使用もある）。形容詞の活用語尾「ーじく」は、体言に付いて否定的な意味の形容詞を作る上代語の接尾語。この場合は《時節ニ関ラズイツデモ・季節ハズレデアッテ・・・》。⑩霜や霰でなく「雪」が降っているのである。「は」が霜・霰と、明確に区別する係助詞である＋ラ行四段連用形「降り」＋助動詞の過去「けり」の連体形「ける」の詠嘆の用法（上の句末の「ぞ」の結びで、ここで一応終結している）。⑪呪訴→古謡→古歌→万葉集と伝えられ、文化形成の素朴な手法。⑫カ行四段動詞「行く」の未然形「行か」＋推量の助動詞終止形の意思の用法「む」＝《行コウ。》であるからここで終わりであって、最後の一句は、二句前の「語り継ぎ」の前に入るのであるが、倒置法を使って強調している。この「語り継ぎ」と直後の「言ひ継ぎ」は同意語の反復強調法である。

反歌　⑫「田子の浦」は、静岡県の富士川河口の吹上浜辺り。「ゆ」は、経由の格助詞で、同じ上代語に「よ・より」がある。《…ヲ通ッテ》。⑬動詞の上に付いて《チョット・何トイウコトモナク・何気ナク》などの意味を添える接頭語「うち」＋ダ行下二段動詞「出づ」の連用形「出で」＋接続助詞「て」＝《見晴ラシノイイトコロニ出テ》。⑭「真白」は、アラユル語の上について（真実の・純粋の・完全な・正確な・正式の）などの意味を付け加える接頭語に形容詞の語幹「白」の付いた熟語＋情態の格助詞「に」＋強意の係助詞「ぞ」＝《トテモ純白ニ》。⑮ラ行四段動詞「降る」の連用形「降り」＋過去の助動詞の詠嘆の用法「けり」の連体形「ける」＝前の係助詞「ぞ」の結び＝《降リ積モッテイルナア》。和歌の最後に使われる「けり」は、ほとんどの場合詠嘆の意味の終助詞的用法である。

現代語訳　長歌

天ト地ガ分カレタ時カラ、神々シク高ク貴ク駿河ノ国ニ在ル富士山ノ高イ峰ヲ、大空遥カニ振リ仰イデ見ルト（アマリニモ高クテ）空ヲ渡ル太陽ノ光モ隠レ、照リ輝ク月ノ光モ見エナイ。白雲モ山ニ阻マレテ恐レ慎ミ、時節ニカカワラズ雪ハイツモ降ッテイル。コノ富士山ノ高ク神々シイ立派サヲ次ノ時代ノ人々ニ必ズヤ語リ継ギ、言イ伝エテイコウ。

反歌　田子ノ浦ヲ通リ、見晴ラシノヨイ所へ出テ遥カニ見ルト、真ッ白ニ富士ノ山頂ニハ雪ガ降り積ッテイルノダナア。

補説と鑑賞

長歌＝大伴家持により、柿本人麻呂とともに叙景歌の純粋性を詠み挙げる至高の歌人という意味において『山柿の門』と、二人を同等の叙景歌人の第一人者と言われてきた。その内の一歌がこの長歌と反歌である。長歌の大半を富士の霊峰を叙景し、対句など漢詩の技方を借りて一層格式高く、宮廷歌人たち読者に確実な構成を感じさせ、最後の三句で自己の希望を倒置法の表現によって強調して締めくくっている。最初の発句から赤人の富士の霊峰に対して、永遠悠久の美観荘厳の意識を詠み上げ、三・四句では富士の美に神々しさ＝神を感じ続けてきた古代人の、素朴な崇拝と憧れの気持ちを謡い、太陽と月、雲と雪それぞれ対句表現をもって構成を明瞭に詠み表している。長歌にしては長くはない歌のうちに、富士の霊峰を生き活きと具体的に詠みつくし、その永遠性を讃えた赤人の叙景歌の典型である。

反歌＝長歌の後に続く反歌に付いては、既に記述した（28頁）ような三点ほどの関連性はあるが、赤人の反歌には人麻呂の、返して詠み始めるような長歌の最終句を受けた文字通りの反歌が多いが、赤人の反歌では、前の長歌を総括し、内容の面においても、長歌の観念的な表現を反歌においては外に出て自分の目で見た実写する詠み方を採っている。反歌の『真白にぞ—雪』が見えるのは、長歌で詠んだ『日』・『月』の光が必要であった。それに重ねて長歌の『雲』と『不二の高嶺』は、万葉人も神聖なものとして古来、呪物に呪者が呪文に使ってきた超自然物であると理解したうえで、赤人も長歌との関連に付いては人麻呂同様確実な関連を持って詠み挙げている。そもそも赤人は、「山びとの集団を統括してきた地方の豪族」の末孫であり「山部に生活の基盤を持っていた一族」である。学習者の中高校生の皆さんが正月のカルタ遊びで聞く同じ作者の歌でありながら下の句が違うのに気付いているであろうが、「小倉百人一首」に採り挙げられている歌は『新古今和歌集』を典拠としているからである。この詠み手は宮廷歌人中でも右に出るものを見ない山部宿祢赤人である。その富士を詠む目に見た実景を叙景のみでなく抒情に引き込んで表現する歌心のある歌人であり、この歌の特徴は、万葉集の写実の理念が根底であるのに対して、新古今和歌集では抽象的で理念的な芸術至上主義が中心的な理念になっていることが感じられる。

都人にとっては富士を眺める地方を当時は「東の国」として、都から遥か離れた鄙びた地方の歌と見ていた。官人たちの東への赴任の往来により眺める富士のすばらしさに付いては、古来伝わる『竹取の翁の物語＝竹取物語』などの伝承と変わらず、素晴らしいというだけではなく、伝説のように霊山の山容を感じさせる事を編集者は捉えて、万葉集では『巻の第三』に山の歌を纏め　そのうちとりわけ富士の山の歌が多く採り挙げられている。「富士の山」を詠んだ歌は　その地域性から見れば「東歌」に部類する。となれば巻の第十四に入れられていい歌である。本来和歌は抒情を主体とした短詩型の文芸であるが、この赤人が活躍した万葉の第三期になると、視覚的で観照的な方向に進み、詠み表そうとする感動はそのままではなく、赤人の心の奥に一度沈めて感覚的で象徴的な表現の世界に詠み替える手法が彼には出来上がっている。

328 あをによし[①] 寧楽(なら)[②]の都(みやこ)は 咲く花の にほふ[③]がごとく いま盛(さかり)[④]なり

小野老(おののおゆ)[⑥]

語句の解説

①奈良においては古来青丹（顔料・染料などに使われた青黒い土＝あをに）を産出していたことから「奈良」に係る枕詞となった。②現在の生駒市の西方に皇居があった頃には『寧楽・平城・奈良』などと書かれ一定してはいなかった。③「にほふ」に付いてはすでに30頁でも記述したが繰り返すけれども、上古においては、主に花の美しさ・美しく輝いて咲いている様子や、太陽の光を受けて美しく照り映えて見える様子を初めとして、女性の衣服の美しい様子を表現した視覚表現のことばであって、嗅覚的に表現する場合には『薫(かを)る』を遣っていた。平安時代になるとそのような美しい女性がいる辺りを魅了する雰囲気を「香り漂う」と言うようになると、「香」の文字を使用することになって「匂」と混用するようになり、今日のように「匂う」が嗅

覚表現に遣われるようになったのは室町末期頃からである。語源的に『科学する』と、「に」は「丹」で赤い色、「ほ」は「穂・秀」と表記され、ひとり抜きん出て目立つことの意味を持つことから見て、美しい様子を言うことばであった。⑥生年未詳、奈良時代の官吏で元正・聖武両帝に仕えた。歌人でもあり、万葉集に三首を残している。

現代語訳

奈良ノ都デハ咲イテイル花ガ美シク照リ映エテイルヨウニ今真ッ盛リニ咲キ栄エテイルヨウダナア。

補説と鑑賞

和銅元年（708）九月に狭くなった藤原京を三倍の広さの計画で設計され、同三年三月に完成され元明天皇は平城京に遷都した。狭くても大和三山に囲まれ四季折々の風情に生きがいを抱いて生きてきた常民の多くは、草深い農村から城都建設の労役に奉仕させせられた。造営に使用する役民や仕丁でさえ、その任務の過酷さに耐えかねて逃亡する者も出る状態であった。新都造営の目的は当時の支那の中央集権国家体制を模倣した構築のために、律令政治を執行しやすくしていた。この歌の作者小野の老も下級官人の一人であり、遷都の役労に疲れて病となり、那須温泉にて療養中死亡している。

山上(やまのうへ)の憶良(おくら)の臣の、宴(うたげ)を罷(まか)る歌(うた)一首

337 憶良らは　今は罷(ま)からむ　子泣(こな)くらむ　それその母も　吾を待(ま)つらむぞ

語句の解説

①山上憶良については全く資料がなく、その出自は明らかでない。無位無性の卑門の出である憶良が。大宝元年（701）遣唐使抄録に任命された記録が残されている。帰朝後伯耆の守に任ぜられ（704）、天武天皇に仕えるようになるに至ったのは憶良自身の力量であり、常に現実を見据えて素直な表現をもって弱者の立場に立って、歌を読み続けていて、決して俗信を認めず真理を詠み続けた。六十七歳で筑前の国主として神亀三年（726）に赴任するが、その翌年に太宰帥として大伴旅人が着任するのである。その時二人は憶良が六十八歳で、旅人が六十三歳であったが、その二年後に旅人の妻大伴の郎女が病死する。憶良は旅人と共に官人としての生活だけでなく作歌生活においても強く結ばれて、五年を経て旅人は天平二年十二月に大納言を拝命し、太宰の帥を解かれて帰郷する。この歌は第二の赴任地太宰での歌であるがここに来て愛児に先立たれ、自らの生活も不安の中ですごしていた。遣唐使時代に学んだ教養は儒教的合理主義の面があり、万葉集でも旅人の人生楽観的な人間肯定主義と対照

的であって、この面を選者のひとり柿本人麻呂は理解していたのであろう、二人の歌は相い前後して掲載している。　②「宴」は何の会合か確認できないが、その会合を一足先に辞退する時に歌を詠む慣わしがあり、その時の歌を『立歌（たちうた）』と言われている。③ラ行四段動詞の未然形「罷から」＋推量の助動詞・意志の用法「む」＝《辞退シタイ・先ニ失礼スル》。　④「泣くらむ」は、カ行四段動詞の終止形「泣く」＋推量の助動詞・現在推量の用法「らむ」＝《子供ガ泣イテイルヨウダ》。　⑤「それ」は指示代名詞で、この場合は事象代名詞の中称の用法で《ソレニ・ソコデ・ソノ時》・「その」は、「そ」が三人称指示代名詞の中称の用法＋格助詞「の」＝《ソレニ・ソノ子ノ》。⑥「待つらむ」までは③と同じ二語に係助詞「ぞ」の押念の終助詞が付いた句＝《今頃ハキット待ッテイルコトダロウヨ》。

現代語訳

私、憶良ハ宴会ノ途中ダガモウ失礼シタイ。今頃子ドモハ泣イテイルダロウ。ソレニソノ子ノ母親モ私ノ帰リヲキット待ッテイルコトダロウ。

補説と鑑賞

この歌に付いての「語句の解説」の①で憶良と旅人との太宰府での関係を記述したが、万葉集の編集者の第一人者である柿本人麻呂は、多くの場合家族愛や貧者同情など生真面目な老荘の儒教思想家で人生派的な憶良の歌の前後に、その反対派とでも見られてきた貴族的で享楽的世界観の大伴旅人の歌を並べて編集しているので[次の旅人の(338)の歌のように]、この二人の親密な友情深い関係で、旅人が大納言に任命されて都に帰り、間もなく逝去してしまうが、その後も憶良の旅人に対する回想の歌など多く詠み、彼との深い友情は憶良の心には長く続いていた。憶良の性格の一面に旅人に共通する戯れ気分や諧謔表現などの素質があり、両者にとっては何も対立するところはなく、詠み歌についてただ読者にはともすると十分に両者の友好情態は理解しがたい面があると思われる。特にこの巻の第三(338)の歌を詠んだのは憶良が七十歳を過ぎてからの歌であるという事実である事から見ても、この宴席を辞退するときの「立歌」としての戯れ事は、そのあとの席に残る者に付いても良い置き土産になっていることであろうし、憶良も気兼ねなく席を立つ事ができたであろう。しかし憶良の深想には愛児に先立たれた不幸を常に忘れることが出来ず、一連の『子等を思ふ歌』は、彼の詠み歌の一つのテーマとなっている。集中子どもを詠んだ歌人は憶良だけである。

憶良の実生活は、ちょうど文武天皇に仕えていた頃、日本の律令制度が重視され、特に地方官としての要地である北九州の備前には、中央集権制に反発の激しい浮浪者や私度僧が増加し、最も不安定な地域である国主として太宰へ赴任させられた彼は、真面目な性格からこのような中央の方針を極めて忠実に積極的に推進していた。

太宰（だざい）の帥（そち）大伴（おほとも）①の卿（きやう）の、酒を讃（ほむ）る歌

338 験（しるし）②なき　物を思（おも）③はずは　一杯（ひとつき）の　濁（にご）④れる酒を　飲（の）⑤むべくあるらし

語句の解説

①律令時代に制定された京師（京職）・難波（摂津職）・筑前（大宰府）の三地方の長官の位で、この場合は「帥」の地位であった大伴旅人のこと。この歌は旅人の『讃酒歌十三首』の最初の歌であり、憶良の『立歌』の次に置かれている。②《効キ目ノナイ・価値ノナイ・無駄ナ》の意味に用いる漢字。「しるし」にはほかに「徴・標・印・証」が遣われ、それぞれ多少の意味の違いがあった。③ハ行四段動詞「思ふ」の未然形「思は」＋打消の助動詞「ず」＋接続助詞「ば」の三語から成る句である。そのうち［打消の助動詞「ず」］には、3系列あり、一つは「ナ」系列で上代語として主に「な・に・ぬ・ね」が遣われていた。二つ目は活用しない無変化の「ず」が有り、最後にできた語は「ず」の連用形に補助動詞の「あり」が付いてできた「ざり＝zuari」の二重母音uaの前の母音uが落ちてaが残り「zari＝ざり」が出来た系列の三通りの打消の助動詞がある。その「ず」系列から続く接続助詞の「ば」は二語濁音の連続を避け、「は」と清音化することで強調表現に替えている。」＝（詳細について

は『…科学する』の文法編下巻34〜36頁を参照)。④ラ行四段動詞已然形(現在では命令形という説もある)「濁れ」+完了の助動詞「り」の連体形「る」=《濁ッタ・濁ッテイル》。⑤マ行四段動詞終止形「飲む」+推量の助動詞「べし」の適当の用法の連用形「べく」+ラ変動詞「あり」の連体形「ある」+推量の助動詞「らし」の終止形が続いた四語八音の最終句である=《飲ム方ガ適当ナヨウデアル》。

現代語訳

考エテモ甲斐ノナイ物思イナドシナイデ、ソレヨリモ一杯ノ濁リ酒ヲ飲ム方ガイイヨウダヨ。

補説と鑑賞

編集者の第一人者である大伴家持は、前にも記述したように[「万葉集の概説」の項(16頁)の巻の第一の項で]、はじめの二巻までは、古事記に継いで歴代の天皇の歌を順にその名を記し、しかもこれらの歌は主に天皇とその周りにいる歌人の歌を、「雑歌」一巻八十四首で纏め挙げている。巻の第二は、これも記述したように(34頁)、「相聞の歌=愛の歌」で編集されている。この二巻は万葉集の原典として前の時代の貴族階級の子弟の学習書的狙いもあって、その後の当時としての「現代」の学問分野として、古来受け継がれて来た大和文化である「和歌(やまとうた)」を、皇族貴族の後継者の教育資料の一つとしてまとめていると見られる。それにもまして次に続く巻の三と四は、前の二巻と同じ部立構成で編集されている。山部赤人と柿本人麻呂を中心にした叙景の名歌が並び、後半には山上憶良と大伴旅人の対照的な歌について、さらにその巻四には編集者の家持の叔母であり、旅人の妹である坂上の郎女の歌に関心を寄せて集めている。この五人の歌には、それぞれ固定した深い歌心がこめられていて、一首ごとの歌の中に各自の思想が詠み込まれているのである。家持が巻一・二の人麻呂に変わって巻三・四でいかに自分（家持）を主要な詠み手にしようとして替えても、その評価は大きく差を付けられているのである。

この337と338の二首は、古墳時代に生きがいを発揮し死者への永遠の住処である古墳をなし、黄泉の世界に付いて思考し続けていた編集者の家持が選び出した巻三の主要歌人の二人の作品であり、律令体制の中で、備前の「国司」の地位にある忠実な官人の憶良や、同じ太宰で「帥」の地位で赴任してきた家持の父旅人の詠み歌を、憶良の歌の前後に集めたうちの「讃酒歌十三首」の最初の歌である。その次の例歌は、歌番から見れば分るように十三首中の十二番の歌で、この歌も高校の教科書によく採り挙げられている。

349　①生（う）まれれば　遂にも死ぬる　②ものにあれば　今ある間は　楽しく③をあらな

語句の解説

①ラ行下二段動詞「生まる」（自動詞）の已然形（今日では命令形という説もある）「生まるれ」＋条件接続の助詞「ば」＝《今生マレテイルカラ・現在生キテイル間ハ》＝仏教の「生者必滅」の語句の意味によることば。②「に」は断定の助動詞「なり」の連用形「に」＋ラ変動詞「あり」の已然形「あれ」＋前の①の「ば」と同様＝確定条件法の用法（已然形接続だから）＝《モノナノデアルカラ・…トイウコトニ決マッテイルノデ》。③「を」には二通りの用法がある。一つは体言の上についた接尾語で《小さい・小さくてかわいい・細かい》という意味に使う場合と、語調を整えたりやさしくソフトな感じを表したりする用法のほかに、形容詞の語幹・連用形に付いて感動の用法に遣われた上代語。この場合は上の語が「楽しく」で形容詞の連用形である。「あらな」の「な」は、巻一の（8）の歌の最終の「な」と同じである。つまり終助詞の「な」で文末に使われるが、その用法には三種あり、一つは多くの語に付いて「詠嘆」＝《…ダナア・…デアルヨ》、二つ目は活用語の終止形に付いて（ラ変形の語には連体形に）「強い禁止」を表す＝《…スルナ・…シテハナラナイ》。三つ目が（8）の歌と同様で活用語の未然形に付いて自己の「願望」の用法である。したがって「あらな」＝《アリタイ》。

現代語訳

生マレタカラニハ最後ニハ死ヌコトハ決マッテイルノダカラ、今生キテイル間ハ楽シク在リタイモノダナア。

補説と鑑賞

旅人が自己の人生観を詠み挙げた最も明瞭に理解される歌がこの(349)番の歌である。大伴家は近畿地方に成長した英雄的豪家であり、大伴家の最盛時代は古墳時代であった。大伴家は代々軍事を司り、その豪家大伴家の八代目が安麻呂で、その息子が旅人であり、孫が家持である。旅人は四十五歳(和銅三年=710)に左将軍を任じられており、五十歳(霊亀元年=715)に中務卿、五十三歳(養老二年=718)に中納言に昇進している。旅人は若くして深く漢学を学び、身に着けた老荘の儒教を元に和漢の詩語と対句表現によって、奉仕した聖武↓文武↓天武三代に宮廷歌人としてその時期には新しい儀礼的讃歌を創造し、目を引き評価の中心に置かれていた。しかし晩年になり既に藤原氏の政界進出に圧され、大伴家の地位は衰退し始めていた。その頃に万葉集の編纂の話題が出始めていた。旅人は六十三歳(神亀五年=728)筑前の帥として、これまでのように九州北部において朝鮮半島などからの敵対防備を命ぜられ太宰に赴任した。着任後間もなく妻大伴郎女は病死してしまう。

この地に二年ほど前に国司として着任していた山上憶良と顔を合われることとな

り、共に政務と歌道の友として友好を深めていた。歌においては憶良とは対照的であるが、旅人の『讃酒歌』と『望郷の歌』は率直にして特異な歌風で注目を受けた。この歌がその代表作の一首である。

375 湯原(①ゆはら)の王(おうきみ)の、芳野にて作れる歌一首

吉野(②よしの)なる　夏実(③なつみ)の河(かは)の　川淀に　鴨ぞ鳴(④な)くなる　山(⑤やま)かげにして

語句の解説

①湯原王は、志貴の皇子の子で、奈良時代を代表する清新な歌の作者。父の志貴皇子は、天智天皇の第七皇子で、第四十九代光仁天皇に即位した白壁の王の弟。②この「なる」は、「にある＝niaru＝二重母音による前母音の省略に随い、約まって出来た語で存在を表す助動詞。」（前の歌の②の「なり」と成立過程は同じであるが用法は異なる）。＝《吉野ニアル》。③長い吉野川の、ある地域を流れる一部分の名称。④この「なる」は、品詞は同じ助動詞であるが、その意味用法は別である。②の「なる」は、名詞「吉野」という地名（固有名詞）に付いているが、この「なる」は、「鳴く」というカ行四段動詞の終止形に付いている（ただし平安以降ではラ変型の活用語には

連体形から続くようになる）場合には推量伝聞の助動詞である。意味用法には三つあり、その一つは、「なり」を語源的に見ると、古来「音（ね）＋あり＝neari」が約まって成立したと考えられているので、音声の聴受《…ガ聞コエルヨウダ・…ノ音（声）ガシテイルラシイ》が第一の意味用法となっている。その二つ目には、周囲の物音や人の声を聴いて推定《…ノヨウダ》する用法がある。三つ目には、人やテレビ・書籍などから伝え聞いた事として人に伝えるときの用法を伝聞《…トイウコトダ・…ダト聞イテイル・…ダソウダ》の三つの「なり」がある。名詞ではなく、活用語の終止形に続く場合の「なり」には、この三用法を前後の文章から考えて判断する練習が必要になる。この場合は、前に係助詞「ぞ」があるために、この「なる」の四句で終止した四句切れの歌である。⑤第四句の鴨が鳴いている場所を倒置法で補足説明している最終句である。「にして」は、断定の助動詞「なり」の連用形「に」＋接続助詞「して」＝《山陰ニナッテイルホウカラ》。

現代語訳

吉野ニ流レテイル夏実ノ川ノ瀬ニナッテ浅ク流レテイル山ノ影ニナッテイルヨウナ所カラ、鴨ノ鳴キ声ガ聞コエルヨウダ。

補説と鑑賞

英雄一代といわれた天智天皇の皇統の一人として、最も祖父の作歌能力を継承しているのがこの孫の湯原の王である。26頁に採り挙げた（15）番の歌で既に記述したが、一首の中に「海・雲・入日・月」を謡いこむスケールの大きさは、初期の万葉集を代表する詠み手であった。しかし三代目の孫の湯原王のこの歌は一読して、平凡にしてそのまま情景が読者側に受け止められる歌である。祖父天智帝の歌には「入日」の鮮やかさから「月夜」を想像させる予想の歌であった。孫の湯原王の歌は一見平凡な抒情歌のように感じられるが、「夏実の河」の情景を見て、聞いて即時に詠み挙げているのではなく、受け取った感覚を一度自己の内面に取り入れ、抒情歌として練り直していることがよく伺える。「吉野川」と直ぐに言ってしまうのではなく、この辺りでは「夏実の河」という名称で呼んでいることに気付いたのである。また見える川の情景だけではなく、どこからか「かも」の鳴く声も、川の流れの音に混じって聞こえてくる。然し「かも」が居る場所がちょうど「山陰」になっていてその「川淀」から聞こえてくると感じたのは、情景を見直してからの判断であった事も感じられる。ここに湯原王の繊細にして精緻な表現テクニックのうまさがある事を読取りたい。既に祖父天智天皇が理知的な歌の詠み方をもって、あたりの宮廷歌人に感じさせていた作歌の源を確実に継承して、巻第三の一人の主要歌人となった。集中には、十九首の歌が採り挙げられ、天智皇統一門では一人抜きん出ている。吉野川の源流は、奈良、伊勢、紀ノ國の三国にわたる大台ケ原山から流れ下り、紀の川に合流するが、その吉野川の中ほどの宮滝には歴代天皇の離宮があり、このあたり一帯は霊山として信仰地としても有名である。又吉野川の南側にある吉野山は、室町時代になると桜の名所にもなっている。

巻第四　＝巻頭の難波の天皇の妹の歌が最も古く、仁徳天皇の時代と思われる相聞の歌三百九首が納められ、詠れた歌の資料が明確なものに付いては天皇の時代も年号も記載されているが、資料のない歌が多く、詞書や後書に作者名だけ記入された歌が多い。高校教科書にこの巻から採択された歌はほとんど含まれていない。

巻第五　＝神亀五年（728）六月から天平五年（733）六月頃までの奈良京の初期・中期の雑歌百十四種が収められている。書簡・漢詩・漢文を交え、多くの歌は万葉仮名の一字一音で書かれている。歌の内容は相聞歌も含まれているが、部立ては「雑歌」一部で区分されず未整理で不統一の巻である。この巻の編集の主体者に付いては諸説があるが、作品には、大伴旅人の文章や山上憶良の長歌などが多く、ふたりの歌をこの巻で纏めて、大伴家持が編集したと言う説で落ち着いているようである。その点からこの巻は憶良の歌が中心になっていて、純叙景歌はなく自然を詠んだ歌も風景に焦点を置くより人事に関って詠む歌が多い。

高校の古典教材として採り挙げられている憶良の秀いでた歌が多く含まれている。この巻だけ参考の意味で、歌の左に小文字で原文（万葉仮名）を表記する。

次の歌はこの巻の最初に挙げられた旅人の歌であり、それに続く原文での長い文章は、その時の国司であった山上憶良が書いた旅人の今の心境を察した弔文が続いているがここでは採り挙げない。

太宰（だざい）の帥大伴（おほともまへつぎみ）の卿の、凶問に報（むく）ふる歌一首

793 世の中は　空（むな）しきものと　知（し）る時（とき）し　いよよますます　悲（かな）しかりけり

余能奈可波　牟奈之伎母乃等　志流等伎子　伊与余麻須萬須　加奈之可利家理

神亀五年六月二十二日

語句の解説

①大伴家が藤原氏に押されて衰退傾向にある時、中央政権から遠ざけられ、大和から遠く離れた備前の帥として機運の厳しい北九州太宰へと赴任する事になった。鬱々として気持ちの落ち着かない旅人の心境を察した妻大友の郎女（いらつめ）は、太宰まで同行するが到着間もなく凶器に倒れてしまう。②「卿（まへつぎみ）」は地位で、この時彼は正四位であったと思われる。「帥」は任務内容で、軍事一般の長官。憶良は「国司」であり、これまでの政務一般の長官であった。③この凶事に付いての詳細は明らかではないが、これまでの多くの不祥事の極点と成った妻の死に加え、当時の実態から、火葬にしたことにより

さらに旅人の心情は、人生非情にして過酷の世であり無常観を根に押し付けられたのである。④・⑤が、③の結末であろう。④の「〜と」は提示格の助詞《ダトイウ》。⑤の「し」は名詞に付いて強調指示を表す副助詞＝《知ルトキコソ・分ッタ時ニ初メテ》。⑥「いよよ」は「愈々」の後の母音iの脱落で程度副詞。「ますます」も同じで、程度副詞の二重使用は強調法の一つ。⑦形容詞「悲し」の連用形「悲しかり」に付いた「けり」は過去の助動詞であるが、この場合のように和歌の最後に使われる時にはほとんど詠嘆の意味である＝《悲シカッタヨ……虚シク思ッタコトダヨ》。

現代語訳

世ノ中ハ無常ナモノダト分ッタ時コソ、愈々マスマス哀シクナッタコトダ。

補説と鑑賞

作者旅人は、大伴家の政界における勢いが下火になりかけた頃、律令組織の頭角を現してきた藤原氏に指弾され、都から追い出されるように　遥か北九州の備前大宰の帥として転任させられた心境を妻の大伴の郎女が励ますように夫旅人に伴って太宰に着任するが、間もなく不慮の災難によって妻を失ってしまう。立て続く不運な出来事に一年先だって同じ太宰に国司として来ていた山上憶良たちにより、かつて同じような境遇を断ち切って同様太宰の政務長官に赴任した憶良は、旅人の心境を推察し慰問の文章を届けていた。同僚や旧友からも哀悼の便りを受けるうちに、旅人も挫けかけていた気力を立て直したものの、世の中に対する見方考え方は「世間皆空」・「世間虚仮」と悟った事であろう。そのような気持ちのうちに最愛の妻を亡くした悲嘆は拭い切れないままなのである。

その時の詠み歌が巻の第五の冒頭の「雑歌」に挙げられているのは、選者の一人息子の家持の配慮であろう。歌で選別するならば、巻三の「挽歌」あるいは巻四の「相聞」に容れられていたはずである。最後の下の二句が、この時の旅人は自分の心境がもっとも消沈していることがひしひしと伝わってくる。

子等を思ふ歌一首　序幷せ並びに反歌

802

長歌

①瓜食(うりは)めば　子等(こども)②思(お)もほゆ　栗食めば　まして③偲(しぬ)ばゆ　何処(いづく)より　④来(き)たりしも
のぞ　⑤眼交(まなかひ)に　⑥もとな懸(かか)りて　⑦安眠(やすい)し成さぬ

宇利波米婆　胡藤母意母保由　久利波米婆　麻斯提斯農波由　伊豆久欲利　枳多利斯
物曾　麻奈迦比尒　母等奈可々利提　夜周伊斯奈佐農

反歌

803 銀（しろがね）も　金（くがね）も玉も　何（⑧なに）せむに　勝（⑨まさ）れる宝　子に及（⑩しか）めやも

銀母　金母玉母　奈尓世武尓　麻佐禮留多可良　古尓斯迦米夜母

語句の解説

①「瓜」とは今の「まくわ瓜」のようなもの・「栗」も当時の子供の好物を代表するおやつ。「はむ」は、《食べる・飲む・咥（くわ）える》状態で「歯」の動詞化してできた語。その已然形「食め」＋確定条件接続の助詞「ば」の形はこれまでたびたび出ているが、この場合は一般的条件である＝《…シテイルト何時モ…》。②・③「思ほゆ」は、ヤ行下二段の自動詞の一語《自然ニ思ワレル・ヒトリデニ頭ニ思イ浮カブ》。「偲ばゆ」は、バ行四段の他動詞「偲ぶ」の未然形「偲ば」＋上代の自発の助動詞「ゆ」の終止形《自然ニ思イイダサレル・慕ワレテナラナイ》。精神活動は同じ情態であるが、「思う」より「慕う」のほうが心深く思い浮かぶ表現である。この長歌は「偲ばゆ」の「ゆ」が終止形であるから、ここで上の節として句切れている。二段構成の長歌である。④ラ行四段動詞「来たる」の連用形「来たり」＋過去の助動詞「き」の連体形「し」＋普通名詞「もの」＋係助詞「ぞ」［終わりの「もの－ぞ」は強い断定語になる。ま

た上に疑問のことばがある時には「ぞ」は疑問詞となる。」＝《イッタイドウシテナノカ・全クドウイウモノデアルノカ》。　⑤目と目の間・眼前＝「眼（め）↓（me）」の母音が熟語になる時にa音に転化する場合がある。《例語＝まなこ・まなじり・まつげ↓この3語のまはすべて眼のことである。「まなかひ・まなこ・まなじり」の「な」は連体格の助詞の「の」である。最後の例語の「まつげ」の「つ」も同様に「の」の古語である。今日使う言葉にもまだこの古語は生きて使われている。たとえば、先の例語の「まなこ」などの外にも「みなと（水な戸＝港）・みなもと（水な元＝源）また「まつげ」の「つ」の連体格の用法は「ふつか（二の日）＝二日・いつか（五の日）＝五日」・「わたつみ（海つ神＝海の神）」なども同様である。　⑥この「もとな」の「な」は、⑤の連体格の助詞ではなく、形容詞「無し」の語幹の用法である。（本が無い＝根本がない・基本がない＝落ち着かない・ふらふらしているような状態を言う上代語の副詞で、今日での《ヤタラニ・トメドナク・濫リニ》の意味に遣われた。　⑦はこの底本では「成さぬ」と表記しているので分りにくいが、万葉仮名の最後の部分は上代語の意味から考えれば「寝ぬ」である。古語には「なす」と発音した語に「成す・為す・寝す・生す・鳴す」などがある。「寝す」は、サ行四段動詞で尊敬語に遣われていたが次第に一般化して使われるようになっていた。　⑧指示代名詞の不定称疑問語「何」＋サ変動詞「す」の未然形「せ」＋推量の助動詞「む」（前に疑問語を伴う時は反語法になり意味が強調される）＋格助詞「に」＝《何ニナロウカ・・イヤ何ニモナラナイ・何ノ意味ガアロウカ・・・イヤ全ク意味ガナイ》。⑨ラ行四段動詞「勝る」の已然形「勝れ」＋完了の助動詞「り」の連体形「る」＝《勝ッタ・優レテイル》。⑩カ行四段動詞未然形「及か」＋推量の助動詞「む」の已然形「め」＋上代語の係助詞の終助詞的用法「やも」で詠嘆を込めた反語による強調法＝《及ブ物ガアロウカイヤ決シテアリハシナイ》。

現代語訳　長歌

瓜ヲ食ベテイルト子供ノコトガ思イ出サレ、栗ヲ食ベルト一層子供ノコトガイトシク思ワレル。イッタイ子ドモハドコカラ来タモノカ、目ノ前ニシキリニチラツイテ安眠サセナイヨウダ。

反歌　銀モ金モ玉モ何ニナロウカ、ソレラヨリモ優レタ子供トイウ宝物ニ及ブモノハアロウカ、イヤソノヨウナモノハ決シテアリハシナイノダ。

補説と鑑賞

この二首の詠み人憶良は、四十二歳の時（大宝元年＝７０１）遣唐使の一群に加わり二年ほど唐の時期に中国で多くを学んで帰った。帰国後、彼の高い漢学の知識や人柄など総体的な素養が認められ、伯耆の守や筑前の守に任命された。万葉集には長歌十一首・短歌五十一首・その他も含め六十四首と漢詩漢文まで集中に採り挙げられている。

この長歌には序文が有り、釈迦如来のことばを引用して、我々蒼生はいかなる者でも子供を愛し続けている。至極の大聖釈迦でさえも子を愛せずにおれぬほど、生の根源に関わるものであるからだ、という憶良の主張である。人生には苦しみも喜びもあり、喜怒哀楽を繰り返しているが、どちらかといえば苦悩の多い人生を生き続けるのが現実である。人生は子供が居るために生き続ける力が我々の本質となっていると、憶良は理解しているのである。人々は人世を自然な情として、子供に向けてきた愛を深く認識した憶良が、現実に根差した思索者として優れた資質の歌人であると思うのである。憶良は仏典の内容まで深く認知していた事がこの歌でも理解される。例えば長歌の『いづくより来りしものぞ』の上に『まされる宝子に及めやも』と強く厳しく宣言して締めている。

仏教で言う「因縁」による「思慮」のことであろうし、短歌で上げている金・銀・珠玉は仏典で言う「七宝（しっぽう）＝金・銀・瑪瑙（はり）・瑠璃（るり）・硨磲（しゃこ）・真珠・玫瑰（まいかい）」の中の例を採り挙げている。

憶良の歌には、相聞歌は一首もなく六十四首すべてが、妻子・老弱・貧困・死去など人生の苦悩を素材にした歌であるのは、彼の心底では佛典（仏教）に依拠した生活をしていたからではなかろうと思われる。

貧窮の問答の歌　短歌併せたり　　貧窮問答歌　併短歌

892　長歌

風雑り　雨降る夜の雨雑じり　雪降る夜は　すべもなく　寒くしあれば
堅塩を　とりつづしろひ　糟湯酒　うち啜ろひて　咳ぶかひ　鼻びしびしに
しかとあらぬ　髪かき撫でて　吾を除きて　人はあらじと　誇ろへど
寒くしあれば　麻衾　引き被り　布肩衣　ありのことごと　服襲へども
寒き夜すらを　我よりも　貧しき人の　父母は　飢え寒からむ　妻子どもは
さくり泣くらむ　このときは　如何にしつつか　汝が世は渡る

風雑　雨布流欲乃　雨雑　雪布流欲波　為部母奈久　寒之安礼婆　硬塩乎　取都豆之
呂比　糟湯酒　宇知須々呂比弖　之叵夫可比　鼻日吡之吡之尓　志可登阿良農　比宜
可伎撫而　安礼乎於伎弖　人者安良自等　富己呂倍騰　寒之安礼婆　麻被　引可賀布
利　布可多衣　安里能許等其等　伎曾倍騰毛　寒夜須良乎　和礼欲利母　貧人乃　父
母端　飢寒良乎　妻子等波　乞々泣良牟　此時者　伊可尓之都々可　汝代者和

多流

（以下略）

天地(あめつち)は　広しといへど　あがためは　狭(さ)くなりぬる　日月は　明かしといへど　吾がためは　照りや給はぬ　人皆か　㉑吾(あれ)のみや然(さ)る　㉒わくらばに　㉓人(ひと)とはあるを　人並みに　吾も作るを　綿も無き㉔布肩衣(ぬのかたぎぬ)の　㉕海松(みる)の如(ごと)　㉖わわけさがれる　㉗襤褸(かがふ)のみ　肩にうち懸(か)け　㉘伏廬(ふせいほ)は　㉙曲廬(まげいほ)の内(うち)に　㉚直土(ひたつち)に　藁(わら)解(と)き敷きて　父母は　枕(まく)頭(ら)の方に　妻子どもは　彼方の方に　㉛囲(かく)み居(ゐ)て　憂へさまよひ　竈(かまど)には　火気(いぶき)ふき立てず　㉜甑(こしき)には　蜘蛛(くも)の巣懸(すか)きて　飯炊(いひかし)ぐ　事も忘れて　鵼鳥(ぬえどり)の　㉝のどよひ居(お)るに　㉞いとのきて　短き物を　端載(はしき)ると㉟云(い)へる　が如(ごと)　㊱楚取(しもと)る　里長(さとおさ)が声は　寝屋戸(ねやと)まで　㊲来(き)立(た)ち呼(よ)ばひぬ　かくばかり　術(すべ)無きものか　世間(よのなか)の道

893　短歌

世間（よのなか）を　㊳憂（う）しとやさしと思（おも）えども　㊴飛（と）び立（た）ちかねつ　㊵鳥（とり）にしあらねば

語句の解説

①「すべ」は、（方法・手段・手立て）など名詞＋同例暗示の係助詞「も」＋形容詞ク活用「なし」の連用形「なく」＝《ドウイウ方法モナク・ドウシヨウモナク》。②「し」は形容詞「寒し」の連体形「寒く」に付いた強意の副助詞＋ラ変動詞「あり」の已然形「あれ」＋条件接続助詞「ば」＝《寒クテシヨウガナイカラ・トテモ寒クテドウシヨウモナイノデ》。③精製されていない不純物の混じった黒い塩。④「とり」は、動詞の上に付いて、その動詞の語勢を強める接頭語。「つつしろ＝「ro」」は、ラ行四段動詞未然形「つつしら＝「ra」」が、継続の上代語の助動詞「ふ」の連用形中止法「ひ」に接続する場合に、子音共通・母音変換した用法。⑤酒粕を湯に溶かしただけので酒ではない飲み物。⑥接頭語「うち」に付いては既に92頁の（318）番の『田子の裏ゆうち出でて・・・』の歌にて解説済み。「すずろひ」も、先の④「つつしろひ」と同じ構成の語である。⑦「しはぶかひ」も④・⑥同様カ行四段動詞未然形＋上代語に継続の助動詞「ふ」の連用形が付いた句である＝《咳ヲシ続ケテ》。⑧上代における鼻汁をすする音の擬音語で情態副詞である。⑨「しかと」は「確と」で《ハッキリト・明確ニ・立派ニ》の意味の情態副詞の否定であるから、《スッキリトモシテイナイ・立派デモナイ貧相ナ》鬚を撫でている男の戯画的表現である。⑩《人間デ

ハアルマイト》。⑪「ほころ」も④・⑥の「つつしろ」・「啜ろひて」と同じで、ラ行四段動詞未然形の子音共通・母音変化した語から、継続の用法に使われた上代語のハ行四段型に活用する助動詞「ふ」の已然形「へ」が付いた語句である＝《威張リ続ケテイルガ・誇示シテイルガ》。⑫粗く麻で編んだ布の夜具。⑬丈が短く袖のない布製の肩を覆う衣服。⑭《在ル物コトゴトク全テ・アリッタケノ物全部》。⑮「襲ふ」の原義は《重ねる》こと、＝《衣服ヲ何枚モ重ネ着スルケレドモ》。⑯「すら」は、ある一つの事を強調する副助詞であるから、＝《コノ寒イ夜ノ事ヲ思ッタダケデモ》。

⑰「寒ゆ」は、形容詞の語幹に上代語の自発を現す語が付いた《自然ニ寒サガ襲ウ・寒ガル》の意味で、上の「飢ゑ」とは同等語である。「む」は推量の助動詞で終止形であり、前の形容詞未然形の「寒から」に接続。⑱「さくり」に付いては原文の読み取り方に付いて諸説あるが、ここは底本の通り「さくり」と見て、《シャクリ泣ク》状態擬語で解釈する。「らむ」は前の「寒からむ」と同様推量の助動詞終止形。⑲「つつ」は反復の接続助詞、「か」は疑問の係助詞。＝《・・・ノ状況ヲ何時モドノヨウニシテイルノダロウカ》。⑳「汝」は相手、つまり二人称の代名詞で、ここでは「貧者」になる。「世は渡る」は、《生キテユク・生計ヲタテル》意味である。「渡る」が上の句の疑問の係助詞の結びとなっている。ここまでが、前半の貧者の質問である。

㉑前句の「人皆か」の疑問の係助詞を受け重ねて、「吾のみや＝自分ダケガ・・・ナノダロウカ」と再び困窮者は自問している。「や」は反語の係助詞。その内容は「然

る＝ソウデアル」であり、「人皆か」までの二文を指している。㉒「わくらばに（邂逅に）＝《偶然ニ・タマタマ》」は、情態副詞。㉓《人トシテ生マレタノニ》。㉔前文の⑬で解説済み。㉕「海松」は海草の一種で、「如」は上代語の比況の用語で普通に使われていたが、漢文の普遍化に伴い「如し・如くなり」と形容詞・形容動詞化して遣われるようになり、学校文法の基準になっている平安時代には「比況の助動詞」に使用され、その語幹の用法ということになっている。〔詳細は『日本語を科学する』の下巻〔221〜231頁参照〕〕＝《海草ノ海松ノヨウニ》。㉖カ行下二段動詞「わわく」の連用形「わわけ」＋ラ行四段動詞「さがる」の已然形「さがれ」＋完了の助動詞「り」の連体形「る」。前の二語は使用上では熟語として一語と見ても差し支えない《垂レ下ガッテイル》。㉗「襤褸」は、（ぼろきれの事）。㉘天井が低くて地面に接するようなみすぼらしい家。㉙竪穴にして建てて、その掘った部分に立てた柱が歪んで倒れそうな家。㉚直接地面に接しているような状態に・地べたに直に。㉛ここまでの四句のような、長幼の序を守り規律のある家族生活を正しく生きていても。㉜穀物を蒸す容器で上代では素焼きの土器で作られていたが、後に木製のものに変わった。㉝ハ行四段動詞の「のどよふ」は、細く弱々しい声を出す。㉞上代の情態副詞で、《トリワケ・ソレデナクテモ》。㉟ハ行四段動詞「云ふ」の已然形「いへ」＋完了の助動詞「り」の連体形「る」＋連体格の助詞「が」＝《云ウヨウニ》、「如」は前の㉕で解説済み。㊱「楚」は、細い木の枝などで造った鞭（むち）を自分の手に持って。㊲カ変動詞「来(く)」の連用形「来(き)」+タ行四段動詞「立つ」の連用形「立ち」+接続助詞「て」+バ行四段「呼ぶ」の未然形「呼ば」+継続の助動詞「ふ」の連用形「ひ」+完了の助動詞終止形「ぬ」=《家ノ前ニ来テ行政計画ノ労役ニ駆リ立テヨウト、呼ビ続ケテイタ》。

短歌 ㊳思い通りに行かず面恥ずかしい気持ち。これも仏典の「慚愧」に依拠したことばを憶良は使ったと思われる。㊴「飛び立ちかね」で連語の一語と見る。「―かね」は、動詞の連用形に付いて、不可能な状態を表すナ行下二段に活用する動詞型の接尾語で、この場合は連用形+完了の助動詞「つ」の終止形=《飛ビ立ツコトガデキナカッタ》。㊵名詞「鳥」+断定の助動詞「なり」の連用形「に」+強意の副助詞「し」+ラ変動詞「あり」の未然形「あら」+打消の助動詞ナ系列の已然形「ね」+確定条件の接続助詞「ば」=《鳥デハナイノデ》。↓前句「つ」が終止形であるので、終りの二句は倒置法であり強調法になっている。この打消の已然形「ね」は、長歌の後半「照りや給はぬ」と同じ系列の打消の助動詞であるが、その前の「狭くなりぬる」の「ぬる」は完了の助動詞「ぬ」の連体形であるから、意味用法は異なる。

現代語訳 長歌

風混ジリノ雨ガ降ル夜、雨混ジリノ雪ガ降ル夜ハ、ナス術モナク寒イノデ、粗末ナ塩ヲ少シズツ摘マンデナメ、酒糟ヲ湯ニ溶カシタ飲ミ物ヲススリ続ケ、咳ヲシテ鼻ヲズルズルト鳴ラシ、立派デモナイヒゲヲ撫デマワシ、自分以外ニハタイシタ人物ハイマイト誇示シテハ見ルガ、寒イノデ粗末ナ麻ノ夜具ヲ被リ、布肩衣ノアルダケヲ重ネ着シテミルガ、ソレデモ寒イノニコノヨウナ夜ヲ、自分ヨリモモット貧シイ人タチハ、父母ハ空腹デ寒イダロウ。妻ヤ子ドモハ食ベ物ヲ欲シガッテ泣イテイルデアロウ。コノヨウナ時期ニハアナタハドノヨウニシナガラ世ノ中ヲ生キテイルノカ。

天地ハ広イトイウケレドモ、私ニトッテハ狭クナッタ。太陽ヤ月ハ明ルイトイウケレドモ私ノタメニハ照ッテハ下サラナイノカ。人ハ皆ソウナノカ。ソレトモ自分ダケガソウナノカ。偶然ニ人トシテ生マレ一人前ノ大人ニ成長シタノニ、綿モ入ッテイナイ布肩衣ノ海草ノヨウニ垂レ下ガッタ襤褸ダケヲ肩ニ懸ケ、ツブレカケテ倒レソウナ住マイノ中デ、地ベタニ直接ワラ束ヲ解キ敷イテ、父母ハ頭ノ方ニ、妻ヤ子ハ足ノ方ニ自分ヲ囲ンデハ悲嘆ニクレテタメ息ヲツキ、カマドニハ煙モ立テズ甑ハ使ワナイノデ蜘蛛ノ巣ガ張ッテ飯ヲ炊クノモ忘レ、アタカモヌエ鳥ガ鳴クヨウニウメキ声ヲ出シテイルト、特ニ短イモノノ端ヲ切ルトイウ諺デ言ッテイルヨウニ、ムチヲ持ッタ村長ガ声ヲ張リ上ゲテ寝床マデ入ッテ来テ、仁王立チニナッテ租税徴収ノタメニ大声デ叫ンデイル。コレバカリハドウシ様ノナイモノデアロウカ。人ノ世ヲ生キテユク道ハ。

短歌

(コノヨウナ生キ方ヲシテ人ノ世ノ道ヲ生キテイクノハ) 世間ヲ辛イ恥ズカシイト思ウケレドモ、ココカラ飛ビ立ッテ逃レル事ハデキナカッタ。鳥デハナイノダカラ。

補説と鑑賞

憶良に付いての記録は、下級官人の子として生まれたと言う事以上に彼のそれまでの生立ちなどに関する資料は全くない。前の「子等を思う歌」の「補説」でも記述したように、四十歳を過ぎて初めて遣唐使の随行員の一人として唐に二年ほど渡るが、この頃の記録が憶良に付いての始めである。彼はこの二年ほどの間で、唐においいて多くを学び、その後の半生を生きる豊かな糧にすることが出来た。

この長歌や短歌に付いてみると、先ず文字表現の面では、漢詩漢文の技法のひとつである対句表現が多用されて彼の厳正な素質が現れている。長歌の最初の四句は一・三句が、二・四句に対応しており、また二句後の七・九と八・十句が、同じような表現で、食材とそれを口にする行為の対応表現になっている。その他も前段中ほどの「麻衾」と「布肩衣」が衣類で、それを使う所作が「引き被り」と「服襲へども」であり、さらに後に続く「父母は　飢え寒からむ」と「妻子どもは　さくり泣くらむ」の句末の助動詞「む」と「らむ」は上の語の品詞や活用形は違うがともに推量の助動詞の終止形で、これも対句の短文表現を重ねた強調法である。後段にも対句表現は使われている。最初の四句ずつがそうである。他にもあるが、後段では、生活問題をまとめて詠み続け、最後の三句の問い掛けの具体的生活状態を詠い上げている。一つは「綿も無き」から「肩にうち懸け」までが衣料生活に因る貧しさであり、次の「伏せ廬は」から「藁解き敷きて」までが住居生活の実態状況を歌い、「父母は」から「憂へさまよひ」までは規律正しい家族生活の状況を詠み、最後には「竈には」から「事も忘れて」までのやはり六句で、食生活の実態を写実している。

前段では、貧者の一般的な状況描写であり、彼憶良の幼少時代に目にした光景で憶良の気心から推察される子供や弱者への哀感であろうか。「山上家」は下級官吏であり、憶良以外に後世に名を残した者の記録はないが、如何に下級とは言え貧者とはいえない生活を続けていたことは想像できる。

後段では貧者よりもさらに貧しい困窮者の生活実態を、唐からの帰国後に伯耆の守や備前の国司を任ぜられて、実際に見聞して歌に詠んだのであろうとこれも筆者の勝手な推測である。

この長歌と短歌は、繰り返すが唐で学んだ仏典や仏教、あるいは老荘の儒教の合理主義を学び取った意識が根底に蓄積され、彼の思想の一例であろうが、題詞にある「貧者」および「窮者」は憶良自身を仮想し、その応答者は読者全体への問題提起としての戯曲的な長歌と短歌である。この万葉集の中には、このような戯曲的で、舞台に役者をたてて演技させるような場面の物語や伝説の長歌は幾首かあるが、憶良のこの叙事詩的、仏教的形体の長歌は新鮮味があり、周りの宮廷歌人の目を引く新しい形の長歌である。

憶良がこの歌を詠んだ頃には病に侵され、老境の年齢に至っていて、自分自身の苦境から逃れようと悩んでいた。『鳥にしあらねば　飛び立ちかねつ』と、「死」を恐れている自己に気付き、「貧者・窮者」と自己反省しながらもなお、この人間の抱く業の深い『世界』から逃れようとしている自らの心境を、この苦悩から逃れるには羽のある『鳥』となって飛び立つ、つまり「悟りの境地」に至るにはどうすればいいのかを追い求めている憶良自身の心の歌であると、筆者には読み取れるのである。

巻第六　養老七年（723）頃から、難波の久邇の京に移された天平十六年頃（724）までの聖武天皇時代の歌を雑歌だけの部立てで、一六〇首を収めている。年号はたてているが、用字法は種々である。前半には山部赤人の行幸の際の歌が多く採り挙げられている。後半には伊勢への行幸の歌や、新しい都と古い都との栄枯の様子を詠んだ歌など、その頃の時代を思い起こされる歌が多い。詠み手も巻の三・四とほぼ似た人物であり、この巻の編集者もその巻きと同様大伴家持の編集と見られている。

神亀（①じんき）元年甲子の冬十月五日、紀伊の国に幸（②いでま）しし時、山部（③やまべ）の宿祢（④すくね）赤人の作（⑤つく）れる歌　（長歌略）

919 若の浦に　潮満ち来れば　潟を無み　葦辺をさして　鶴鳴き渡る

語句の解説

①724年聖武天皇即位　②「幸しし」は、(行幸なさる)事を「幸ます」といい、サ行四段動詞の連用形「いでまし」＋過去の助動詞「き」の連体形「し」＋名詞〈体言〉「時」＝《行幸ナサッタ時ニ》。③山部赤人は聖武天皇に仕え、宮廷歌人として叙景歌を良くした。　④その愛称的に中の名にかつて天武天皇の時代に定められた「八色の姓」の第三位に相当する「宿祢」の称を与えられた。　⑤ラ行四段動詞「作る」の已然形「作れ」＋完了の助動詞「り」の連体形「る」＋名詞「歌」＝《作ッタ歌》。⑥紀州「和歌の浦」のことでこの場合には枕詞としても使われている。　⑦「潟」は、遠浅の海岸で潮の満ち干きにより現れたり隠れたりするところ。「無み」は、形容詞ク活用の語幹「無」＋原因・理由の接尾語「み」＝《潟ガナイノデ・潟ガ無クナルカラ》。

現代語訳

若ノ浦ニ潮ガ満チテクルト、干潟ガ無クナルノデ葦ノ生エタ岸辺ノ方ヘト鶴ガ鳴キナガラ渡ッテユク。

補説と鑑賞

この歌は、題詞にも書かれているように神亀元年（７２４）聖武天皇の初年、長屋王が左大臣となり、毎年続いた行幸に随行した多くの宮廷歌人たちの歌が詠まれている。この歌も題詞にあるように長歌の後の反歌二首の後の歌であるが、長歌はやや観念的に詠んでいるのに対し、反歌はともに海辺の実景を写実している。この歌のほうは無理が無く、見る人の目に自然に映る広い海の蒼い状況から、濃い緑色の葦が生えている方向へ、そして近くの純白な鶴の群れが飛びたつ状景へと視線を移しながら、風景に色を添えて絵画的に歌い、潮が満ちる海の底から響く重い騒音の中に、「鶴鳴き渡る」と甲高い鶴の鳴き声を加えて、わずか三十一音節の和歌のうちに、色彩と音調を感じさせる立体的で、印象鮮明な叙景歌の傑作の一首となっている。

925　ぬばたまの①　夜の深け②（ふ）ゆけば　久木生③（ひさぎお）ふる　清き河原に　千鳥しば鳴く④（な）

語句の解説

①枕詞＝射干玉のことで、草花が咲く檜扇であろうと言われている。「ぬばたま」は「うばたま・むばたま」とも言われていて、その実が黒いので『黒・夜・闇・髪』など

にかかる枕詞としてつかわれる。②カ行下二段動詞「更く・深く」の連用形「深け」＋カ行四段動詞「行く」の已然形「深けゆけ」＋確定条件（この場合は一般的条件法）の接続助詞「ば」＝《フケテユクノデ（更ケテユクト）》。③「久木」に付いては諸説あり明確ではないが、あかめがしわの木と言う説が多い。「生ふる」は、ハ行上二段動詞「生ふ」の連体形「生ふる」＝《久木ガ生エテイル》。④「しば」は、程度副詞（暫）で《シキリニ・シバラク・チョット》＋カ行四段動詞終止形「鳴く」＝《シキリニ鳴イテイル》。

現代語訳

夜ガ次第ニ更ケテユクト、久木ノ生エテイル清ラカナ河原デ、千鳥ガシキリニ鳴イテイルヨ。

補説と鑑賞

この反歌の二首前に、吉野御幸に随行した赤人の天皇賛美の長歌があって、続く反歌二首の後の歌であるが、長歌では天皇賛美に加えて吉野の山や河の風景も写実している。続く前の反歌は、その山の歌であり、この歌が川の歌という構成を持って長歌の反歌としている。

ここで採り挙げた赤人の前の（919）番の歌も、『若の浦』への行幸に随行した時に詠んだ神亀元年（７２４）の長歌で鑑賞したように、目の前の実景を見ながら色彩と音調の細かい感覚をもって構成していた歌を読み終えたが（126頁）、その翌年

(725)の吉野御幸のこの反歌では、吉野の山中のしかも夜景の歌で、既に寝静まったはずの鳥たちが、久木の森か清流の河原からであろうか、しきりに鳴く声が聞こえてくる。作者はそれまでに見た吉野の情景を想定しながら、千鳥の鳴き声に、聴覚の世界を繊細に働かせ、吉野の山中の清澄で静寂な情景を見事に詠み挙げている。

巻第七　この巻には、雑歌・比喩歌・挽歌の三部の部立に分けて、天平年間頃までの三五〇首の歌が記載されている。その大半が「雑歌」であり、三部ともに小題を付けてまとめている。例えば最初の「雑歌」の第一首だけが「天を詠める」で、柿本人麻呂の歌集からの引用歌であり、次に二首目から十数首は「木を詠める」であり、続いてこの人麻呂の歌を含めて三首があり、大半が人麻呂の家集からの引用した歌であるが、後半には作者未詳の歌が多く収められている。

「雑歌」以外の「比喩歌」も同様に小題をつけているが前後して「衣に寄する」や「木に寄する・花に寄する」など同じ部立ての範疇の中に同一の小題を設定していて、必ずしも基準を持って編集しているとは見られない。しかもこの巻は、今日刊行されている「万葉集」の底本にしている資料により、歌番号が異なったり重複していたりした乱丁の多い巻である。『日本文学大辞典』でもこの巻の評価に付いて『比喩歌は譬にひく物が殆ど一定の型にはまった物に限られてゐるために、価値の乏しい駄作が多い』と記述している。用字法も巻五のような一音一字の万葉仮名以外にも各種の用字法を交えて記録している。

そのような巻から、高校の教科書に採択されている歌は少なく次に採り挙げた人麻呂の歌だけが二・三の教科書に採択されている。

『雲を詠める』柿本朝臣人麻呂の歌集に出づ。

1088 あしびきの[①] 山河の瀬の 響るなへに[②] 弓月が岳に[③] 雲立ち渡る

語句の解説

①38頁(107)番の歌にて解説済み。②ラ行四段動詞「響る」の連体形「響る」+上代語の接続助詞(ある事と同時に別の事が並行して行われる意味を表す)「なへ」+時格の助詞「に」=《鳴ルト同時ニ・鳴ルニツレテ・鳴ルノニ合セテ》。③「由槻が丘」とも記述され、奈良県北部の巻向連峰の一つ。

現代語訳

山河ノ瀬ガ音高ク響キ渡ルトトモニ、弓月ガ岳ニ雲ガワキ立ッテ流レテイクヨ。

補説と鑑賞

この歌も、小高い所に立って辺りを見渡しながら、政治的・農耕的な目的を持って行われた儀礼行為や呪禱行為の際などに詠んでいる。例えば、この最初に採り挙げた雄略帝の長歌でも見たような、いわば「国見歌」である。資料によるとこの辺りの大和の国の東北方向に連なる弓月岳のほか三輪山や巻向岳など一連の山々は奥深く嶮しい荘厳な神山とされていた。そこを舞台として、広大な周辺を見渡しながら山川のとどろく瀬音を耳で捉えながら仰ぎ見ると、弓月が岳には雲が立ち上がって流れている。空の情景を目で把握して、二つの情景を対照しながらわずか三十一文字で、自然の雄大な動きを詠んだ力強い歌である。

巻第八　この巻は、四季に分け季節ごとに「雑歌」と「相聞」に分類して、詞書にはそれぞれ作者の名前を表示している。六三〇年頃から七五〇年頃までの二四六首を収めて、各種の用字法によって表記されている。

歌人を見ると、聖武天皇をはじめ志貴皇子（しきのみこ）・大津皇子（おほつのみこ）・穂積皇子（ほづみのみこ）・弓削皇子（ゆげいのみこ）や市原王（いちはらのおほきみ）・湯原王（ゆはらのおほきみ）などの皇族に加えて、宮廷歌人には山上憶良・山部赤人・笠金村・大伴家持の他にも笠郎女（かさのいらつめ）・坂上郎女（さかのうへのいらつめ）など、選者の家持に関係のある歌人の歌が多い。古い歌もわずかに含まれているが、これまでにも家持が編集したと思われる巻三・四・六の三巻にも登場する選者家持のグループが、この巻にも登場している。この巻に登場する作者の顔ぶれをみても感じられるように、奈良最盛期の時代である。この項の初めにも記述したように第八は、四季に分けられているので明らかなように、季節感が著しく出ているのが特徴である。

志貴（しき）の皇子（みこ）の懽（よろこ）びの御歌一首

1418 石灑ぐ（いはそそぐ）① 垂水（たるみ）②の上の さ蕨（わらび）③の 萌え出づる 春になりにけるかも④

語句の解説

①「灑ぐ」については異説があり、万葉仮名を「激」と見る底本があり（走る）と読み替えていて、次の「垂水」にかかる枕詞と言う説もある。今日の多くの高校教科書では「岩激る」で読み取っていて、「岩走る　垂水」と読んでいるのが普通である。②激しく落ちる水＝滝。③「さ」は、主に体言に付くが特定の動詞や形容詞にも続いて、時期が早くて若々しい状態や語調を整える働きをする接頭語。『早・小・狭』などの文字が当てられて使われる。例えば『早苗・早蕨・早乙女・小竹（ささ）・さ（早）走る・狭衣（さごろも）』など。④ラ行四段動詞「なる」の連用形「なり」＋完了の助動詞「ぬ」の連用形「に」＋過去の助動詞「けり」の連体形「ける」＋詠嘆の終助詞「かも」＝《ナッタコトダナア・来テシマッタコトダネエ》。この句の中の「‐に‐ける」は形式的には完了＋過去の形であるから過去完了型である。英語の過去完了型の訳では《・・

テシマッタ》と言う言い方が一般的であるが、現代の日本語での日常会話ではそのような表現はしなくて、過去形と同じ表現である。しかしこの場合には、歌の最後に使われた「けり」は、今までにも解説したように、過去だけでなく詠嘆の意味が含まれ、その上にこの場合は、最後に強い詠嘆の終助詞「かも」で終結しているので二重の詠嘆表現であり強調法になっている。

現代語訳

激シク岩ニブツカリナガラ流レテイル滝ノホトリニ生エテイル蕨ガ、新芽ヲフイテ出テイルガ、ヨウヤク春ニナッタノダナア。

補説と鑑賞

志貴の皇子は、天智天皇と越道の君　伊羅都芽賣(いらつめ)との間に生まれた第七皇子であるが、詳細は不明。母親に付いてもその父の名も不明で微力な地方氏族の出であろう。白壁王(しらかべのおおきみ)・湯原王(ゆはらのおおきみ)らの父である。皇子には外にも（施基・芝基・志紀(しき)）の記名もあるが、礎城皇子(しきのみこ)は、天武天皇の皇子であるから別人である。霊亀元年（715）に二品を授けられた。万葉集には短歌のみわずか六首が採り挙げられているが、その中でもこの歌が最も皇子らしい詠み歌であり、彼の年齢に相応しく壬申の乱の勝利者天武帝の時期に成人し、最も意気軒昂な青年の時期であり、周りの状況と同じような歓喜の新時代を生きるのである。この歌がその時期における自己の心情なのである。

発句の二句で重苦しい（ru）音節がかさなり、続く一句には（no）音節が三音続いてやや開放的な気分を感じた時に「早蕨の萌え出づる春」を眼にするのである。つまり自分の現在に目を向け、題詞にあるように『懽び』を感じたこの時期を、ややオーバーながら「なりにけるかも」で結んでいる。主体として自然の春を写実しながら、自己にも春がやって来た事を暗に表現している。眼に映る外景を表現し、見えない内面の喜びを謳歌した歌である。この歌だけで既に宮廷歌人に『志貴の皇子』ありと一度に広まったのである。選者もこの事を把握していて、巻の第八の『春の雑歌』の冒頭歌に設定している。

山部の宿祢赤人の歌

1424 春の野に　①菫採（すみれつ）みにと　②来（き）し吾（われ）ぞ　野をなつかしみ　③一夜宿（ひとよね）にける

語句の解説

①名詞「菫」＋マ行四段動詞「摘む」の連用形「摘み」＋目的格の助詞「に」＋提

示格の助詞「と」＝《菫ヲ摘ムタメニト思ッテ・菫ヲ摘モウトシテ》。格助詞「と」に続く（す・言ふ・思ふ・聞く）などのことばが略されているので補って現代語にする必要がある。②カ変動詞「来（く）」の連用形「来（き）」＋過去の助動詞「き」の連体形「し」＋一人称代名詞「吾」＋強意の係助詞「ぞ」＝《来タ私ハ》。③名詞「一夜」＋ナ行下二段動詞「宿（ぬ）」の連用形「宿（ね）」＋完了の助動詞「ぬ」の連用形「に」＋過去の助動詞「けり」の連体形で上の係助詞「ぞ」の結びで連体形「ける」＝《一晩寝テシマッタコトダ》。最後の「―に―ける」の形に付いては、前の歌（84頁④）で解説済み。

現代語訳

春ノ野ノ菫ヲ摘モウト思ッテ来タ私ハ、アマリニモ野原ガ慕ワシイノデ、一夜泊マッテシマッタコトダ。

補説と鑑賞

赤人の歌に付いては、既にこの冊子でも採り挙げて読んできたが［（317・318）番の「不二の山を望める歌」（88頁）と、（919）番の「紀伊の国に行幸」した時の歌および、（925）番の「吉野行幸」の際の歌（125・128頁）］、赤人の歌の構成法の厳正さを見てきた。加えて、風雅豊かで強い美意識による自然詠に、自らが慕い込み一体化した彼の歌の特性が見られるのはこの歌である。

秋の雑歌　岡本（①おかもと）の天皇（てんのう）の御製一首

1511 夕（②ゆふ）されば　小倉の山に　鳴く鹿は　今夜（こよい）は鳴かず　寝宿（③いね）にけらしも

語句の解説

①「岡本の宮」には、舒明天皇と斉明天皇が居たのでどちらか明確ではないが、この歌では斉明説が多い。②「されば」を「科学的」に解説すると、「しかれば」から約まって出来た語であるが、その前のことばは、副詞（指示）「しか（然）」に、ラ変の補助動詞「あり」が付いて出来た「約語」で［（sikaari）の二重母音の前母音脱落という原則により（このシリーズの第一篇言語・音韻編参照）「しかり（sikari）」となる。さらに先ず破裂音の（k）音が脱落すると再び二重母音となり、前母音脱落となって「（sari）＝さり」となるから、意味を考える場合には本来の語に戻って考えれば、「夕-しか-あれ-ば」」が元の言葉である。条件接続の「ば」は、ラ変の已然形からが続いていることになる。従って接続助詞の「ば」は確定条件法（一般条件）である《夕方-ソノヨウニ-ナルト↓夕方ニナルト》という意味であって、「夕方ガ去ル

ト・夕刻ガ過ギルト」ではない。　③ナ行下二段動詞「寝宿（いぬ）」の連用形「寝宿（いね）」＋完了の助動詞「ぬ」の連用形「に」＋過去推量の助動詞「け（る）らし＝《音節（る）の脱落》」の終止形＋詠嘆の終助詞「も」＝《寝テシマッタラシイナア》。「けらし」は、上代では過去の助動詞「けり」の連体形「ける」＋推量の助動詞「らし」がついた「けるらし」の「る（ru）」音節の脱落による。「けらし」の用法は、奈良時代においては「過去の推量」に用いられるが、その際推量した過去の事実の原因・理由に初めて気づいたという気持ちが込められている＝《今初メテソレガワカッタ・・・タラシイ》、平安時代になると推量の根拠・原因は言わなくなる。鎌倉時代では「婉曲」の用法が使われるようになるが、江戸時代にはほとんど「婉曲」の助動詞になる。この「―に　―けらし」の形も過去完了型になる。特に最後に詠嘆の用法などで強調されるときには、過去完了型そのまま「・・・テシマッタ」の解釈法が強調された訳として良いであろう。

現代語訳

夕方ニナルトイツモ小倉ノ山デ鳴ク鹿ハ、今夜ハ鳴カナイ。モハヤ寝テシマッタノカナア。

補説と鑑賞

鹿は古来、狩猟民族にとっては素晴らしい獲物になるが、大和地方の三名山や、先の人麻呂の歌の解説でも触れたような弓月が岳・巻向岳・三輪山など一連の深い山に棲息する鹿は神の使者と見られていて、その土地の民衆からは夜に鳴く鹿の声を聞きながら心安まる感じを抱いて穏やかに夢の世界へと誘われていた。このような慣例が倭民族の古代から伝わる民族的歌謡の中にも歌われている。その意味において岡本の天皇の歌には、古歌継承の意味を持って詠まれている。作者の心には、〈いつもならばこの時刻には小倉山のほうから鹿の鳴き声が聞こえてくるのに、今夜はもう鳴かない。鹿は寝てしまったようだ。それでは私も今夜は静かに寝ることとしよう〉という感じの内には呪禱的詩句とまでは古くなくても、古謡的基礎を踏まえた感じのある一首である。

鹿と同じ「しし」と言われる「猪」は、大和の藤原京・平城京時代以前から今日に至るまで人々の生命や農作物に危害を与えているために害獣と見なされて、狩猟の対象にされている。然し伊吹山では「古事記」の中巻にも出ているように、「猪」が伊吹山の神の化身として登場している。

この歌は巻の第八の中の「秋の雑歌」の初めの歌に挙げられているが、巻の第九の冒頭にも1664番は、ほとんど同じ歌詞で（上の句が『暮されば小椋の山に臥す鹿の』という表記の違いがある）、雄略天皇（表記は「大泊瀬（おほはつせ）の幼武（わかたけ）の天皇」）の歌として重複して記載しているが、内容はこちらの斉明天皇の歌と思われているほうが、前に記述した諸種の理由で格段の素晴らしさがある。この点で評価され、高校の教科書にも採択されているのは斉明天皇の詠歌のほうである。

山上の臣憶良の、秋の花を詠める二首（この二首はほとんど教科書に採択されていないので『古歌百選』から外した）

1537 秋の野に　咲きたる花を　指折りて　かき数ふれば　七種の花（その一）

1538 芽子の花　尾花葛花　撫子の花　藤袴朝貌の花（その二）

語句の解説

①カ行四段動詞「咲く」の連用形「咲き」＋完了の助動詞「たり」の連体形「たる」＝《咲イタ・咲イテイル》。②ハ行下二段「かき‐数ふ」の已然形「かき‐数ふれ」＋条件接続助詞「ば」＝《簡単ニ数エテミルト》。↓「かき‐」は接頭語で、動詞の上について一語と見なす。《軽ク・簡単ニ・チョット・ヒョイト》などの意味を持ち、語調を整えたり強調したりする。「ば」に付いては既に何度も解説の項に出ているが、この場合は一般的条件法である＝《…スルト（イツモ）、（普通ニハ…デアルガ）》。③この七草は、題詞に書かれているから秋の七つの代表的な花の種類のことであり、その例は次の歌に挙げられた七種類の花のことである。④薄の花穂の事で、その形

状が獣の尾に似ていることから名づけられた。

現代語訳

山上ノ臣憶良ガ、秋ノ花ヲ詠ンダ二首

(その一) 秋ノ野原ニ咲イテイル花ヲ思イツクママニ指折リ数エテミルト、七種類ノ花ガアルヨウダ。

(その二) 秋ノ代表的ナ花ハ、萩ノ花ト薄ノ花ニ葛ノ花、ソレニ撫子ノ花ヤ藤袴ト朝顔ノ花デアル。

補説と鑑賞

これまでの憶良の歌から見るとやや思いも寄らぬ趣の歌である。この二首は、巻八の「秋の雑歌」の中の連歌である。彼の性格から見ると、やはり二首一連で歌わねば自らの気持ちが納まらないのである。

憶良に付いて彼には「自然」と「相聞」の歌はないと言う説もあるが、この歌は秋の風物を常に見つめてきた彼の秋の花を見事に捉えた自然観照の歌である。

[ちなみに春の七草は、正月七日の七草粥に使っていて今日も毎年食材に使われ、思い出している七種である。『芹(せり)・薺(なずな)御形(ごぎょう=母子草の別名)・繁縷(はこべら=撫子科の越年草)・仏の座(しそ科のタビラコの別名)・菘(すずな=カブラの別名)・蘿蔔・清白(すずしろ=大根の古称)』の植物]。

秋の相聞　額田の王の、近江の天皇を思ひまつりて作れる歌一首

1606 君待つと　わが恋ひをれば　わが屋戸の　簾動かし　秋の風吹く

語句の解説

◎「額田王」については、既に（7）番＝44頁・（20）番＝51頁でも読み続けて来たのでその頁を確認。①夫の天智天皇。②ハ行四段動詞「思ふ」の連用形「思ひ」＋（この場合は上の動詞を謙譲する補助動詞）「たてまつる」の連用形「奉り」＋接続助動詞「て」＝《恋シクオ思イイタシテ》。③ラ行四段動詞「作る」の已然形「作れ」＋完了の助動詞「り」の連体形「る」＝《作ッタ・詠ンダ》。④ハ行上二段動詞「恋ふ」の連用形「恋ひ」＋ラ変動詞「をり」の已然形「をれ」＋接続助動詞「ば」（この場合は一般的条件法）＝《恋イ慕イナガラ待ッテイルト》。⑤家。

現代語訳

「秋の相聞」　額田王ガ、夫ノ天智天皇ヲ恋シク思イ　オ待チイタシナガラ作ッタ歌一首

アナタヲオ待チイタシテ恋イシク思ッテイマスト、我ガ家ノ簾ヲ秋風ガ吹イテ動カシマス（その度ごとにあなたがお帰りになったと簾を見ては、秋風のいたずらと知ってがっかりしているのです）。

補説と鑑賞

前の語句の解説でも記述したように、天智天皇は二人目の夫であり、この歌は恋心がまだ盛んであった時期の歌である。その純粋な気持ちを率直に読み上げた歌である。夫が来てくれることだと思いながら秋の夜長を待ち焦がれていると、秋の風が我が家の簾をそっと動かすのでがっかりした気分が、深く滲み出ている。短い歌の中に多くの素材を歌いこみ、自己の憂愁の秋の夜を、優雅に詠み挙げた秀歌の一首である。

巻第九　藤原京時代（692）から平城京の中頃（710）までの一四八首を、雑歌・相聞・挽歌に分けて纏められているが詠み手の記載に付いては極めて不統一である。古歌集や柿本の人麻呂歌集を初め、高橋虫麻呂歌集・笠金村歌集などから収録されている。この巻には浦島伝説など長歌によって数首の叙事的伝説歌が多いのが特徴である。然し高校教科書に記述されている歌はほとんど見当たらない。

巻第十　巻の八と同様に雑歌と相聞に部立てして、季節ごとの風物を表題とした詞書をつけている。歌数はこの万葉集中で最も多く五三九首も記載されている。この時期は巻の九と時代は重なっていて平城京の中頃までの歌が集められている。万葉集の時代区分と歌風から見ると、第三期の『万葉調展開期』（710〜730年代）に相当し、奈良遷都から約二十年の八世紀初期の頃で、中国からの干渉が加わりその思想の影響を受け、大和朝廷では律令政治の矛盾が社会不安になり始め、社会との矛盾や人との関わりに付いての苦しみを詠んだ歌に加え、遠く古代伝承説話を題材にした長歌など多種多彩な歌が詠まれ、多才な歌人が輩出した時期である。代表的歌人には、山上憶良・山部赤人・高橋虫麻呂・大伴坂上郎女・大伴旅人・湯原王など中国文化にも堪能であり、万葉の最盛期を成立させた。

巻第十一　歌数は四七四首、旋頭歌一七首。当時の人々の間に伝えられていた歌をこの巻に集めてある。歌の内容などから見て、飛鳥藤原京の時代から奈良平城京の初期頃までの、誰の歌とも知れず伝承されてきた歌が集められている。ここに記載されている殆どがこの巻頭に「古今相聞歌集」と記載されている事から、この巻の歌は相聞歌であるが、どのような時に詠まれたかという観点で、細かく八つの部立てに分けられてはいるが、すべてが人との間に交わされた相聞歌である。

巻第十二　編集の観点から見ると、第十一に次いで「古今相聞往来歌之下」と記されており、前十一の続編になっている。重複していて編集組織上かなり乱れた巻である。短歌ばかりが三八〇首。ほとんどの歌には作者名が表記されていないので「詠み人知らず」の巻である。奈良朝時代の前巻と同様「古今相聞歌集」から拾い出した歌が集められている。この巻は選者も同一人物による編集であろうと思われる。

巻第十三　全体を雑歌・相聞・問答・比喩・挽歌の五部に分類している。この巻は長歌が多く五九首・短歌五九首・旋頭歌一首と長歌が多いことが特徴である。長歌と言っても短いものが多く、短歌が少ない事から見ると古い詠み手の歌であると思われる。作者不詳の古謡を集めた巻である。巻九からここまでの五巻には、高校の国語教科書に採択されるほどの優秀な歌はない。

巻第十四　この巻は、東国地方の民謡を集めた「東歌」の巻である。編集者の家持は、東国人の現実肯定的でたくましい人間性に心引かれ、方言を躊躇せず使って自己の気持ちを率直に詠み上げる東人に魅力を感じていたと考えられる。偶然にも従兄弟に当る大原真人金城が、上野の国主に任ぜられ、その在任中に東歌の蒐集を依頼している。この巻のうち上野の国の歌と判る歌が最も多く二十二首に及んでいる。その他も含め、国名の分る歌と不明な歌に分け、前半に国名が知られている歌を「雑歌・相聞・比喩」の三部に分け、またそれを（上総・下総などの）国名に分けている。後半には国名のわからない東歌を「雑歌・相聞・防人歌・比喩・挽歌」の五部に分けているが「雑歌・相聞・比喩」前後二回、間に他の部立てを挟んで再びこの項目を立てているが、後の部立ては国名も詠み手も不明な歌を集めている。この巻の歌はすべて短歌で、二三〇首を採り挙げている。「東歌」は、原則として［1．「東の国の人」の歌・2「東の国を詠んだ」歌・3．「東の国で詠んだ」歌」が基本であるから、三河・遠江以東の住民の歌は当然1、に該当し、都の人が詠んだ歌が含まれているが、それは内容が2．に該当するからであり、この巻に柿本人麻呂の歌が出ているが、それは3．に該当するからである。東歌におけるもう一つの特色は、「枕詞・序詞」が多用されていると言うことがある。この点は民謡（古謡）の特徴と一致することであるが、特にこの巻第十四には、「序詞」が集中している。多くの歌は素朴で野趣に満ちていて、生き活きとした歌が多いことは、万葉二十巻中第一である。したがって高校の教科書にも比較的多く採択されている。

武蔵野国の歌（九首続く最初の歌）

3373 ①多摩川(たまがわ)に　②曝(さら)す手作(てつく)り　③さらさらに　④何(なに)そこの児の　⑤ここだ愛しき

語句の解説

①＝「玉川」とも書くが、歌枕である。「歌枕」とは、和歌に詠まれる地名や名所のことであるが、本来は和歌に詠み込まれた枕詞・序詞・地名・動植物名など歌ことば全体をさして言っていたが、平安中期頃からは地名だけを指して言うようになった。

②手織りの布を冷たい川の水に曝して白くする＝ここまでの二句は次の句③

の「さらさらに＝《サラニサラニ・マスマス・以前ヨリモ一層》」に係る序詞である。「序詞（じょことば）」とは、主として和歌に用いられる修辞法の一つで「じょし」とも・また単に「序」とも言われる。ある語句を引き出すための前置きで、五音以内の「枕詞」と異なり、語数には制限が無く、上の句の十七音全てが下の句の初めの語句の序詞になる場合もある。また「枕詞」は、言葉もかかり方も固定的であり習慣的であるのに対して、「序詞」は作者が自由に創作する個性的な修辞法である。「序詞」の多くは自然の風物に関する表現で、内容と直接の関係はないが作者が詠んだ歌の主題に効果を生み出す雰囲気を盛り上げる働きがある。この書物の初めにも記述した上代歌謡が発達して以来、古典和歌の全時代にわたって使われた修辞法であるが、最も盛んに用いられたのは「万葉集」の時代である。「枕詞」は現代語訳をしなかったが、「序詞」に付いてはその部分の現代語訳をして、「…ノヨウニ」と次のかかる語句に続けるのが一般的な現代語訳の方法である。④副詞「何」＋係助詞「ぞ」の清音化「そ」＝《一体ドウシテ・マコトニ何ダッテ》。この係助詞の「そ」の結びは最後の形容詞「愛しき」の連体形止めになっていることで「「何そ」……「ここだ愛しき」」この二句がこの歌の主題であることが察知される。⑤副詞で「幾許」と表記されている上代語で、《コンナニモ沢山・コンナニモ甚ダシク》の意味に遣われていたが、平安時代以降になって「ここら」と表現されるようになった。

現代語訳

玉川デ手作リノ布ヲ曝ス時ニ鳴ル音ノヨウニ、サラニサラニ今マデヨリモナゼコノ娘ガコレホドカワイイノダロウカ。

補説と鑑賞

巻の第十四の特色は先に記述したように「東歌」の巻である。古来「東人」は文字文化を持たない民族であると言われてきた。そのゆえに和歌を読む基礎に文字も持たない地方に、良い歌などあるはずはないと言う想像により、万葉集の編集者から『拙劣の歌は取り載せず』と厳しく伝えられていた。然しいざ集めてみると粗野で、十分に洗練されてはいないが、野趣に富み独特な生命感があふれている。本来和歌は文字文化の中で発展し続けてきた文化である。それにも拘らず文字を持たない東人たちの歌には文字と異なる基礎的なものがあり、早くから文字世界で和歌を定型化してきた都会人と同等な歌を詠み続けていたのである。

東歌を読んでいると幾つかの事に気づく。その一つは、ことばを覚え始めた幼児がよく使う言葉に擬声語や擬音語などのオノマトペによる表現を使っている。この東歌がその他の和歌に比べてオノマトペが多用されている事である。もう一つは、その幼稚な言語活動の初期段階で多用されるオノマトペを引き出して歌の主題に結び付けようと言う詠み手の謡いぶりは、確かに民謡的で素朴実直な表現であり、古謡的である。その時に一語を言い出す為に決まった基礎的根本的な五音の言葉を使う。例えば「空・天・月・雨・光」などのことばを次の第二句の初めに使う為に第一句に《永久に不変な》の意味を含めて『ひさかたの』や、「山・峰」などを言い出す為に、その語を使う前の第一句に《山すその方が長く曳き延びている》と言う基本的な状況描写の用語として『あしびきの』を用いて、それぞれのことばを引き出す固定的な五音の用語を『枕詞』と言って民謡では唄われていた。枕詞と同様に、あることばを引き出す為に五音以上のことばによって、詠み手の自由な発想による個性的な修辞法を用いて、その歌の主題と結びつく場合の多いオノマトペを引き出す修辞法として、序詞を遣っている事もまた東歌には外の歌よりも多いという特徴がある。この三点を採り挙げただけでも短い民謡調の唄であって、繰り返して唄い続けることにより次第に推敲され定型化して成立し、文芸的文化的発展をなしてきたのである。

この歌は武蔵の国を流れる多摩川で、手で織り上げた布を曝す仕事を続けながら大勢の人が作業歌を唄う生活を背景としながら、その中で芽生える恋の歌であるが、初々しく爽やかな情感が詠まれている。冷たい川の水で布を曝す重労働の苦境に耐えながら大勢で唄いやすいのは、この歌三十一音のうち単音に、t音とk音の破裂音が十音と、S音の摩擦音が六音も使われていること（濁音の破裂音や摩擦音を加えればさらに多くなる）に加えて、上の句三十四単音中に母音a音が十音も使われている。（既にこの40頁でものこの方法によって鑑賞しているが）この東歌においてみると一層顕著であることが理解される。つまり上の句で序詞を用いて、下の句の主題に繋ぐイントロの部分において、優雅な明るい気分の時に詠むと自ずとその歌に現れるのである。この歌においては上の句にa音が十音も使われ、主題となる下の句では、十二音節中八音もＯ音で詠まれている。母音使用による音感から見れば、落ち着いた重厚な感じの時に、自然と使用が多くなると言われているＯ音を連続して七音も使っている。この歌は大勢の集団的作業の中で生まれた恋の歌であるが、詠まれた歌の音韻面に感じられるリズム感からも、厳しい作業を楽しく落ち着いて、明るい感じを受け取る事のできる東歌の代表的な名歌である。

信濃の国の歌

3399 信濃道（①しなぬぢ）は　今の墾道（②はりみち）　刈株（③かりばね）に　足踏（④ふ）ましなむ　履着（⑤くつは）けわが背（せ）

語句の解説

①現在の木曽路を指しているが、木曽路が切り開かれたのは大宝二年（７０２）末から和銅六年（７１３）まで十二年もかかって開かれたと続日本紀に記述されている。

②開墾され新しく切り開かれた木曽路のこと。　③刈り取った木や竹の切り株の根株。　④マ行四段動詞「踏む」の未然形「踏ま」＋尊敬の助動詞「す」の連用形「し」＋完了の助動詞「ぬ」の未然形「な」＋推量の助動詞「む」終止形＝《オ踏ミニナッテシマウダロウ》の最後の「な－む」は形の上では未来完了であるから、直訳すると傍線部のようなことばになる。　⑤名詞「履」＋カ行四段動詞「着く」の命令形「着け」＋一人称代名詞「わ」＋格助詞「が」＋名詞「背」＝《履ヲオハキ下サイ私ノ夫ヨ》。尊敬すべき対象に用いている命令形は、依頼で解釈する事は原則の一つである。

現代語訳

信濃ノ道ハ今新シク切リ開イタバカリノ道デス。切リ株デ足ヲ踏ミ、キット怪我ヲナサルデショウ。履ヲオハキ下サイ私ノ夫ヨ。

補説と鑑賞

当時信濃地方での日常生活では四季を問わず、はだしで暮らすのが通常であった。日常的には村内で生活することで十分であったが、何かの都合により信濃街道を行かねばならなくなったのであろう。そうなれば極めて非日常的で、この歌を詠んだ妻の心配は深刻であり、ただ「信濃路」の「刈株」だけでなく、宿や道中での思わぬ事故・事件など多面的になる。前の「多摩川」の東歌のような初々しい新鮮な恋の歌ではないが、いささか夫婦生活を経過してきた妻の、濃やかな女性らしい気遣いが感じられ、家庭的な温かい女性の愛情が込められたすばらしい歌である。この歌は先ず二句目で切れている典型的な万葉集の五七調の歌であり、さらに第四句でも最終句の初めの名詞「履」に続くように見えるが、第四句の最後の助動詞「む」は、「語句の解説」でも記述したようにこの四句でも終止している。第五句は名詞止めになっていて余情止めであり、名詞「わが背」の後に現代語訳をする時には、平叙文として「背の君」を思う女性の気持ちを付け加えた表現で終わるように留意する必要がある。

相聞

3459 稲春(つ)けば　①皹(かか)る吾(わ)が手(て)を　今夜(こよひ)もか③　殿の若子(わくご)が　③取(と)りて嘆(なげ)かむ

語句の解説

①ラ行四段動詞の連体形「皹る」《垢ヤヒビ割レデ指ガ切レル》＋代名詞（第一人称）「吾」＋連体格の助詞「が」＋名詞「手」＋（対象）格助詞「を」＝《皹切レシテイル私ノ手ヲ》。②係助詞（同類の暗示）「も」＋終助詞（詠嘆）「か」＝《…モ…ダロウナア》。③ラ行四段動詞連用形「取り」＋接続助詞「て」＋カ行四段

動詞「嘆く」の未然形「嘆か」＋助動詞推量「む」の終止形＝《・・・ヲトッテ嘆クダロウ》。

現代語訳

毎日稲ヲ衝イテイルノデヒビ割レテイル私ノ手ヲ　私ガ働イテイル館ノ若様ガ　今夜モ手ニトッテ　嘆イテ下サルダロウネ。

補説と鑑賞

この歌も前の二首と同じように東国の民謡である。唄いものの歌謡は長歌のように長い詩句ばかりとは限らず、このように定型の短い歌を繰り返して唄う場合も古くから行われていた。そのことに付いては既に古事記の中にも多くの定型歌謡が見られる。前の3373番の「多摩川に・・・」の東歌は男性の労働歌と解説したが、この歌は女性が唄い自らを慰め、元気付ける労働歌で、稲つきの仕事をする歳頃の普通の健康的な女性が少しの性的な希望を唄っているのである。このような民謡の労働歌を繰り返し唄いながら、単純で苦しく辛い労働に耐えているのである。この歌で感じられる歌詞のリズムと、自分が籾殻を足で衝くリズムのテンポと合わせて、楽しみを醸し出しながら労働への嫌気や、疲労感を忘れようとしているのである。それを詳しく音韻の面から科学して見ると、耳に響きの良い活動的な心理状態を感じさせる破裂音が、三十一音節の一首中に十七音（鼻濁音の破裂音でｋ↓ｇ音に・ｔ↓ｄ音に・ｐ↓ｂ音のように口の開き方は同じで、喉から声を出す時に鼻から出すと濁音化する）も使われている。しかもそのうち清音の破裂音（ｋ・ｔ音）は十二音もあることから、この民謡が自ずと労働歌として唄われるようになった事が理解されるのである。

巻第十五　この巻の構成を見ると、前後に分けて、前半部に天平八年（７３２）六月に新羅へ派遣された人たちの旅中の歌や古謡を集め、後半部には中臣宅守（なかとみのやかもり）が狭野弟上娘子（さののおとがみのをとめ）との関係により越前に流された時の二人の贈答歌が集められてはいるが、特に部立てによって区分していない。宅守の流罪の原因やその時期に付いては不明である。前半は新羅へ派遣された使者の歌が一四五首、後半には越前に流された二人の贈答歌が六三首、このうちには柿本人麻呂の歌なども含まれていて、総て二〇七首が記載されている。次に採り挙げる二首は、特に相手を思う気心がまことによく現れていて、相聞歌中の代表作と言われている。

中臣の朝臣宅守（あそんやかもり）と、狭野弟上娘子（さののおとがみのむすめ）の贈り答ふる歌

3724　君が行く　道の長て①を　繰り畳ね②（くたた）　焼きほろぼさむ③　天の火④（ひ）もがも

語句の解説

①名詞「長て」の「-て」は方向を表す接尾語（行くて）で連語の一語。長イ道ノリヲ。②ナ行下二段動詞（「繰り」は接頭語でこれも連語の一語）「繰り畳ぬ」の連用形「畳ね」＝《手繰リ寄セテ折リタタム》。③サ行四段動詞「ほろぼす」の未然形「ほろぼさ」＋推量助動詞「む」の連体形「む」＝《滅ボシテシマウヨウナ》。④人では燃え出さすことのできない神秘な「天の火」。名詞「火」＋上代語で実現の難しい自己の願望を示す終助詞「もがも」＝《火ガアレバイイノニナア》。「もがも」は上代語の願望を表す終助詞で、名詞や形容詞あるいは形容動詞（の「なり活用の連用形＝「に」）副詞などにも続く。平安時代には「もがな」の方がよくつかわれている。

現代語訳

アナタガ行カレル長イ道ノリヲ手繰リ寄セテタタミ、焼キ尽シテシマウヨウナ天カラノ火ガアッタライイノニナア。

補説と鑑賞

この一首前の歌から次に採り挙げた五首後の六十三首が、表題の二人の間で取り交わされた相聞往来の歌である。中臣の宅守は奈良時代後期の人で、峡野弟上娘子を娶る時にある罪を受け、どうしようもない勅断流罪により越前へ流された。その二人の間で交わされた応答歌のうちから、この二首3724・3774をここに採り挙げた。宅守のその時の罪に付いてはその後の学者間においても検討を続けているが詳細は未だに不明である。勅罪を受けながら当の二人は却って激しい愛情に燃え、多くの相聞歌を残している。これらの歌による二人の応答は、ここに記述されている順番ではなく、恋物語としてのストーリーが編集者の手にとって並び替えて、読者や宮廷歌人に分り易く読み良いように手が加えられたと言う学説が一般に認められているが、編集者も各歌にまで手を加えてはいないので、歌の価値は読者の鑑賞に任されてしかるべきである。この巻の第十五は、概略的に言って前半にも同様な恋物語を幾つか並べ、編集者は恋愛物語としてこの巻をまとめているように思われる。

先ず初めの歌では、当時の感覚として都奈良から越の国と聞けば、はるかに遠く雪深い「外つ国」であった。そのような所へ流されてゆく夫を案じた妻の強い気持ちが、極めて奇抜ではあるが率直に詠まれていて、万葉集の歌であることが理解される。

3774　わが夫子(せこ)が　帰り来(き)まさむ　時のため　命(いのち)のこさむ　忘(わす)れたまふな

語句の解説

①カ変動詞「来（く）」の連用形「来（き）」＋補助動詞サ行四段「ます」の未然形「まさ」＋推量の助動詞連体形「む」＝《…テイラッシャル（デアロウ）》。「ます」は、上代語で活用語の連用形に接続し、その動作の主体者を敬うことばで、平安時代になると「おはす」に変わる。　②名詞「命」＋サ行四段動詞「のこす」の未然形「のこさ」＋意思の助動詞「む」の終止形＝《命ヲ残シテオリマス・必ズ生キテイマス》この場合に「む」は前の①のような単なる推量ではなく、強い意志の用法であり「決意」の用法と言っても良いほどの強さで使われている。　③ラ行下二段動詞「忘る」の連用形「忘れ」＋補助動詞で、ハ行四段動詞「たまふ」の終止形＋強い禁止の終助詞「な」＝《決シテオ忘レニナラナイヨウニナサッテ下サイ》強い禁止は、命令的になるが、相手が尊敬の対象者の場合には「依頼」の用法で解釈しなければならない。

現代語訳

アナタガオ帰リニナル時マデ、私ハ必ズ生キテイマショウ。ソノ事ヲ決シテオ忘レニナラナイヨウニシテ下サイ。

補説と鑑賞

直前の歌の一群に属する夫の中臣宅守が越の国に「勅断流罪」を受けて流され受刑中に贈った峡野弟上娘子の二十三首の内の一首である。宅守が流罪になったのは天平十二年（７４０）の春頃である。その年の夏の大赦にはもれていたが、翌天平十三年の秋九月の恭仁京遷都に伴う大赦において赦されたと推定されている。

宮廷復帰後の宅守は、同年代に活躍している大伴家持との具体的な関係に付いては不明ではあるが、これだけの相聞歌群を持つ宅守と弟上娘子との熱烈な相聞歌に対して、編集者の家持が見逃すはずはない。前歌に付いても記述したように、この歌も二人の恋物語の素材としてここに配列され、引き裂かれた恋人二人の悲痛な叫びを宮廷読者により深く物語化しようと編集者家持は、詠み歌の並び替えを行っている。

語句の解説の中でも記述したが、下の二句によって特に妻の弟上娘子は、夫宅守は必ず赦されて帰るに違いないと信じながら、自己の感情を強く率直に表現している。この巻のうちでも特に際立って優れた二首である。

巻第十六　この巻は特別な歌が収められている巻であり、これまでに見ない物語伝説を古謡として歌った特別な長歌を集めている。集中採り上げられている長歌の中でも二番目に長い「竹取の翁」の物語歌が（3790）番に記述されているほか、乞食者（ほがひびと）の長歌二首もある。（乞食者とは、当時祝い事のある家を廻って、祝い歌を歌った代償としてその時の食事の一部を分与して生きている人たち）当時としては山海の最大の獲物は鹿と蟹であり、珍重された。この二つを題材とした長歌が二首付記されている。飛鳥藤原京時代末期頃から奈良平安時代の中頃までの歌が一〇四首収められている。他の巻に比べれば、伝説歌や専門家人の滑稽歌などが集められた珍しい巻である。

巻第十七　詠まれた年代順に並べ、題詞か左註で作者や作歌事情・歌数を記述している。これ以降家持の資料により彼の編集構成の巻が続いていると言われている。一一二首の歌が収録されているが、天平二年（７３０）から二十年（７４８）頃までの歌である。この巻までの万葉集と歌風が変化し、優美繊麗となり、題材も表現も生き活きとした生気も野趣も消え、優しく次代へと移行する傾向がもはや現れている。随って万葉集をその歌風から見て四期に分けた見方では、ここからが最後の第四期『万葉調終焉期』（７３０〜７６０年代）天平文化の最も華やかな時代も終わり、聖武天皇の後半から淳仁天皇までの約三〇年であり、和歌は貴族社会での慰みの道具として用いられ、嘗ての個性豊かで平明率直な抒情性は静まり、理知的で繊細幽寂な観念の歌風の和歌が多く詠まれるようになった。主な歌人には、この万葉集二十巻を纏め括った大伴家持を初め、中臣宅守・笠郎女・佐野茅上娘子・田辺福麻呂の歌人がこの最終期の三十年間の和歌を詠んだ代表者である。

巻第十八　前巻に引続き大伴家持の編集による巻である。選ばれた歌は、天平二十年（７４８）三月から天平勝宝二年（７５０）二月までの歌百七首が収められている。前巻同様家持の歌が多く、用字法は一字一音の万葉仮名やその他の表記をしているが、万葉仮名による上代仮名遣いの間違いが多く、内容上の不審点とともにに後世の国学者などによる整備された巻である。巻の第十六はともかく、十七・八巻の二巻からの高校生が学ぶ古典教科書に採択されているものは眼に付かない。

巻第十九　この巻は、全体的には万葉末期の歌風に影響された歌であるが、中にはやや時期の古い天平五年の入唐の歌八首や、壬申の乱平定時の歌二首などが含まれている。その二首は家持が記録していた歌を記載したものと考えられる。この巻に付いては先の二巻ほど彼の歌は多く載せられてはいない。天平勝宝二年三月から約三年間の、長歌二十三首を含めて百五十四首の歌が記載されている。

天平勝宝二年(750)三月一日の暮に、春の苑の桃李の花を眺めてつくれる歌二首

4139　春の苑　①紅(くれなゐ)にほふ　梅の花　②下照(したて)る道(みち)に　②出(い)で立(た)つ少女(おとめ)

語句の解説

①「紅」は、「末摘花」とも言い、アザミに似た赤い花の咲く草の名で、それを原料に染めると鮮やかな紅色になる。[「にほふ」は、(21)番の歌(54)頁①にて解説済み]。＝名詞「紅」＋ハ行四段動詞「にほふ」の連体形「にほふ」＝《紅色ニ照リ輝イテ美シイ》。②名詞「下」＋ラ行四段動詞「照る」の連体形＋名詞「道」＋格助詞(場所)「に」＝《下ノ明ルク照ラサレテイル道ニ》。③ダ行下二段動詞「出

づ」の連用形「出で」＋タ行四段動詞「立つ」の連体形＋名詞「少女」＝《タタズンデイル乙女ヨ》。

現代語訳

春ノ庭園ニ、紅色ニ美シク照リ輝イテ咲イテイル梅ノ花。ソノ梅ノ花ノ下ノ明ルイ道ニ出テ、タタズンデイル乙女ヨ。

補説と鑑賞

この歌の作者は大伴家持である。旅人の子であり、生まれは養老元年（718）頃と明確には不詳であるが、延暦四年（785）まで六十九歳の生涯を終えている。少年期に父旅人の九州大宰府の赴任に伴って筑紫に住み、山上憶良外のいわゆる〈筑紫歌壇〉の人々と接して、歌心の基礎を育まれた。その間に母を亡くし、伯母の坂上郎女に養育された。帰京後父旅人が天平三年（731）に亡くなる、若年で両親を喪った家持は、やがて叔母の長女坂上大嬢を正妻としたが、笠女郎や紀女郎など十数人と関り、九十余首の相聞歌を残している。天平十八年（746）六月に越中守に任命されて以後地方長官を六度も経験している。越中の守は五年勤めて天平勝宝三年（751）に、少納言として帰京する間に、越中にて生涯の作歌のほぼ半数の歌を詠み、歌境を確立した。天平宝字二年（758）六月因幡の守に任じられ二度目の地方長官として赴任する。その翌年の正月一日に因幡の国庁で詠んだ歌〔109頁の〈4516〉の「万葉集」最後の歌〕以後没するまでの間、26年の間、作歌活動を中止した。死後の藤原種継の首謀者のひとりとして、それまでの官位はすべて没収された。しかし二十一年もの長い時期の後名誉は回復された。万葉集の後半部についてはあちらこちらに家持の手が加えられ疑問を残している部分が多いが、特に巻十七以降の四巻については家持の家集のように、歌日記の体裁で編纂されている。

　題詞に記述されている天平勝宝二年と言う年は、作者大伴家持は三十歳代の若い歳で、地方長官としての最初の任地越中の守であった。その後大和の国の五個所の地方長官を歴任したが、その間家持の作歌情況は途絶した。その原因に付いては種々の説が述べられているが詳細は不明のままである。

　しかし、この美しく輝くように咲く梅の下道にたたずむ歳若い女性を詠み、如何にも中国の「樹下美人」画を思わせる歌いぶりである。この歌を詠んだ時には家持は、越中の国から奈良の都に帰っていた時で、越中を懐かしく思い出して詠んだ回想の歌と思われるが、いかにも目の前の状況の明るく華やかな写実である。

二十五日、作れる歌一首

4292 うらうらに① 照(て)れる春日(はるび)に② 雲雀(ひばり)あがり 情悲(こころかな)しも③ 独(ひと)りしおもへば④

語句の解説

①情態副詞《春の日差しが穏やかな様子を表す＝ウララカデ気持チノ良イ》。②ラ行四段動詞「照る」の已然形「照れ」＋完了の助動詞「り」の連体形「る」＋名詞「春日」＋格助詞（時格）「に」＝《照ッテイル春ノ日ニ》。③名詞「情」＋形容詞「悲し」の終止形＋詠嘆の終助詞「も」＝《自分ノ気持チハ悲シイナア》。「も」が終助詞であるからこの歌はこの第四句で切れて、第五句は倒置法になっている。つまり切れた前二句は五・七であり、繰り返すが五七調は、万葉集の一つの典型である。④名詞「独り」＋強意の副助詞「し」＋ハ行四段動詞「思ふ」の已然形「思へ」＋接続助詞「ば」＝《ヒトリデ思ッテイルノデ・ヒトリデモノ思イニフケッテイルト》「し」にはいろいろな用法があるが、この歌のように後に接続助詞の「ば」を伴って遣われている時にはほとんど「強意の副助詞」で解釈すれば良い。

現代語訳

ウララカニ照ッテイル春ノ日ニ、雲雀ガ空高ク舞イ上ガリナガラ鳴イテイル。私ノ心ハトテモ悲シイナア。タダ一人デモノ思イニフケッテイルノデ。

補説と鑑賞

この歌は巻の第十九の最後に載せられた歌である。つまり巻の十九は、首尾に自作の歌を置いて編集している。編集者家持の歌に対する自信の程が伺える。この巻の冒頭歌では焦点を梅の花とそれにふさわしい齢若き女性にあり、今後の成長発展を詠み上げ、意気揚々の巻で始まっている。然しその締めくくりは、晴れ渡った春の空に、鳴きながら舞い上がる雲雀の鳴き声を耳にする今の自己のおかれている実情を思うと、旧氏族大伴氏が、新興藤原氏とそのあらたな取り巻きによる力に圧され、家持の刎頸の友であった大伴池主は捕らえられて消息不明。このように時代は瞬く間に変わってしまう。

彼が万葉集に関ったのは、次の因幡の国主として赴任した天平宝字二年（758）の翌年の正月以来一首の歌も詠んでいない。家持まだ四十二歳の若さである。今後の彼の詠み歌が楽しみであった当時の宮廷歌人の期待を裏切るように、ついに家持は歌のためには筆を執らなくなった。彼の歌は一首も伝えられてはいない。

巻第二十　最後の巻であるが、天平勝宝五年（753）五月から天平宝字三年（759）正月までの歌二百二十四首が収められている。巻の第十七と同じ形体で編集されているが、天平勝宝七年に大伴家持は兵部少輔として難波に派遣されていた。その事からするとこの巻も家持の編集であろうと思われる。家持の自作の歌が最も多いが、ここに集中している防人の歌が九三首（万葉集中には九十六首ある）も記載されている。巻十四の東歌と共に、まだ今後の研究対象とされる巻である。

この巻で採り挙げた最後の4516番の歌の後、家持は一首も歌を残してはいないが、その後桓武天皇の延暦四年（785）まで生存していた。家持の最後は、陸奥按察使鎮守将軍として蝦夷地に派遣され、蝦夷鎮圧の本拠である多賀城において六十九歳の生涯を全うしている。

4322 わが妻は　①いたく恋(こ)ひらし　飲む水に　②影(かご)さへ見(み)えて　③世(よ)に忘(わす)られず

右の一首は、④主張の丁(よぼろ)　⑤麁玉(あらたま)の郡の⑥若倭部(わかやまとべ)の身麻呂(むまろ)

語句の解説

①程度副詞「いたく」＋ハ行上二段動詞「恋ふ」の連用形「恋ひ」＋推量の助動詞「らし」の終止形＝（平安文法では「らし」は活用語の終止形から接続するが、この場合は東北の方言で詠んでいるので、連用形から接続している。「影」を「かご」と言うのも同じ東北方言のままの記述である。）＝《タイソウ恋イ慕ッテイルラシイ》。②名詞「影」＋添加の副助詞「さへ」＋ヤ行下二段動詞「見ゆ」の連用形「見え」＋接続助詞「て」＝《姿マデモ見エテ》。③陳述の副詞「世に」（後に否定語を伴って《決シテ…スルコトハデキナイ・絶対ニ…ナイ・断ジテ…ナイ》）＋ラ行四段動詞「忘る」の未然形「忘

ら」＋可能の助動詞「る」の未然形「れ」＋打消の助動詞「ず」の終止形＝《決シテ忘レルコトハデキナイ》。④律令時代に定められた「四等官制」のうち上位から「長官・次官・判官・主典」のうち、記録を任務とする地方の郡部に置かれた官吏の役目のうち主典の郡部に置かれた官名。⑤郡の地名。⑥この歌の作者名。

現代語訳

私ノ妻ハ、タイソウ私ヲ恋イ慕ッテイルラシイ。私ガ飲モウトスル水ニ妻ノ姿サエ映ッテ見エ、決シテ忘レル事ハデキナイ。

補説と鑑賞

この歌は「防人の歌」の代表作とされている。「防人」とは、大化の改新（大化元年＝６４５）により始まり、辺境地域（特に北九州の朝鮮・支那からの侵入）を防備する役目の兵士を言い、実際に防人を設置したのは天智三年（６６４）、に壱岐・対馬・筑紫の国に置いた事が記録の初めである。律令官制の地方官制三地域「京師・難波・筑紫」にだけ設定されている「防人司」が担当役で、主に兵士は東国地方の若者であった。兵士の人数は千人ほどで、三年交代の任期で毎年二月に交替していた。この制度は、平安時代まで続けられたが、その後も鎌倉時代の後宇多天皇までの六百年ほどの間、必要な時期に断続的に置かれていた事が、各地の資料によって判っている。

東国から九州までの遠距離を行く防人の中には、その道中での事故や病気で死亡する者もあったことは大いに想像される。それだけに防人に出る時には、非常の覚悟での別れとなるのである。防人を徴集した「東の国」は、東北地方ではなくて、「東歌」の「東」と一致する地域である。つまり、『上野(かうづけ)・下野(しもつけ)・常陸(ひたち)・下総(しもふさ)・上総(かみふさ)・武蔵(むさし)・相模(さがみ)・駿河(するが)・遠江(とほたふみ)・信濃(しなの)』を言う。

古代人は、思う相手に自分のことが自然に伝わると思っていた。この歌でも歌の詠み手は、自分が飲もうとする水に、遠く離れて行った恋しい夫を深く思っている今の妻の顔が、水鏡になって映ったと思い、そのままを詠んでいて素直に感じられる歌である。

4346 父母が ①頭(かしら)かき撫(な)で ②幸(さ)くあれて ③いひし言葉(けとば)ぜ ④忘(わす)れかねつる

右の一首は、丈部の稲麻呂。

語句の解説

①名詞「頭」＋接頭語「かき」－ダ行下二段動詞「撫づ」の連用形「撫で」＝《頭

ヲカキ撫デ》。②情態副詞「幸く」＋ラ変動詞「あり」の命令形「あれ」＋提示格の助詞「と」の東北方言「て」＝《幸セデアレヨト・無事ニ行ッテ来イヨ・ツツガナク帰ッテ来イヨ》。③ハ行四段動詞「言ふ」の連用形「言ひ」＋過去の助動詞「き」の連体形「し」＋名詞「言葉」＋係助詞「ぞ」の東北方言「ぜ」（結びは最終の「つる」）＝《言ッタコトバコソガ》。④連語のナ行下二段動詞「忘れ―かぬ」の連用形「忘れ―かね」＋完了の助動詞「つ」の連体形「つる」（前の句の係助詞「ぜ」の結び）＝《ドウシテモ忘レラレナイナア・決シテ忘レラレナイヨ》。

現代語訳

父母ガ、私ノ頭ヲカキ撫デ、無事ニ行ッテキナサイト言ッタコトバガ、ドウシテモ忘レラレナイナア。

補説と鑑賞

防人として徴集されて出立する時の妻との分れの情況は前の歌で見たが、防人の中にはまだ成人しない若者も居たのであろう。この歌の詠み手はそのような若々しい男の子である。父母の優しい愛情あふれる想いで、自分の頭を撫でてくれたその優しい手の感じを防人中、いつも懐かしく思い出していると同時に、彼はしきりに望郷の念にとらわれているのである。

編集者家持は、直接防人など庶民との関りがあったために、人間の哀感苦悩の根源を目の当たりにして、人間総て共通する感情の根底を見つめながら、人間防人の歌をこの最終の巻に集めて、東人の素直な心の表現に痛く心を打たれている家持の意思が伝わる巻である。然し家持の純粋な心情に水をさすような、宮中の大歌所において、兵部省の長官であった橘奈良麻呂からの命により兵部少輔であった家持は、その名をただ遂行しただけだと言う説もあるが、そのような資料は資料としてみればいいが、学習者諸君にとっては、万葉集に残された防人歌を和歌（やまとうた）として読み、鑑賞する事が学習の基本である。

4401　韓衣①（からころむ）　裾（すそ）に取りつき　泣く子らを　置き②（おき）てぞ来ぬや　母③（おも）なしにして

右の一首は、国造④（くにのみやつこ）　小県⑤（ちひさがた）の郡（こほり）の他田（をさだ）の舎人⑥（とねり）大島。

語句の解説

①「からころむ」は「からころも」の東北方言で、「から」は南鮮の（伽羅）の地名が元で、広く朝鮮・中国を差すが、その頃から倭の国に難民として渡来した者たちが、既に着ていた粗末な衣服と言う説や、儀式の時に彼らが着用した正装と規定する説も

ある。ここでは衣服に関する用語であるから、「袖・裾・紐、着る・裁つ」など、それらと関る名詞や動詞の語に係る枕詞として使われていると見るのが妥当である。②カ行四段動詞「置く」の連用形「置き」＋接続助詞「て」＋上代語の係助詞（強意の用法）「そ」＋カ変動詞「来（く）」の連用形「来（き）」＋完了の助動詞「ぬ」の終止形＋詠嘆の終助詞「や」＝《ヨクモ置イテ来テシマッタモノダナア》。③名詞「母」＋形容詞ク活用終止形「なし」＋状態の格助詞「に」＋接続助詞「して」＝《母モイナイト言ウノニ》。④大化の改新以前に朝廷から、多くの場合その地方の豪族が任命された役人。⑤地名で下総の北部＝現在では千葉県北部に当る地域。⑥大和時代に国造の指示に従い、雑事や警備に当った下級役人。

現代語訳

衣服ノ裾ニ取リスガッテ泣ク子ドモタチヲ、自分ハヨクモソノママ置イテキテシマッタモノダナア。ソノ子達ノ母親モイナイト言ウノニ。

右ノ一首ハ、コノ土地ノ昔カラノ豪族デアッタ小県群ノ多田ニスム下級役人ノ大島ガ詠ンダ歌

補説と鑑賞

ここに採り挙げた防人の歌三首目であるが、第一首目の妻を残して防人に立った盛年の愛の歌に続いて、まだ年端のゆかない少年防人の、父母との惜別と言う東の

国と言うひなびた方言混じりの年若い、平素あまり文字に親しまない青年の若々しくみずみずしい感情が率直に感じられる歌に続いての、第三首目には、『裾に取りつき　泣く子ら』と言う表現からまだ幼い幼児の複数人を思わせる。その上この子らには『母なしにして』と言う状況下にあるのである。そのような子どもたちを置いたまま、防人として出て行く父親の後ろ髪をひかれるような思いが込められていて、なんとも悲しく哀切極まりない歌である。

ここに列挙した三首の歌だけではなく、他の防人歌に詠まれた詠み手の心も汲み取って欲しい。また彼らが国に帰った後の生活に付いての情況は、当時の地方の文献にも資料として存在している。

三年春正月一日、因幡の国の庁にて、国郡の司等に饗を賜へる宴の歌一首

4516　新しき　年の初めの　初春の　今日降る雪の　いや重け吉事

『古歌百選』には外してある）

語句の解説

①天平宝字三年（759）。②現在の鳥取県東部。③三年正月の元旦。④上代語の程度副詞「いや」＋カ行四段動詞「重く」の命令形「重け」＋名詞「吉事」＝

《愈々マスマス重ナレ。良イ事ガ。》

現代語訳

新年初メノ初春ノ今日降ル雪ノヨウニ、マスマス降リ積モレ。良イコトガ《良イ事ガ重ナリマスヨウ》。

補説と鑑賞

万葉集の二十巻のうち最初の原型と見られる巻や「持統万葉集」と呼ばれる前半の幾つかの巻は別として、後半部の大部分の巻の編集に関っている大伴家持の歌によって最終となる。然しこの歌に付いて高校の教科書に取り上げられているのはほとんど見ない。

歌の前の詞書にあるように、宮中の賀宴と同じように、国司は僚族の郡司たちを引率して新年の儀式を厳粛に終了した後、長官が賀を受け、設宴に続くのが慣例であった。それが「国郡の司等に饗を賜える宴」である。その宴の中で歌った家持の歌である。今日と言う日の状況と季節による風情を同化し、後世に残るような文芸的所作にもしようとして、やや無理に詠んだゆとりのない窮屈な詠み振りが感じられる。この家持の賀歌は、冒頭の雄略・舒明の御製「春の国見歌」に相呼応すると評価されるように、首尾を整えているような力みも感じられる。

家持は六十歳を過ぎて最後の任地は防人を輩出した東の国よりもさらに北の陸奥の按察使鎮守将軍として蝦夷地の多賀城（宮城県多賀城市市川）を征夷の根拠地として派遣され、その地において六十九歳の生涯を終えた。その死後も、一族の反乱事件に関りありとして一切の官職を剥奪された。赦されて名誉回復までには二十年余を経た後であった。

万葉集の中から高校の教科書によく取り上げられている歌五十首を選出して、それぞれの歌に付いて三項目を立てて解説を続けてきたが、中学・高校生諸君が学習に直接関係して参考になるのは、1「語句の解説」、2「現代語訳」であろうと思い、1については、明確に分析的で、時代的な両面から詳細に検討して記述し、2に付いては、ややぎこちない部分があるように感じられるほど1の文法解説に適合するように、現代語に置き換えた。3の「補説と鑑賞」は1・2を完成後必ず読み通して学習の幅を広げて頂きたいと筆者は希望する。実際ここに採り挙げた歌は五十三首であるが、三首は多くの教科書には採り挙げられてはいないが、山上憶良の二首は学習者諸君に一度読んでほしい歌であり、最後の家持の歌は、編集者の一人である人物の紹介のつもりもあってここに採り挙げたが、高校教科書に採り挙げられて古歌『秀歌和歌(やまとうた)百選』には、統計的に見て外さねばならなかった。どこの教科書にも採択されているのは、ここに掲げた東歌と防人歌のほか最も多いのは人生派の憶良と旅人、叙景歌人の人麻呂と黒人・赤人たちの歌である。

第二節　『万葉集』その後

一、「勅撰和歌集二十一代集」以後から近代まで

奈良時代初期（620年頃）から集め始められて以来、760年前後に成立して後、今日までの1200年を超える長きに渡り、令和の時代にまで引き継がれてきた和歌（やまとうた）の文学は、いつの世においても民衆の間で生き続けてきたのである。勅撰八代和歌集が『新古今和歌集』で終了した（1205年）のちも、さらに勅撰集は『新続古今和歌集』（1439年）まで二十一代集が続くが、それ以後明治に至るまで、文学史上に記録されるような歌集は出されてはいない。然しこの間の江戸時代においてもあらゆる文学作品の文中には、万葉集を初め多くの古歌が取り入れられたり、その物語の主人公や作歌の詠み歌を挟み込んだりして、それぞれの文内容を引き立て、判りやすい内容として組み込まれている。例えば、軍記物語の中では、『平家物語「忠度都落ち」』にて朝敵となった忠度の歌が、『千載和歌集』（1187年）に「読み人知らず」として載せられている歌を始め、多くの歌が詠まれている。『徒然草』（1331年）では天皇の御製が二首取り入れられている。その後安土桃山時代までの戦国時代（1534～1582年）では、大名や地方領主の英雄たちの歌集など、文学史に残るような歌集は見当らないが、それぞれにその時ごとの歌は残されている。例えば織田信長は、茶の湯や鷹狩り・相撲が趣味ででであったようだが、歌は生涯で数首しか詠

まなかったと伝えられているが、次の二首などは見たままを感じたままを詠み上げた万葉風と思われる歌である。

今川の流れの末も絶え果てて　千本の桜散りすぎにけり

冴え上がる月にかかれる浮き雲の　末吹き払へ四方の秋風

また、信長に謀反を起こした明智光秀を討ち、一躍有名になった豊臣秀吉（1536～1598年）は次の歌を残している。

露と落ち露と消えにし我が身かな　浪速のことは夢のまた夢

秀吉はその後老衰によって一代にて終わるが、秀吉の死後、台頭してきた徳川家康に対抗した秀吉の側近石田三成は、関が原にて一戦を決する（1600年）が敗北する。三成の辞世の歌である。

筑摩江や葦間に燈す篝火を　ともに消し行く我が身なりけり

秀吉の部下に『戦国の両兵衛』と称された軍師に、黒田官兵衛と竹中半兵衛が居た。その官兵衛の辞世の歌（1595年頃）。

思ひおく言の葉なくてつひに行く　道は迷はじなるにまかせて

江戸時代の読本の名作などにも、短歌はその話の重要な部分において作者がその話の流れの中で登場人物の歌として使いながら詠み込んでいるが、例えば『雨月物語』（1776年）も『春雨物語』（1809年）も五巻の話で成立しているが、数首ずつ取り入れている。

この時代における別の文化圏である国学者たちの間では、『古事記・万葉集』の研究が深く窮められていたが、その研究を中心とした国学者の古典研究との関係において万葉調も引き継がれている。中でも賀茂真淵は、徳川吉宗の子の田安宗武に仕えた五十歳頃から、万葉家風の復興を理想として《ますらおぶり》を唱えた。馬渕は《縣居》と号し、近世の和歌はこの真淵から始まると言っても過言ではない。然し真淵の縣居派のうちから《古今・新古今風》を詠む加藤千蔭・村田春海の江戸派が分派し、晩年の門下生である本居宣長は新古今風の歌集を自らまとめている。真淵の門下生で最後まで《万葉風》を詠み続けたのは吉宗の子の田安宗武や香取魚彦・荒木田久老たちである。当時の国学者本居宣長父子の歌集、つまり父親宣長（1730～1801年）の歌集『鈴屋集』と、その実子春庭の『後鈴屋集』その他の歌集も残されているが、広く一般に詠まれているような文学史上に、取り上げられていると言う種類の歌集ではなく、それぞれ各自の趣味のうちにて、いつの間にか詠み続けて纏められたと言うものであって《新古今風》の家集である。

江戸時代の戯曲で三代歌舞伎の一つである『菅原伝授手習鑑』〈1746年〉の文中には、拾遺和歌集に収められ、『大鏡』にも引用されている次の名歌、

東風吹かばにほひおこせよ梅の花　主なしとて春を忘るな

が最初の部分で採り挙げられたり、万葉集から柿本人麻呂の歌（1843番）も引用されたりして、この戯曲中にも数首の和歌が取り入れられているように、江戸時代の各

種の文学作品中には、必ず数種の和歌が各文中において主要な機能を発揮している。このように見てきて思いもしなかったが、一茶の俳文『おらが春』〈1820年〉中にも、多くの句が並んでいる中に、十首ばかりの三十一文字の文芸も加わっているのを見つけた。

二、近代短歌の概説

近代に至ってから、万葉調の流れに付いてのみ記述すると、先ず『歌よみに与ふる書』を発表し「写生」の説を唱え、万葉集の伝統に従って素朴な生命の調べの「根岸短歌会」を起こした正岡子規から始まる。

――長塚　節（アララギ）――島木赤彦（アララギ）――今井邦子〈明日香〉

正岡子規→――伊藤左千夫（アララギ）――斎藤茂吉（アララギ）――佐藤佐太郎（歩道）

明治の子規から始まって、昭和の佐藤佐太郎までの「近代短歌」に付いては後日機会があれば、高校の国語の教科書に多く取り入れられているので解説しない訳にはいかない。近代を経過した後に現代にまで脈々として続いてきた万葉集の流れは、いうまでもなくまだ今でも継続発展中である。

その他高校の教科書には落合直文（あさ香社）――与謝野晶子（「明星」「スバル」）――石川啄木・北原白秋たちの系統の短歌や、それに次ぐ尾上柴舟・若山牧水・前田夕暮・三木露風などの系列の歌人たちの歌だけでなく、佐々木信綱の系統の歌人の短歌も高校の国語教科書に取り上げられていることから、その分野は後日近代文学を採り挙げた機会に詳細な解説を加えることとして、ここでは割愛しておく。

三、「万葉集」の現代

日本各地において、都市部でも山村・漁村・島嶼部においても、現在尚も万葉調による和歌の詠み人は数知れず、万葉集当時と同様の歌調にあると言ってもよい情況である。かつて筆者の手元に贈呈して下さった数冊の中から、万葉集の流れを継ぐ現代の歌集のうちただ二冊だけを採り挙げここに紹介する。

先ず現在の京都女子大学の前進であった京都女子高等専門学校に入学して、今日の教科授業後の部活で「短歌」クラブに所属した頃から、一貫して作歌活動を続け、卒業後名古屋に帰り当時名古屋短歌会の中心人物であった青木穠子［(1884〜1971年＝女流漢詩人の白川琴水の娘で、二十五歳の時に短歌誌「胎動」の創刊に関り、翌年から「このはな」会の主催者となった歌人）に師事し、青木の死後には、中部日本短歌会の創立者で、歌集「豊旗雲」などを刊行している浅野梨郷［(1889〜1979年）＝東京外語時代に伊藤左千夫に師事していた人］にも師事し、名古屋市の西部に在ったこれまで三十代以上も続いた名刹の法主に嫁ぎ、長年構えてきた寺院の土地としては、名古屋西部では余地がなくなり、東部の広い台地に移築して、新しく御堂を構えた由緒ある名刹の、法主であられた人の御閨内小櫻美代子女史の歌集『行雲流水』から、万葉調の特徴を見事に取り入れた次の歌を読んでみたい。

鼻をつく檜の香り芳しき　み堂の中に我はぬかづく　〈本堂建立〉

木立深く山をのぞみて　たたずめる一茶の墓に　苔まつはれり　〈小林一茶記念館を訪ふ〉

透明なる朝の光に　おもむろに船進み行く　旅情愛しみて　〈スカンジナビア旅行〉

思ふさま蔓のばしつつ巻きつきて　作意もあらず　咲ける朝顔　〈夏の花〉

法のため日夜執筆一筋に　ひたすらなりし夫の生前　〈先住の一周忌にあたり〉

この「夫」であった人は、住職の傍ら文筆でも活躍されていた人で、多くのマスコミ記事のほか、著書として数冊に纏められているが、特に宮沢賢治の研究家としても知られていた。その名著『宮沢賢治と親鸞』では、［賢治は、自力よりももっと大きな宇宙意志により、人間を含む総てのものが、自力にとらわれず仏の意志による働きかけ（他力本願）によって生かされている事を悟っていた］と言う主旨のことがその著書の文面の奥に表されている。ご夫婦ともに街の文化人であった。

今一冊は、断続的に四十年以上も生活していた愛知を筆者は離れ、伊予路の北の果ての島に移住して以来すでに四半世紀の歳月を経過したが、その初期の頃に、隣接する蜜柑畑のご主人は天気の良い日には酸素ボンベを曳きながら、自分のみかん畑の境界の石に腰を下ろし、タバコはすわずじっと瀬戸内の海面を見て何か深く考えておられた感じであったが、ある時近づいて話しかけてみると快く対応し、既に自宅の畑の隣人に付いて、どこから来たものか知っておられて、全くの新参者である事も既に周知しておられ、安堵して話し初めてこの辺りの状況に付いて詳しく話して下さった。その数日後に息子ご夫婦とも親しくなり、島が猪に占拠される以前の孤島の頃のことである。まだ猪の防御策などまったく設置されていなかった開放的でのんびりしていて如何にも瀬戸の孤島という感じがあった。小鳥がさえずり、視聴覚共にすばらしい島であり、物理的な機械音など全くなく静寂そのもので、国道・県道はちりひとつなく美しくて落ち着いた島である。島の斜面はなだらかで、日当たりがよく、蜜柑畑に最適だそうである。しかもここから山の方にも広い蜜柑畑がいくつもあり、島の頂上に向かって自生の赤松が群生していて、秋になるといろいろな茸が芽を噴出し、そのよう宝の島山を皆が楽しんでいる今、坐っている一番海岸に近い道の下は田んぼであったが、惜しいことに埋め立ててしまった。島の上のほうで自然が作った肥料が徐々に下へと流れてくるのは当然で、島の下のほうの土地ほどよく肥えている。忘れてならないのはさらにその下、つまり海にも島のミネラルが流れ込んでいるので、この島の磯に生える海草はどこのものより柔かくて味がいい。魚もそのミネラルのお陰でよく肥えているのだそうである。その後その島の老紳士の息子ご夫妻と親しくなり、ある日その嫁御から、ただ『お義母（ばあ）ちゃんの歌集』と言って手渡された。森本千代子女史の歌集『島山』を恵与されたのである。筆者は手にしてページを繰って見て驚いた。

この歌集に採り上げられている歌は、昭和四十一年から六十一年までの間に詠み続け、その詠み歌をすべて「歩道」に発表し、なんとその一部だけで五百七十四首の歌にも及ぶ詠み歌が、この『島山』に掲載されている。初めはこの島の歌人で、正岡子規の教えを受けた香川末光に師事していたが、子規の生誕百年記念大会の講師として松山市に迎えていた佐藤佐太郎を、大三島に招って再び講演を聴いた時を機会に「歩道」会員として参加し、以後毎月「歩道」に送り、採択された歌を集めてこの『島山』は編集された。当時〈昭和四十一年＝１９６６〉は、まだこの島は全くの孤島であった。そのような離れ島の農家から農家へと生涯農婦であった人で、万葉集の直系の歌人が生まれていたのである。

つまり、正岡子規―↓香川末光（弟美人―長男哲三）―↓大三島の「歩道」歌人たち、と言う流れの中の歌集『島山』のうちから、数首だけではあるが採り挙げて、万葉調の趣を看取してみたい。

島山の上に出でたる赤き月　靄たつなかにふくらみて見ゆ　〈島山〉
月光を浴びて流るる海の面に　潮目あざやかに光りて見ゆる　〈月光〉
嫁ぎ来し嫁の荷物に地下足袋も　納めてあれば涙あふれぬ　〈賛美歌〉
畑より見下ろす鼻栗海峡の　潮流は今川のごとしも　〈石山〉

海峡を出で来る漁船にゐる人ら　気負ふが如く腕くみてたつ　〈落潮〉

万葉集による歌風は、自然を見たまま感じたままを「自分に即した」見方で、雄大に捉えた叙事性・抒情性を作歌の中に個人の感性は、より具体的で写実的に力強く詠み込まれている。

万葉集の歌調の特徴は、上記万葉集の五十首にて記述したように、二句切れ・四句切れの五七調が主体で、枕詞や序詞を遣った歌もある。

ここに採り挙げたお二人の女流歌人の歌集にも、そのような歌で埋められている。しかも都市部の知識階級に育ってきた歌人には、その生活舞台の広さにより多種多様さが見られるなかにあって、詠み手の主眼の対応が各歌に十分読み取られる歌を編まれた歌集『行雲流水』である。

正岡子規の生誕百周年は、昭和四十一年〈1966〉であったから今から五十五年も前のことである。この島が（しまなみ海道）によって孤島ではなくなり、本州にも四国本土にも通じたのは、まだ二十年ほど前のことである。その頃は言葉通りの瀬戸内海の離島であった。その離島に近代短歌の代表者である斎藤茂吉の後を継いだアララギの直系佐藤佐太郎を呼び迎えたことによって、この孤島にも「歩道」の会員が生まれたことは、いかにも万葉集が日本人民に広く享受されているかが解る。歌集『島山』は、その孤島時代に詠まれた和歌(やまとうた)である。同じ島に今生活して居る筆者には、特に心打たれる歌ばかりである。

第三章 『古今和歌集』

第一節 「古今和歌集」の成立

万葉集 二十巻の最終歌（4516） 大伴家持の『因幡の国の庁にて饗を賜へる宴の歌』［天平宝字三年（759） 正月元旦］に詠み上げた歌を最後に、それ以後の歌はない（760年）。こうして終わった万葉集の後百三十年もの間、個人としての家集は有ったとしても，『古今和歌集』が勅撰されるまで文学史上公になるような歌集は見られない。この間、奈良時代末期に桓武天皇の平安遷都では唐文化を取り入れ、盛唐の漢詩文に習って嵯峨天皇の勅命により、優れた漢詩文を纏め『凌雲集』を撰進した（814年）。次いで嵯峨天皇は藤原冬嗣に命じて、「優れた漢詩文のすばらしい詩集を作れ」との勅命を受け、『文華秀麗集』を編集して撰進した（818年）。

更に九年後の（827年）に、淳和天皇の勅命を受けて『径国集』を良峯安世らが編集し撰進した当時、宮中ではこのように漢詩文の隆盛の中では、和歌は公の場から姿を消したが、官途に失意した人たちや女性たちの間では、依然として和歌は詠まれていた。ことに万葉仮名の草体をさらに女性の手により、一段と簡略化し流麗にした平仮名を作り出した。これは表現の自由を得た事であり創作の心を高めた。この現象は和歌の興隆を著しく促進した盛事であり、新しい詠み手が現れた。主な詠み手として小野篁、僧正遍昭らが出、貞観の頃在原業平などが現れた。その後、清和・陽成・

光孝天皇の頃から行事に伴う文学的遊戯として「歌合」が行われるようになり、和歌の再興を助けた。「歌合」は左右に分かれて、判者の出題により歌を詠み合い、判者がその歌の優劣を判定する、主に宮中で行われた貴族間の文芸的な遊びである。歌は題詠である為に理知的で、観念的な詠み歌になった。つまり「古今調」を成立する要因となったのである。

このように盛んになった歌合の風潮の中で、醍醐天皇の直令により、最初の勅撰和歌集の『古今和歌集』が、紀貫之・紀友則・凡河内躬恒・壬生忠峯の四人によって編集はなされた。

第二節　「古今和歌集」の内容

一、「古今和歌集」の編集

先ず、真名序の記述によると、新しく歌集を撰集しようという気運が生じた頃までの、いわゆる古い歌を撰集した部分を「続万葉集」と呼称している。勅命を下した醍醐天皇は、宇多法王の長子で、任和元年（885）一月十八日の生誕、寛平九年（897）七月三日即位。天皇わずか十三歳。この時、法王三十一歳。「寛平の遺誡」を受けた醍醐天皇は延喜時代の文芸文化が、寛平時代の文化の延長ではなく『古今集』において、歴史的に見ても正等で基礎的にも揺るぎないものとしたいと言う考えの下に、勅撰和歌集創始の発案と実行は決定された。その緒になったが当時の宮廷女官を集めて公式に開催された『寛平の御時後宮歌合』（８９７年頃）が最初で、続いて伊勢の御の家集『伊勢集』による『亭子院歌合』（延喜13年（９１３）、と続いて『延期二十一年（９２１）に行われた『京極御息所歌合』と立て続けに行われた公的行事に愈々、天皇による勅撰集の勅命の宣下を待つこととなった。当時万葉集以来百年以上も経過して、いまだ主だった歌集の見られない事を遺憾に思い、その意向は既に第五十代桓武天皇の時代から出ていた。実際勅撰が出されたのは第五十九代醍醐天皇であるが、それまでには桓武天皇の皇子三人が継いで平城・嵯峨・淳和天皇と三代続くが、世の中では、ちょうど支那唐が乱戦で多くの難民が日本国に逃亡帰化し、国内では平安京を設立し、遷都した桓武天皇の母親が朝鮮半島から渡来した氏族の秦氏の娘であることにより、万世一系の原則に外れる事を理由の一つとして源頼朝が征夷大将軍として鎌倉に幕府を開いた。渡来者秦氏の娘の孫に当たる平城天皇は『奈良の帝』として古今集に出され、その皇子阿保親王の妃、伊豆内親王は、『業平の母の親王』として古今集中に採り挙げられ、その他に阿保親王と伊豆内親王との間に生まれた在原行平・業平と業平の子の棟梁と滋春、棟梁の息子元方が古今集の作者として主要な位置にあるほか、阿保親王の子の大江音人の息子の大江千里もこの系統上の人物である。したがって心あるものから見ると阿保親王系の大室の作者群は勅撰和歌集として注目に値するものとなる、と言う説もある。それらの事について、勅令者の宇多・醍醐両帝の合意による物であるとする考え方は成り立つものであろうと思われる。

撰者を選定するには選考基準が必要である。そこで先ず考えねばならないのは、和歌に堪能で、歌集編集の能力を有するものと言うことが第一条件であろう。第二条件として必要と思われることは、『古今和歌集』の編集を進める時に都合の良い立場にあるものと言うことも必要である。最後にもう一つ大切な事は、何人かの編集者で作業は進める事になるはずであるが、その仕事の調和と協力が出来る協調性がそれぞれの編集者にあることが必要である。

このような条件を満たしているものとして、先ず紀友則が選ばれている。友則は中務省の官人で、詔勅の起草・宮中の記録を分掌する大内記の職に居た。また紀貫之は、御書所預かりであったので、この二人の職務は、勅撰和歌集編纂には好都合であった。またこの二人は、同一紀氏の家柄で、友則の父有友と、貫之の父望行とは兄弟であるから、友則と貫之とは従兄弟の関係である。二人の力量・官職・血統ともに申し分の無い二人である。古今集の編集作業にとっては打って付けの人物である。土佐の守であった紀貫之を和歌の師として敬意を表していた壬生忠峯は、醍醐天皇にもその歌の才能は認められていたようである。最後の候補者の凡河内躬恒は、甲斐の国の少目となり、その後丹波の国の権目になっている。血族関係でも紀氏との関係もなく公職においても関わりがない。躬恒はただ歌作において当時の歌人として秀抜の歌詠みで、友則・貫之・忠峯に認められ、交友関係に付いても認められて、撰者の一人に加えられたと考えられる。このようにして『古今集』の撰者四人は決定された。貫之集巻十によると編集の場所は、承香殿の東方の部屋に決まり、いよいよ編集に取り掛かった。その第一回の編集会議の様子に付いては「初めの日、夜更くるまでとかく言ふ間に、御前の櫻の木に、時鳥の鳴くを四月の六日の夜なれば、珍しがらせ給ふて召し出し給ひて、詠ませ給ふに奉つる」とある事から、第一回目の編集会議は夜更けにまで及んだことがわかる。

このようにして古今集は徐々に作られてゆくが、撰者の家集を初め、その他作歌意識の有る一般からも家集を集め、同時にその人の作歌上の力量を認め信頼し、特別指定して古今集を形成する歌そのものと同時に，その作歌を集合することにもなる。また古今集の真名・仮名両序に、六歌仙を挙げている事でもわかるが、彼ら［六歌仙＝在原業平・僧正遍昭・小野小町・文屋康秀・喜撰法師・大伴黒主＝「歌仙」とは、優れた歌人の意味」の歌は当然入集する事となる。撰者の話し合いでは、歌の選考に付いては、万葉集以降の歌で、その下限を当代までを原則とすると言うことである。それに基づいて旧歌や家集が選者の下に集められ、無数の歌を勅撰歌集に相応しく価値有る歌かどうかを確認した上で採択し、採り挙げた数知れない歌に付いて、次の段階として、それぞれの歌に付いていかなる内容の歌であるのか判別をして、部立てした種類に仕分けする。この作業は、勅撰集の歌集であるだけに、極めて根気と神経を消耗する仕事となる。構成・部立てに付いては（続万葉集）と言われる結果とはなったが、全体的には二十巻に纏める。部立ては万葉集の四季相聞、恋歌・雑歌は万葉集の相聞・雑歌などから、賀・離別・羈旅・物名・哀傷等を時代別に，先ず四人の撰者で整理したものであろうと思われる。高校の教科書には、ここに採り挙げた在原業平の歌四首が目立って多く採択されている。

二、「古今和歌集」の歌風

万葉集から約百三十年の空白時季を経て古今集が編集されると言うその短くはない間には、おもに漢詩が表面だって『凌雲集』を初めとして『文華秀麗集』・『径国集』と勅撰によって編集されていた。その間和歌は不振を極め、宮廷など公の場からは姿を消していた。まず古今集の歌の形式から見ると、短歌が大多数で、長歌はわずか五首、旋頭歌も含まれ三種類の歌種が含まれている。色彩の異なる歌に、俳諧歌・大歌所御歌がある。作者の数は百二十二人、うち僧職者十人・女流歌人二十六人・あと多いのは比較的古い歌で民謡風の歌の「詠み人しらず」の歌が四百三十一首も含まれている。その他は、六歌仙と撰者の歌を合わせて千百首前後であり、写本により異なっていて明確には決めがたい。万葉集の歌風には浩然たる広さと深さがあった。詳細にいえば、剛健・素朴な写実と率直な抒情と叙景にくらべ、「古今和歌集」の世界は、抒情性の表現・把握が縮まっている。歌はその時代の動勢に関係の深い文芸である。いつの時代にも人間生活に密着して詠まれてきた。歴史社会の環境が異なったところに、万葉と古今の歌集の質的相違が見られる。つまり古今の時代は、平安貴族の趣味に和らげられ磨かれて優美繊細となって現れた。古今の萎縮性は、この時代を代表した歌人たちが率直に自らの感情をそのまま表現しなくなり、深く内に留めて表現しなくなってしまった。現実生活の中で実感した人間的なものを、率直に歌い上げる声が微弱になり、生き活きとした人間の感情を表出する事を躊躇したつつましさが見られる。この姿は、古今時代の多くの歌人たちが、万葉時代の歌人のように情熱や関心を直截個人的に持ち得ぬところに居たからであろう。然しそのような立場に居ながらも、それなりの生活環境に密着したものであり、万葉集には見られなかった新しい歌風を展開させたものであった。古今時代の人々には、万葉集には見られなかった新しい歌風を展開させていた。それは万葉時代の歌風には飽き足りない自分たちの歌風を新しく樹立し、万葉時代から久しく経過していた空白時代に再び、異質な歌風をよみがえらせ、文学史上主要な歌集として編集された。

先ず第一期として区分する時、作者不明の詠み人知らずの歌群に、古い歌謡らしい人間性の一般的表現を見るがこの時期は、万葉時代の終わり頃から平安初期頃の歌で、その古い歌謡を歌う抒情と溶融し強調して、小野篁・僧正遍昭・在原業平・小野小町などを代表する六歌仙時代の歌人の生々しいまでの人間表出の歌を見る時期を第二期と区分し、この頃の古今風としてみると、この頃から七五調が多くなってきており、修辞上の技巧も盛んになったが、まだ感情を率直に表現する歌が多い。しかしながらこれに続く第三期の、撰者時代の歌風は、歌が盛んになるに従って表現は理知や修辞に富み、流麗優美な歌風が特色となり、古今調の中心時代となるのである。

三、古今集における修辞法

〔具体的には次の(三節「古今和歌集」の解説)の項で解説するがその項目のみ列挙する。〕

古今集に使われているおもな修辞法に付いて幾つか列挙すると、第一に、韻律上の形式・リズムを形成する「句切れ」に付いて陳べると、古今集は、発句切れ・三句切れが多く、七五調が主流である。次の七項目は、詠み歌の連想に関する修辞法であるが、第二には、「枕詞」が多くの場合歌の最初に使われて、あることばを引き出す為にかぶせる修辞的な語句で、多くは五音から成る。次の語句を多様にし、象徴的表現にする働きがある。普通現代語訳はしない。第三に「序詞」であるが、枕詞の古い形と言って良いが比喩や掛詞・同音語などの関係で下の語に係る。枕詞より複雑な表現効果で、意味で繋がる「有心の序」＝(道理・情緒の基礎・始まり)と、発音で繋がる「無心の序」がある。枕詞と異なる点は三つあり、一つは音数が自由で、長いことばのものもある。もう一つは、受ける語も固定されず自由で、創作性がある。三つ目は「枕詞」は現代語訳をしなかったが、「序詞」は上の二通りの方法によって、ある語を取り出したことがわかるように「序詞」の部分を《…の様に》と訳する事を慣例とする。第四に、「掛詞」である。同音異義により一つの語（または語の一部）に、二重の意味を持たせる技巧。平安時代以降特に盛んになった。これによって関連を持たせるものが多く、次の「縁語」と組み合わせて使う場合が多い。第五「縁語」＝意味の上で関係の深い語句を連想的に絡ませて用いる事により、微妙な味を出す技巧である。掛詞と併せてかなり複雑な使用法になる。第六「折句」＝与えられた五音節の題を、各句の初めの一字に分けて詠み込む。これとよく似た修辞法に、与えられた題を、歌の中に隠して詠み込む「隠題（かくしだい）」がある。第七「歌枕」＝古くから多く歌に読み込まれて、イメージが定着している地名。これにより連想が広がる。最後に第八として歌の後に余韻・余情を感じさせる技巧に「体言終止法」がある。歌われた最後の句の七音が体言で終止する歌で、後に述語が続き、詠んだ感じも何か感情が言い切れていないと言うところから深い余情を残す。その他用例は少ないが、「反復・比喩・隠喩・対照」などの修辞法が使用されている。以上古今集には八種類の他にも修辞法が詠み歌に見られ、古今時代の理知的な修辞法が多く使われている。これらの修辞法に付いても次の解説の中で、詳細に解説を陳べていきたい。

第三節　「古今和歌集」の解説

［高校の教科書によく採り挙げられる歌に付いては、「万葉集」と同様の三項目よっての解説を進めたい。なお各歌頭の番号は、万葉集と同様「国歌大観」に従った番号である。］

1

ふるとしに春たちける日よめる　在原元方

年のうちに春は来にけり　ひととせをこぞとやいはむ　ことしとやいはん

語句の解説

①「旧年・古年」と書く。一年の季節は、春・夏・秋・冬で師走は冬である。これは太陰暦を使用していた当時は新年と立春とは同時であるが矛盾の一つで、この情況は平均二年に一度ほどの割合で閏年になり、年内に立春が来ていた。②「立つ」の用語にはいろいろな用法がある。ア、事物が上や前に動く状況を言い表す＝煙が立つ・柱が立つ・鳥が飛び立つ。イ、ある場所に上に向かってしっかりと位置を占めて立つ状況を言い表す＝起立する・建物が建つ・位置を占める・立派な位に着く。ウ、ある状態が他の慣例を無視して移ってくる情況を言い表す＝旅立つ・他の地に家を建てて引っ越す・暦が異なる場合に季節や月が始まる・時が気付かぬうちに過ぎてしまったとき。エ，周囲の状況に比べて際立って目立つ状況を言い表す＝様子がはっきり見える・音がはっきり聞こえる・名前や評判が立つ・腹が立つ。オ、実力が発揮される状況を言い表す＝役に立つ・面目が立つ…などの「立つ」の用法はあるが、この場合は、ウ、の用法に相当する。③マ行四段動詞「よむ」の已然形「よめ」＋完了の

助動詞「り」の連体形「る」であって、ことばが連体形で終わると言うことは、その後に体言かそれに相当する言葉が省略されているから、そのことばを補う必要がある。ここの場合は《ヨンダ—》に続くことばで体言ならば《歌》となるであろう。④生・没年不詳。平安前期の歌人で、中古三十六歌仙のひとり。在原業平の孫。古今集の冒頭歌を初め勅撰歌集の中には三十三首の歌が入集されている。⑤カ変動詞「来(く)」の連用形「き」+完了の助動詞「ぬ」の連用形「に」+過去の助動詞「けり」の終止形=《来テシマッタナア》。この歌は二句切れで、ここで歌の文は終わる倒置法である。和歌に遣われる「けり」が歌の最後に使われる場合には、詠嘆を含めて詠み手は詠んでいると判断する事を考えて現代語訳をする必要がある。ここでは、理屈上では旧年の師走のうちに、立春の日が来てしまった事に付いてその嬉しさと、暦とのずれにふと矛盾を感じて，興味を表現しているのであろう。⑥名詞「去年」+(提示)格助詞「と」+係助詞(疑問)「や」+ハ行四段動詞「言ふ」の未然形「いは」+推量の助動詞「む」(上の係助詞「や」の結びで連体形)=《去年ト言ッテイイノダロウカ》。

現代語訳

年内ニ、モウ春ガヤッテ来タノダナア。　立春ノ日ノ今日カラ見テ去年ト言ッタライイノダロウカ、今年言ッタライイノダロウカ。(コノ一年ヲイッタイドウ呼ンダライイノダロウ。)

補説と鑑賞

まだ大晦日に至らないのに、立春が先に来てしまった年に付いての矛盾を歌い上げている。陰暦に寄ればこのような矛盾は二・三年に一度は来るので多くの人の間では意識していた事ではあるが、具体的には当時のことゆえ直ちに改正すると言うことは難しかったのであろう。その中の一点を歌の中で採り挙げて観念的にとらえて読んでいるが、一般の人にとってはやはり、春になれば暖かくなって、季節が変わるのだという季節感の変化を感覚として感じたい事と、新しい年を迎えるはれやかな喜びとを同時に味あうことが嬉しいのである。

2　春(はる)たちける日(ひ)よめる　紀貫之(きのつらゆき)

袖ひぢてむすびし水のこほれるを　春立つけふの風(かぜ)やとくらん

語句の解説

①名詞「春」＋タ行四段動詞「立つ」の連用形「たち」＋過去の助動詞「けり」の連体形「ける」＋名詞「日」＝《春ガ立ッタ日＝立春ニナッタ日》この部分は歌の中の文ではなく題目であるから、『けり』には詠嘆の用法は含んではいなくて、ただ単

純過去の用法である。《立春ニナッタ日ニ詠ンダ（歌）》 ②作者紀貫之に付いては既に、二節「古今和歌集」の、一、「古今和歌集」の成立の中で、主要な編集者のうちの独りとして挙げられている。ここでもう少し詳しく資料から引用すると、貫之は、この「古今集」の『仮名序』の執筆者であり、また息子貫之と共に古今集の撰者も勤める望行が父である。貫之は三十六歌仙の一人であり、「小倉百人一首」の歌人でもある。貫之は和歌だけでなく書にも秀で、優雅で気品を備えた書風は評判が高い。藤原定家の「近代秀歌」の中で貫之の歌風に関して言及した部分を取り出すと、『昔、貫之、歌の心たくみに、たけ及びがたく、ことば強く、姿面白き様をこのみて、余情妖艶の体をよまず』との評がある。つまり知的であり、趣向や格調がよく整っていて大変優れているが、抒情性のあり方としては情感の流露に欠けているところがあり惜しまれるところである。このあたりについては、同じ選者の友則とは従弟同士であり、二人の父は兄弟であった。しかし貫之の父は貫之が一〇歳の時に亡くなっている。この事情が貫之のその後の生育に関わっているのではなかろうかと思われる。 ③名詞「袖」＋ダ行上二段動詞「ひづ」の連用形「ひぢ」＋接続助詞「て」＝《袖ヲ濡ラシテ》。④名詞「風」＋疑問の係助詞「や」＋カ行四段動詞の「解く」の終止形＋原因の推量「らむ」（この場合は前の係助詞「や」により、掛かり結びの関係で連体形である）＝《暖カイ春風ガ吹クコトニ因ッテマダ冷タク氷ノヨウナ水デモ手ヲ堅ク結ンデ掬ッタ水モキット溶ケルコトデショウ》。

現代語訳

袖ヲ濡ラシテ手ヲ固ク結ンデ掬ッタ水ガ、冬ノ間ニ凍ッテイタ水モ今日ノ立春ノ温カイ風ニヨッテキット溶カシテクレル事ダロウ。

補説と鑑賞

この歌は、いかにも貫之の歌らしく知的な発想やこの時代らしい縁語や掛詞が使われていて、関心を集める歌である。すなわち、「立春に吹く温かい風」の発想は、中国の『礼記（らいき）』の「月令」に見える「孟春之月、東風氷を解く」と言う一節があるが、「孟春」は「初春」の事で日本でも遣っているからすでに知っている人も多いと思う。陰暦の正月は同時に立春であるので、春風が吹いて冬に凍っていた水も溶けているだろうと、その情景をその詠み手の少年時代の実体験や少年期を過ぎて、「礼記」や「書経」あるいは「詩経」などを読んだ文章による追体験としての観念的かもしれないが、かつての懐かしい想い出の中から袖を濡らしながらも美しく流れる冷水を、手で掬って感じた清い思い出がふと蘇えった回想の喜び、それと同時に幾つもの体験から春を待ち、暖かくなる喜びは遠い昔日の、いつか体験した場所の情景を想像しているのである。時の経過とその美しい水を掬った場所とを自然な状況で「結び」から「解く」の関係《縁語》もまた自然な語感のうちに生まれている。他にも更に関係しあっていることばは、「袖」と関って袖は衣服の一部であり、その制作作業に関る用語として遣うことばとの関係という面で、『春』は「張る」を、『立つ』は「裁つ」を掛詞としているのである。また「結ぶ」・「張る」・「裁つ」・「解く」は『袖』と言う衣服の一部に関係する＝縁のあることば「縁語」の修辞法をさりげなく詠み込んでいる傑作である。

14 鶯の谷よりいづるこゑなくは　春くることをたれかしらまし
大江千里（おおえのちさと）

語句の解説

①大江音人（阿保親王の子）の子で、行平・業平の兄。延喜三年（９０３）三月に兵部大丞に任命された。漢学に秀で、和歌もよくした。元慶元年（８７７）十一月に逝去。②名詞「声」＋形容詞「なし」の未然形「なく」＋条件接続の助詞「ば」が「なく」や「ず」に続く時は「は」と清音になる＝《コエガナケレバ》。③名詞「たれ」＋「か」は反語の係助詞＋ラ行四段動詞「知る」の未然形「しら」＋不確かな推量の助動詞「まし」＝《ダレニ知ラレヨウカ誰ニモ知ラレハシナイ。》

現代語訳

鶯ガ谷カラ出テキテ鳴カナケレバ、春ガ来タ事ガ誰ニ分カルダロウカ誰ニモ分リハシナイ。

補説と鑑賞

鶯が「春告げ鳥」と言われているように、春が来た時最初に鳴き囀って春になったことを里の住人に知らせてくれる鳥である。もし鶯と言う鳥が居なければ、いつまでも春をしらずに夏の近づいた頃になって初めて、いつの間に春は過ぎたのであろうかと感じる状態ではなかろうか。ただ鶯の鳴き声がすばらしいと言うばかりではなく、そのような意味でも、古来鶯は人々に親しまれて来た鳥なのである。

①仁和（にんな）のみかど、②みこにおましましける時（とき）に、人に③わかなたまひける御うた
④光孝天皇（こうこうてんのう）

21 ⑤君（きみ）がため春の野にいでて　わかなつむ我衣手に　雪はふりつつ

語句の解説

①「任和」は年号で、任和元年は884年でその終わりが888年のわずか四年の年号であり、この時期の天皇には、光孝天皇と、宇陀天皇が在位していた「仁和＝（にんわ＝ninwa）」の微弱音w音の脱落＝nina＝にんな」。②名詞「みこ」＋資格・状態の格助詞「に」＋尊敬語の補助動詞サ行四段の「おは（御座）します」の連用形「おはしまし」＋補助動詞サ行四段ニ重尊敬の「ま（坐・坐）す」（接尾語的用法）の

連用形「まし」＋過去の助動詞「けり」の連体形「ける」＋名詞「時」＝《マダ皇子ノ地位ニイラッシャッタ時》。③春の若菜　④仁明天皇の第三皇子。時康親王と称した。元慶八年五十五歳で即位。任和三年（８８７）崩御。五十八歳。仁慈に厚く、風流を趣味として愛した。⑤ある特定人物に対する敬語である。特に万葉時代には女性が男性をさして言い、古今時期には男性が女性を指して言った代名詞。⑥ラ行四段動詞「ふる」の連用形「ふり」＋反復の接続助詞「つつ」。

現代語訳

アナタニ差シ上ゲルタメニ春ノ野ニ出テ若菜ヲ摘ンデイタラ、私ノ衣服ノ袖ニ雪ガチラチラ降リ懸カッテキタノデスヨ。

補説と鑑賞

21の歌の前の詞書の補説であるが、「おはしまします＝御座します」の文法的解説は、【語句の解説】の部分で説明したように、この尊敬の補助動詞にさらにまた、同じ尊敬の補助動詞の「ます＝座す・坐す」が続いて遣われているように、尊敬語が続いて二語遣われる事が古文、特に平安王朝物語文学にはよく見られる手法である。この場合には、直前に「みこ」なる主体者が登場しているので、その尊敬の主語となるのは「みこ」であることは明瞭ではあるが、平安文学では、このような主体者＝主語の省略文が普通のように、主語となる人物名が、文の最初に一度登場したら、その後文末まで登場しない長文の物語が多い。そのような場合によく設問されるのは、その文章内での動作あるいは会話が含まれておれば、そのことばの主語・主体者は誰か、との問い掛け（設問）が多い。このような場合の回答を見つける方法は、この詞書のように、二重尊敬語を使っている相手は、天皇および皇后か、それに準ずる人物意外にはない。二重敬語法はだれの為の用語であったのかを覚えておいて、この点での設問に対しては、その前文を読み返し、天皇か皇后の立場の人物を探して解答すれば正解となる。

作者が「若草」を摘みに出かけたと言う季節であるから、まだ雪のちらつく早春の時季である。そのような時においても春の七草などを摘んで届けようと思う相手である。それだけにこの雪がちらついて自分の袖に繰り返して降りかかるその雪を、さりげなく客観視して、素直な歌い方が相手への深い思いが込められていながらも、自然にさらりと歌い上げられているところに、まさしく佳歌の一首であると思うのである。

西大寺（①にしのおほてら）のほとりの柳をよめる　　僧正遍昭（②そうじょうへんしょう）

27　浅緑（③あさみどり）いとよりかけて④　白露を珠（⑤たま）にもぬける春の柳（⑥はる　やなぎ）か

語句の解説

①もとは羅生門の外にあったが今は東寺だけが残っている。外国の使者を招待する迎賓館であった。②大納言安世の子として生まれる（816年）。仁明天皇の世に蔵人頭として寵を得る。俗名は良峯宗定と言い、仁明天皇の崩御により出家。遍昭と言い、貞観の年内に洛東の花山に移り、元慶寺を創建し座主となった。花山僧正とも言った。六歌仙の一人。元慶・仁和の頃に僧正に任ぜられ、光格天皇はとくに、七十の賀を仁寿殿で賜った。③浅緑色の糸を織って。浅緑は柳の若葉の色を差している。④「糸」は柳の小枝の比喩。「よりかけて」は縒って。「かけて」は柳の小枝が風に揺れている風情を軽く言ったもの。⑤名詞「珠」＋格助詞「に」＋係助詞強意の用法「も」＋カ行四段動詞「ぬく」の已然形「ぬけ」＋完了助動詞「り」の連体形「る」＝《数珠玉ノヨウニナッテ貫ケテシマッタ》。⑥最後の「か」は感動の終助詞。

現代語訳

薄緑色ノ糸ヲ縒リ合ワセテ白露ヲ宝珠ノヨウニ貫キ通シテイル春ノ柳ヨ。

補説と鑑賞

西大寺のほとりの春に芽吹いたばかりの細い柳の枝が、春風になびきつつその垂れ下がった枝に春雨の雫を宿している美しい情景を捉えて詠んだものである。春の風情を軽く即興的に詠んだ歌であろうと思われるが、洒落で俳諧歌風の趣があって、品の良い美しさがある。

41　はるの夜①むめの花（はな）をよめる　②凡河内躬恒（おおしこうちのみつね）

春の夜のやみは②あやなし　梅の花　色こそ③みえね　④かやはかくるる

語句の解説

①「うめの花」のこと。ウ（u）音の上にｍ音が添加した語。外にも「うま」を「むま」と言ったり、「うべ（宜）」を「むべ」と言ったり、「生まる」にも「うまる」と「むまる」の用法があった。「闇・夜」などの枕詞に「むばたまの」と「うばたまの」と「ぬばたまの」の三用法があった。②生没不詳。寛平六年（８９４）に甲斐の国の権少目（ごんしょうさかん）に、また延喜七年（９０７）に丹波の国の権目に任ぜられ、同十一年に和泉の国大掾に進み、六位を授けられた。歌人としては、宇多・醍醐両朝に重んじられ、紀貫之と並び称せられた。「古今和歌集」の撰者の一人であり、三十六歌仙の一人でもある。また「小倉百人一首」の歌人でもある。「古今集」中に五十八首が入集して

おり、勅撰集全体では二百首近い入集を示している。家集に「躬恒集」がある。才気に恵まれた歌人と言われ、即興歌を詠むことも得意としていた。その一例を挙げれば、第六〇代宇多天皇が隠棲されて数年後（907年）主に古今集の編集に関係した歌人を含め、大井川に遊んだ時、貫之・是則・忠岑・頼基・伊衡・躬恒の六人のうち躬恒はその場の情景を十八首も詠み上げたのに他の五人は皆九首しか詠めなかった。③形容詞終止形・意味には、筋が通らない・物の道理が分らない・わけが分らないと言うグループと、生きがいがない・やりがいがない、と言う二様の用例があるが、この場合は前者の用法である。④ヤ行下二段動詞「見ゆ」の未然形「見え」＋打消の助動詞「ず」のナ系列の已然形「ね」（前の係助詞「こそ」の結び）＝《見エナイガ》。⑤名詞「か（香）」＋反語の係助詞「やは」＋ラ行下二段動詞「隠る」の連体形「隠るる」（前の「やは」の結び）＝《香リマデハ隠セヨウカ、イヤトテモ隠シヨウハナイダロウ》。

現代語訳

春ノ夜ノ闇ト言ウモノハ訳ノ分ラナイ事ヲスルモノダ。闇ニヨッテ梅ノ花ヲ隠ソウトシテモ、色コソハ見エナイガ香リマデモ隠セヨウカ、イヤトテモ隠セルドコロカ，トテモ素晴ラシイ香リヲ漂ワセテイルデハナイカ。

補説と鑑賞

「古今和歌集」の梅の花の歌には、色と香りの両方を詠んだ歌もあるが、香を強調した歌が多い。梅の花の美しさは香の美に特徴がある。それは梅の香の高さが、着物の薫物（たきもの）の香などによって感覚が洗練されていた当時の貴族社会の人々に、強い関心を抱かせていたからである。この歌の作者は春の夜の梅を詠むに付いて、自然のままでは香が主題になるが、それを率直に詠むのでは興味もなくこの詠み手は知的な発想をめぐらして、春の闇を擬人化して視覚による梅の色は見えないが、嗅覚に訴える香は明らかに梅と分ると言う状態を，道理の分らない春の夜の仕業だと言う趣にして詠んでいるのである。それに加えて、二句切れにして最終句では、反語法を遣って歌に勢いをつけた詠み方が、この歌を一層魅力的にしている。

①はつせにまう②づるごとに、やどりける人の家に、ひさしくやどらで、程へて
後に　③いたれりければ　かの家のあるじ、④かくさだかになんやどりはあると、
⑤いひいだして侍りければ、そこにたてりける梅の⑥花（はな）ををりてよめる

42

⑦人はいさ心もしらず　⑧ふるさとは　⑨花（はな）ぞむかしのか⑩ににほひける

語句の解説

①奈良県桜井市にある初瀬の「長谷寺」。天武天皇の頃（七世紀後半）に川原寺の道明が創建した。平安時代から多くの民衆の尊信を受けた。②ダ行下二段動詞「まうづ」の連体形「まうづる」＋比況の助動詞「ごとし」の語幹「ごと」＋時格の助詞「に」＝《参詣スルタビ毎ニ》。③ラ行四段動詞「いたる」の已然形「いたれ」＋完了の助動詞「り」の連用形「り」＋過去の助動詞「けり」の已然形「けれ」＋条件接続助詞「ば」＝《（形の上では過去完了であるから「…してしまうと」と言うことになるが、現代ではそうは言わない）行ッタトコロガ・行ッテミルト》。④副詞「か」＋形容動詞「さだかなり」の連用形「さだかに」＋係助詞「なむ」＋ラ行四段動詞「宿る」の連用形「宿り」の名詞法＋区別の係助詞「は」＋ラ変動詞「あり」の連体形「ある」（前の「なむ」の結び）＝《コノヨウニタシカニ家ハアルヨ》。⑤複合動詞サ行四段動詞「言ひ出す」の連用形「言ひ出し」＋完了の助動詞「たり」の連用形「て」＋丁寧の補助動詞ラ変「侍り」の連用形「侍り」＋過去の助動詞「けり」の已然形「けれ」＋条件接続助詞「ば」＝《（家の中から外に居る作者の貫之に向って声をかけている状態）言イカケマシタノデ》。⑥名詞「花」＋格助詞「を」＋ラ行四段動詞「をる」の連用形「をり」＋接続助詞「て」＋マ行四段動詞「よむ」の已然形「よめ」＋完了の助動詞「り」の連体形「る」（体言＝名詞＝の「歌」が省略されている）＝《ソコニ植エテアル梅ノ花ガ咲イテイル枝ヲ折ッテ、紙ニ

書イテ歌ヲ結ビ添エタ歌》。⑦「人」はこの場合は、詞書にある「かの家の主」を差して言っている。「いさ」は陳述の副詞で、後に否定語を伴って遣われる。この場合は「しらず」を伴っている。⑦ア、旧跡・旧都、イ、古びて荒れた土地、ウ、自分が生まれた土地、エ、以前に住んでいた土地、オ、以前に訪れた事のある土地。以上の意味に遣われるが、この場合にはオ、を差している。⑧「花」は詞書にある「梅の花」。「ぞ」は強意の係助詞。「香」は「梅の花の香り」。⑩ハ行四段動詞「にほふ」の連用形「にほひ」＋過去の助動詞「けり」の連体形」（前の係助詞「ぞ」の結び）「ける」（詠嘆の用法＝和歌の最後に遣われる「けり」は過去だけでなく詠嘆の感情も含まれる）。

現代語訳

長谷寺ニオ参リスル度ニ泊マッテイタ知人ノ家ニ、久シク泊マッテイナカッタノデ、チョウド程ヨイ頃ナノデ訪ネタトコロガ、「コノヨウニオ宿ハチャント有リマスヨ」ト家ノ中カラ言イカケマシタノデ、ソコニ植エテアッタ梅ノ枝ヲ折ッテ紙ニ歌ヲ書イテソノ枝ニ結ビ添エタソノ歌。ソウオッシャルアナタハサアドウデショウカ、オ気持チハワカリイマセン。通イ慣レタコノ馴染ミノ里デハ、昔トカワラズ梅ノ花ダケハイイ香デ咲イテイマスネ。

補説と鑑賞

久しぶりにとはいえ、それほどご無沙汰したと言うのでもなく、ちょうどいい頃合だと思って訪ねた相手に、いやみ交じりに皮肉を言われたのに対して、すかさず応じて「ふるさと」の風情は昔のままだが、そこにすむ人の心は定かではないと、二句切れで「いさこころもしらず」とぴしゃりと強く言い切って、梅の香の趣に心惹かれる心境を背景にして、知的な面白さを味わい深く歌い上げている。とは言えこのやり取りは、皮肉や厭味の強いものでなく、親しい間柄の揶揄であり、お互いに歌による当時のやり取りが、一つの面白さ興味として楽しんでいるのである。「小倉百人一首」の中にも取り上げられている歌で馴染みの歌である。

さくらの花のちるをよめる　①きのとものり

84　②久方（ひさかた）のひかりのどけき春の日に　③しづ心（こころ）なく④花のちるらむ

語句の解説

①父は有友であるから、貫之とは従兄弟となる。寛平9年（897）に土佐掾に任ぜられたのち、少内記を経て、延喜四年（904）大内記となる。「古今和歌集」の撰者であったが、その完成を見ずに、六十歳ほどで死亡。古今集中に、自作の和歌が四十五首、勅撰集に合計六十四首入集されている。三十六歌仙の一人で、「小倉百人一首」の歌人。家集に「友則集」があり、歌風は流麗典雅で、悠々として落ち着き、

迫らない感じがある。②枕詞で、『天・空・日・光・月』などにかかる。③複合名詞「しづ心」＋形容詞ク活用「なし」の連用形「なく」（中止法）＝《静カナ落着イタ気持チモナク、アワタダシク》。④ラ行四段動詞「散る」の終止形＋現在推量の助動詞「らむ」（疑問の用法）の終止形＝《ナゼ散ルノデアロウカ》。

現代語訳

光リノドカナ春ノ日ニ、静カナ落着イタ心モナク、桜ノ花ハドウシテ急グヨウニ散ルノデアロウカ。

補説と鑑賞

作者の目の前で、光りのどかな春の日に、強い陽光をいっぱい受けながら、音も立てずに桜の花は絶え間なく散っている。作者友則は、その情景を観ているのであるが、その景色をそのまま写実せず、「のどけき」とか「しづ心なく」と言って、櫻を擬人化して言いかけ、櫻の花びらだけがあわただしく競っているようだが静かな気分で散り急いでいるように詠んでいる。古今時代の曲折と陰影を含んだおおらかな、それでいて優雅であり繊細な詠み手の心持が感じられる。ここに古今調の独特な歌風があり、万葉調との違いが明確に読み取れる。この歌も「小倉百人一首」の中に入れられている有名な作歌である。

113　花の色はうつりにけりな　いたづらに我身世にふるながめせしまに

②はな　いろ　③　④　⑤よ　⑥

小野小町（①おののこまち）

語句の解説

①生没不詳。仁明・文徳両朝（８５０年前後）の頃の後宮に仕えていた女性であると言われている。小野氏の系図に、参議小野篁（８０２〜８５２）の孫であり、出羽守小野良真の娘とあるが信じがたく、伝説と言われている。謡曲では、八編もの「小町物」が作曲された。六歌仙・三十六歌仙のひとり。「小倉百人一首」の歌人。「古今集」には十七首の歌が入集され、勅撰集には合計六十二首が入集されている。家集には「小町集」がある。「古今集」の序文に、「あはれなるやうにて強からず、いはばよき女のなやめるところあるに似り。強からぬは女の歌なればなるべし」とあるが、情熱を込めて、柔軟・艶麗しかも憂愁をただよわせ、在原業平の歌と並んで、浪漫的抒情歌人の代表とされているだけでなく、和泉式部と並んで平安時代女流歌人の最高峰とされている。②この時代では「花」といえば（櫻）・「色」といえば（紫）・「香」といえば（梅）・「魚」といえば（鯛）・「女」と言えば（小町）と言うことになっていた。この場合は小町自身の容貌をたとえている。③ラ行四段動詞「うつる」の連用形「うつり」＋完了の助動詞「ぬ」の連用形「に」＋過去の助動詞「けり」の終止形（詠嘆

の用法＝二句切れで、この句が倒置法により最終句になっている＝歌の終わりの句に遣われる「けり」は詠嘆の用法になる＝（この第三章「古今和歌集」の解説の1と42の歌に付いても同じ「けり」の用法があり解説してある）＋詠嘆の終助詞「な」＝《（桜の花の色も）ウツリ変ッテシマッタネエ＝アセテシマッタネエ＝（私も）歳ヲトッテシマッタネエ》。④形容動詞「いたづらなり」の連用形副詞法「いたづらに」＝《タダボンヤリト・タダ空シイママニ・何ノ意味モナク》。⑤名詞「世」＋格助詞「に」＋ラ行四段動詞「ふる」の連体形「ふる」＝［この「ふる」は次の⑥の「長雨」が「降る」と「時を過ごす」の「経る」の二語を掛けている］《世ヲ過ゴス・時ヲ過ゴス》。⑥［名詞「ながあめ」の（ア音）の脱落・マ行下二段動詞「ながむ」の連用形「眺め」の二語を掛けている］＋サ変動詞「す」の連用形「せ」＋過去の助動詞「き」の連体形「し」＋名詞「間」＋時格助詞「に」＝《長雨ガ降ッテイタ間ニ・一ツノトコロヲジイト眺メナガラボンヤリト無駄ナ時ヲ過ゴシテイタ間ニ》。

現代語訳

美シイ櫻ノ花ノ色合イモスッカリ色アセテシマッタネ。私ガ空シク長雨ノ降ルノヲ眺メテ、ボンヤリト物思イニフケッテイル間ニ、桜ノ花ト同ジヨウニ、小町ノアノ美シカッタ容貌モスッカリ衰エテシマッタヨ。私小町ガアチラコチラト処世上ノ交際ナドニツイテ、アレコレ考エ事ヲシテイルウチニネ。

補説と鑑賞

「語句の解説」でも取り上げたように、この歌には多くの修辞法が使われている。もう一度その修辞法を補説しながら、採り挙げてみると、先ず「花の色は うつりにけりな」は二句切れの倒置法であると同時に、この至極はっきりしてくるのが、倒置により次の文頭に来る「いたずらにわが身世にふる」が、そのつぎの「ながめ」を言い出す序詞になっているのである。序詞と見る最後の「ふる」は「降る」といった時には「長雨」を引き出しているが、「ふる」にはもう一つ詠み手の小町が自分の美貌に関して詠んだ用法には、時を経過する意味の「経る」にも遣っているのである。この場合、「ふる」と「長雨」、「ふる」と無駄な時間の「経過」とは、互いに関係がある語であるから縁語関係にあり、「(櫻の)花の色」がこの歌の表面上の主題であり、それを「(小町の)容貌の美しさ」と二重表現で読み取る場合には、「長雨」の「降る」その雨の「一点」をじっと眺めて、無駄な時間を「経過」してしまったと言う後悔の気持ちが読者=聞き手には読み取れる。この表裏のよみ方で詠んだ場合に、「ふる」を「降る」と「経る」、「ながめ」を「長雨」と(「眺め」る)の「眺め」とは互いに同音異義のことばを掛けているから掛詞と言っている。

小野小町が詠んでいる歌は、晩春近い桜の花を見て詠んでいると見て編集委員は「第巻二」の「春下」に加えているのである。このあたりにも気心を察して裏の解に付いては、古今調を十分に会得している第三者の読み手が気付く事を楽しみにして、小町はこの歌を詠んでいるのである。複雑でしかも理知的ないくつもの修辞法を加えて、現実を見たまま感じたままだけを捉えては詠んではいないのが古今時代の特徴である。

この歌の前後には「散る花を惜しむ歌」が並べられている。その中の一首であるから暮春に至り、降り続く長雨によって打ちひしがれ色あせた桜を見て詠む、無残な美の終焉の実相を観じ、さらに小町は我が身の美貌の衰えとも「世にふる」うちに、つまり「いろいろな処世のことに付いて処理しているうち」に、さらに現実的に言えば「どうしようもなく恋に身を任せていた自己の生活」の述懐をめぐらす心の屈折が、景と情が一体となっている。歌の意味にも裏側には、浮世のことにかかずらい、いたずらにもの思いに沈潜している間に小町自身の美貌もいつしか衰えてしまった。蛇足ながら、この歌も「小倉百人一首」のうちに含まれている。

139

題（だい）[1]しらず　　よみ人しらず[2]

さつきまつ[3]花（はな）たちばな[4]のかをかげば　昔（むかし）の人（ひと）[5]の袖（そで）[6]のかぞする

語句の解説

①「題」は歌が世枯れた場合の意味・心。「しらず」は、知られず＝判ラナイ。いわゆる題詠風の読み方をした場合でも努めて題を明らかにしようとするのは古今集のゆき方である。実際に即した歌と題とを見ようとするためである。②「詠み人」は作者。作者がわからないと編集者が付けた慣用語。歌には伝承による作者不明の場合が実際にある。古今集以降には、無名のもの・身分に卑しいもの・勅勘などを受けて、名を公に掲げることの憚られる者なども「詠み人しらず」とした。③「さつき＝皐月」は陰暦の五月、五月を待って咲く花の意味で、「はなたちばな」にかかる枕詞でもあっろうし、「山ホトトギス」に添えたたとえでもある。④「はなたちばな」と「ほととぎす」は、五月を代表する風物であった。「はなたちばな」は現在のコウジミカンのことである。常緑樹で初夏に薫り高い白い花を付ける。⑤昔親しくしていた人。古い恋人。男かも女かも。⑥袖に香を焚き染めた香がする。袖は衣服を代表することばであるから、「着ている着物にははなたちばなの香の香りがする」と言う意味。「かぞする」＝名詞「か＝香」＋強調の係助詞「ぞ」＋サ変動詞「す」の連体形（前の係助詞「ぞ」の結び）。

現代語訳

五月ヲ待ッテ咲クハナタチバナノ匂イヲ嗅グト、昔親シクシテイタ人ガ着テイタ着物ノ香ガスルノヲ思イ出スノダナア。

補説と鑑賞

衣服に香を焚き染めるのは当時の貴族社会の人々の慣わしであって、人それぞれ好みの香を焚き染めていて、その香は誰であるのかが思い出されると言う繊細で美的感覚を持ち合わせているのも当時の貴族社会の慣わしであった。このような時代に生きた歌人が橘の香り高い香から昔の恋人を思い起こし、懐かしさの心情を込めて表現すると言うのはごく自然のことである。一首全体から発散している情趣は、艶麗であり、万葉集の歌の直接的表現と比べると、明らかに知的であるが、貫之時代の作風と比べると，ずっと素直で、人の心に染み入るほどの豊かな表現である。であるからこの歌は「古今集」以降の人々や歌人たちの間でも、大変愛唱されたのである。

月のおもしろかりける夜あか月がたによめる　　ふかやぶ

166　夏の夜はまだよひながらあけぬるを　雲のいづこに月やどるらん

語句の解説

① 形容詞「おもしろかり」の連用形「おもしろかり」＋過去の助動詞「けり」の

連体形「ける」＝《大キク美シカッタ》②複合名詞＋接尾語「あか月＋がた」＋時格助詞「に」＋マ行四段動詞「読む」の已然形「よめ」＋完了の助動詞「り」の連体形「る」＝《[「上代語」では、「万葉集」のころには、まだ夜が明けないか明けるかというようなころの時間を言ったが、「古今集」の頃、つまり平安時代になると、「あか月」に変化し「明時」の次の頃で、「寅の時刻」現在の午前五時頃になった」＝夜明ケガタニナッタ頃ニ読ンダ〈歌〉》。③夏の夜はくれるのが遅く、明けるのが早い。だから「夏の短夜」と言っている。④複合名詞「宵ながら」と見るか、名詞「よい」＋同時並行の接続助詞「ながら」＝《マダ宵ノロ＝夜明ケガタデアリナガラ》。⑤カ行下二段動詞「あく」の連用形「あけ」＋完了の助動詞「ぬ」の連体形「ぬる」＋単純接続助詞「を」＝《明ケタノヲ》。⑥名詞「月」＋ラ行四段動詞「やどる」終止形＋現在推量の助動詞「らむ」の連体形「らん」（係助詞はないが疑問の副詞句（この場合は「いづこに」である）が、前にある場合には「らん」（活用語）は連体形となる）＝《月ハ一体ドコニ宿ルノデアロウカ》。⑦作者の清原深養父は、清原房則の子で元輔の父。元輔は『枕草子』の清少納言の父である。作歌でも当時の歌人として有名であった。晩年は洛北に補陀楽寺を建立して棲んだ。

現代語訳

月ガ大変大キク冴エテイテ美シカッタノデ（眺メテイルウチニ時ガ過ギ）イツシカ夜明ケ前ニナッテシマッタガソノ頃ニ詠ンダ歌

清原深養父

夏ノ夜ハ短クテ、マダ宵ノウチダト思ッテイル間ニ、モウ夜モ明ケテシマッタガ、コレデハアノ美シイ清ラカニ見エタ月ハ、西ノ山マデ行ク暇モナイデショウ。一体雲ノドノ辺リニ宿ルノデショウカ。

補説と鑑賞

誰しも夏の短夜と秋の夜長は人の生活には困った時季である事には違いないが、作者は今夜のいつ頃からか、大きな素晴らしい水無月か文月の初め頃の夜のお月様を眺めているうちに、いつの間にか夜明け方になってしまっていたのに気が着いて、その月を人と見て、大空の道を東から西へと歩いて来たと思いながら見ており、その月がまだ西の山まで行き着かないうちに、夜明けが来てしまってはお月様の宿る所がないと、無理なく月を擬人化して、心配する機知的表現が自然で面白い。その月が宿る所をまた心配する詠み手の気持ちが、自ずとなだらかに伝わってくる楽しい物語歌である。

秋立つ日よめる[①あきたひ]　藤原敏行あそん[②ふじわらとしゆき]

169 あききぬとめには[③]　さやかに見えねども[④み]　風のおとにぞおどろかれぬる[⑤]

語句の解説

①暦の上で秋が来た日、立秋の日になったこと。　②生年は不詳。没年はこれも延喜七年とも元年とも言われていて明らかではないが、この頃までの人であった。陸奥出羽の按察使富士麻呂〈藤麿〉の子。藤原不比等(ふじわらふびと)の曾孫。従四位上・貞観八年〈８６６〉少内記に任じられて以来、大内記・蔵人を経て蔵人頭・右兵衛督などを歴任。三十六歌仙の一人。「小倉百人一首」の歌人。「古今集」に十八首入集。勅撰集に計二十八首入集。家集に「敏行朝臣集」がある。いかにも「古今集」時代の歌らしい知的発想と優雅な韻律で洗練されているが、感受性の鋭さから生まれる陰影もあって、それが一つの風格となっているようである。なお敏行は書にも優れ、小野の東風が空海と並ぶ筆力を持つと評している。　③名詞「秋」＋カ変動詞「(来)く」の連用形「き」＋完了の助動詞「ぬ」の終止形＋恒常条件の接続助詞「と」＝《秋ガ来タト》。　④形容動詞「さやかなり」の連用形「さやかに」＋ヤ行下二段動詞「見ゆ」の未然形「見え」＋打消の助動詞「ず」のナ系列の已然形「ね」＋逆態接続助詞「ども」＝《冴エテクッキリトハ見エナイケレドモ》。　⑤カ行四段動詞「驚く」の未然形「おどろか」＋自発の助動詞「る」の連用形「れ」＋完了の助動詞「ぬ」の連体形「ぬる」〈前の係助詞「ぞ」の結び〉＝《フト心ヲ打タレテシマッタコトダ》。

現代語訳

立秋ノ日ニ詠ンダ歌　　藤原敏行朝臣

秋ガキタトハ、目ニハハッキリトハ感ジラレナイケレドモ、風ノ吹ク音ニハ秋ラシサガ感ジラレ、思ハズハット秋ノ訪レニ気付カサレテシマウコトダ。

補説と鑑賞

秋が来たと、目にははっきりと見えないと言うことは、まだすべてが夏の延長といった感じであるが、暦の上では今日がその日であると気付いた時に、どこが違うのか、辺りの風情に意識して気配りしてみると、先ず風の音がくっきりと冴えて爽やかな秋らしい音に気付かされ驚かされたと、視覚ではなく聴覚が捉えたと言う作者の繊細な感覚が見られる。立秋の日ではなくても、その前後では目に見えないところから秋が忍び寄ってくる気配を、何かの拍子に感じるもので、この作がそういう経験に基づいたものである事は確かであるが、だからとて、ただそういう偶然の発見を詠んだものではない。作者は「立秋の日」と言う暦の上での事実を発想の契機にしているからである。確かに一歩秋に近づいていると、風の音によって気付かされ、はっとしたと言う趣の歌である。ごく自然な感じ方で、爽やかで快く、素直に受け取られる歌になっているが、詞書と関連付けて歌を読み返したとき、さらに深い歌趣の加わる事も見逃せない。自然で目立たない技巧の微妙なところである。この点が「古今調」の特色であり、知的で感覚的であると言われるところである。

題しらず　　　　　　　　よみ人しらず

172 昨日こそさなへとりしか　いつのまにいなばそよぎて秋風のふく

語句の解説

①・②ともに139番の歌にて解説済み。　③名詞「昨日」＋強意の係助詞「こそ」＋名詞「さなへ」＋ラ行四段動詞「とる」の連用形「とり」＋過去の助動詞「き」の已然形〈上の「こそ」の結び〉「しか」＝《早苗ヲ取ッテ植エ付ケヲシタノハ、ツイ昨日ノヨウニ思ウノニ》。　④名詞「いなば」＋ガ行四段動詞「そよぐ」の連用形「そよぎ」＋接続助詞「て」＝《稲ノ葉ガソヨイデ》。

現代語訳

早苗ノ苗付けヲシタノハ、ツイ昨日ノヨウナ感ジガスルガ、イツノ間ニ稲葉ガソヨイデ稲穂ニ秋風ガ吹ク季節ニナッタノダロウカ。

補説と鑑賞

多くの人の手を借りて早苗を植え付けたのは、つい昨日のように思えるのは、あれから今日までいろいろと大変な農作業を重ね続け、一つ一つ成し遂げてきた努力の結果ではあろうが、その成果としてのこの風にそよぐ稲葉の中に重く垂れている稲穂を見ていると、その苦労や努力を忘れてしまい、春に植えつけたあの緑あざやかな早苗がこれほどにも成長し、多くの稲穂をつけながら実りゆたかに、秋風に吹かれているのを眺め、時の流れの速さを（日本民族がこの稲穂をここまで育て続けてきたなどという農耕の歴史について日本の土着民族は、これまでの学説よりも数千年いや数万年も早くから、稲作技術を知っていたと言う学問的な史実など一切考えずに、）ただ稲穂の上をふく秋風の風景を眺めながら季節の移り変わり、時の推移の速さの感慨をさらりと歌い上げている。和歌文芸の愉しさである。

これさだのみこ[①]の家の歌合[②うたあわせ]によめる　大江千里[③おおえのちさと]

193　月みればちぢにものこそかなしけれ[④]　わが身ひとつの秋[⑤あき]にはあらねど

語句の解説

①是貞皇子は仁和の二宮、すなわち光孝天皇の第二皇子。②『歌合』については、あとの［補足］のところで説明する。③14番の歌にて解説済。④形容動詞「ち

ぢなり」の連用形「ちぢに」（副詞法）＋名詞「もの」＋係助詞（強調）「こそ」＋形容詞「かなし」の已然形「かなしけれ」（前の係助詞「こそ」の結び）＝《アレコレト限リナク悲シクナルモノダ》。⑤名詞「秋」＋断定の助動詞「なり」の連用形「に」＋係助詞（区別）「は」＋ラ変動詞「あり」の未然形「あら」＋打消の助動詞「ず」のナ系列の已然形「ね」＋逆態接続助詞「ど」＝《秋ダトイウノデハナイノダケレドモ》。

現代語訳

月ヲ見ルト、アレコレト限リナク物悲シクナルモノダ。決シテ私ヒトリダケガモノ悲シクナル秋ダトイウノデハナイケレドモ。

補説と鑑賞

先ず詞書の『歌合』についての発祥の詳細は不確実であるが、平安初期頃に貴族や宮廷行事にともなう文学的遊戯として催されるようになり、初めは小規模で行われていたが次第に盛んになり、規模も大きくなった。その方法は、初期の頃は男性歌人を左右同数に出場させ、題を決めて一首ずつ詠む。それを女性たち数人に優劣の判定を競うと言う遊びの形態が多かったようだが、次第に女性歌人だけで行われるようにもなった。正式な歌合では、題は、即題［その場で出される題］と、兼題［事前に用意された題］とがある。この左右の歌人が歌った二首を「番（ばん）」と言い、『五百番歌合』なら千首の歌が詠まれる。詠まれた歌は、読師や講師が読み上げ、判者がその優劣の判定を「勝」・「負」・「持＝引き分け」で表示する。その時判者による「判詞＝優劣の判定理由や批評の詞」が付く。判者は普通ひとりだが、両判（二名）、「衆議判＝参加した左右の歌人全体で合議して決めた判者」も有った。このような歌合が次第に進行発展し、一時沈滞傾向にあった和歌文学は、再び萌芽隆盛の原因となり、加えてこの頃に万葉仮名の草体をさらに簡略化し、女性の手による流麗な平仮名が成立した。これは女性の表記の自由を得た事であり、創作意欲を高め、和歌は一層興隆促進した。その一面、写実・率直・広大・軒昂の万葉調と異なり、題詠による判者の判定評価に影響され、次第に理知的観念的になり、意表をつくような各種の修辞を多用した「古今調」が成立する結果となった。

この大江千里の歌もそのような場で歌われた一首である。まずその表現の面から見ると、上の句つまり第三句で切れた三句切れの歌で、七五調である。したがって平叙文に訳すならば、下の句つまり第四句から現代語訳すべきであろう。次に「月」と「わが身」、「ちぢ」と「ひとつ」が対句的表現である。作者千里は、漢学に秀で、「白氏文集」の『燕子楼は中霜月の夜、秋来たりて唯一人の為に長し。』を翻案した歌と言われている。しかし秋の月に付いては、冴え渡った天上のひとり皓々と輝く月を眺めていれば、誰しも同じような心境に至りながらも、このような技法を駆使して、巧みに歌趣を歌い上げているところが大江千里の巧みさなのである。

よみ人しらず[①]

215 奥山[②おくやま]に紅葉[③もみぢ]ふみわけ鳴く鹿のこゑきく時ぞ　秋[④あき]はかなしき

語句の解説

①139番の歌において、既に解説済。②「山奥」でなくて「奥深い山」のこと。③この場合は、かえでなどの赤くなって散るもみじではなく、細かいまだ黄色くなった頃に散る紅葉だろうといわれている。④名詞「秋」＋区別の係助詞「は」＋形容詞「かなし」の連体形「悲しき」（この場合の連体止めは、上の係助詞「ぞ」の結びである）＝《シミジミト秋ハモノ悲シク感ジラレルモノダ》。

現代語訳

奥深イ山ニ入ッテモミジ葉ヲ踏ミ分ケテ来テ、鳴イテイル鹿ノ声ヲ聞クトキ、シミジミト秋ハモノ悲シク感ジラレルモノダ。

補説と鑑賞

紅葉の美しい道の辺りを眺めながらふと、やや離れたところで思いがけなく鹿の声を耳にして、秋を先ず足下の紅葉を目で捉え、さらに足を進めたところではどこか離れた所から鹿の鳴き声を耳にし、作者は視覚と聴覚により、今改めて秋の風情をしみじみと深く感じさせられたと言う感慨の歌である。

249 ①これさだのみこの家の歌合のうた　②文屋やすひで

③吹くからに秋の草木の④しをるれば　⑤むべ山風を⑥あらしといふらむ

語句の解説

①193番の歌に既出。　②文屋康秀は、貞観二年（８６０）刑部中判事、後に三河の掾、その後山城の大掾・縫殿助などの任務を務める。「小倉百人一首」の歌人。六歌仙・三十六歌仙のひとり。　③カ行四段動詞「吹く」の連体形「吹く」＋即時の接続助詞「からに」＝《山風ガ吹クトスグニ・大風ガ吹クヤ否ヤ直チニ》。　④ラ行下二段動詞「しをる」の已然形「しをるれ」＋条件接続助詞「ば」＝《萎レルカラ・萎レルノデ・萎レルト》。　⑤形容動詞「むべなり」の語幹の用法「むべ」＋名詞「山風」＋格助詞「を」＝《ソノトオリ山風ノヨウニ強ク吹ク風ヲ・ナルホドアノ山ノ風ヲ》。　⑥名詞「嵐」＋提示格助詞「と」＋ハ行四段動詞「言ふ」の終止形＋現在推量助動詞「らむ」の終止形＝《嵐ト言ウノデアロウ》。

現代語訳

山ノカラ風ガ吹クト直グニ秋ノ草木ガ萎レテシマウノデ、ナルホド山風ヲ秋ノ山ノ草木ヲ荒ラシテシマウノデ、山ノ下ニ風ト言ウ字ヲ書イテ，嵐ト言ウ字ニシタノデアロウ。

補説と鑑賞

秋も暮れ頃になると、山から吹く風はすごい荒々しい勢いで草や木を一度に枯らしてしまうから、その頃に吹く風を「嵐」と言い、山から吹く風であるので漢字では「山」と「風」が重なって「嵐」と言う字を作ったと言うことだ、と言うことはもっともなことだ。「むべ」は「肯定」の意味であるから《ソノトオリダ・モットモナコトダ》と言う「異論はない」と返事をする場合に平安時代に用いたことばである。奈良時代には「うべ」といった。このことは41番の「梅の花」のところで、その他の例も挙げて解説したように、母音ウ音の上に、m音がついて「むべ」と言うようになったことばである。この歌では、常識的なことばを使った言葉遊びの歌であり、この時季の歌としては面白い歌である。

白菊の花をよめる　①凡河内（おほしかふちの）みつね

277 心あてにおらばやおらむ　はつしものおきまどはせる　しらぎくに花

語句の解説

①41番の歌にて既に解説済み（参照を）。　②複合名詞「心あて」＋格助詞（手段・方法の用法）「に」＝《アテ推量ニ》。　③ラ行四段動詞「折る」の未然形「おら」＋仮定条件の接続助詞「ば」（未然形に付いた場合）＋疑問の係助詞「や」＋ラ行四段動詞「折る」の未然形「おら」＋推量の助動詞（意志の用法）「む」＝《モシ折レルナラバ折ッテミヨウカ》。　④サ行四段動詞「まどはす」の已然形「まどはせ」＋完了の助動詞「り」の連体形「る」＝《気持チヲマドハシテシマウ・判断ガ付カナクナッタ》。

現代語訳

モシ折レルモノナラバ折ッテ見ヨウカ。初霜ガ真ッ白ニ降リテイテ、ドコニ咲イテイルノカモ判ラナクナッタ白菊ノ花ヲ。

補説と鑑賞

二句切れの五七調で、歌の内容に相応しい落ち着いた形式をとって歌われている。初冬の早朝に降りる身の引き締まるような冷たさの初霜が、一面白景色の中に咲く純白な白菊の花を、捜し求めようとする純粋なイメージの歌として詠い上げた秀作である。作者のこの歌の着想について「和漢朗詠集」（白楽天）漢詩の一節にあるといわれているが、そうであってもこのように歌に詠まれた白菊は、いかにも近代的で新鮮な歌風が感じられる。

294　ちはやぶる②神世③（かみよ）もきかず　たつたがは④から⑤紅（くれない）に水⑥（みず）くゝるとは

なりひら①の朝臣（あそん）

語句の解説

①在原業平は、平城天皇の皇子の阿保親王の子。母は、桓武天皇の皇女で伊都内親王。在原氏の第五子で近衛中将であったところから「在五中将」・「在中将」と呼ばれていた。おなじ阿保親王を父とする中納言行平の異母弟。淳和天皇の時、行平らとともに在原姓を賜っている。承和八年（８４１）右近衛将監に任じられて依頼、蔵人・馬頭などの任務についた．従四位以上。在中将・在五中将（在原氏の五男の中将）と呼ばれたが、業平は、文徳天皇の第一皇子の惟喬親王と格別に親しく、その交際のうちでのこころ深い歌も残されている。容姿秀麗で、「伊勢物語」の『昔男ありけり・・・』の『男』と言われていて、「伊勢物語」の主人公とも言われている。典型的

な貴公子であり、多感で詩人的な資質の豊かな人物であったとも伝えられている。歌は、『古今集』に三十首入集され、勅撰集には九十首近く入集されている。六歌仙・三十六歌仙の一人で、『小倉百人一首』の歌人。家集には「業平集」がある。古今集の六歌仙評に、『心あまりて詞足らず、しぼえる花の色なくして、におひ残れるが如し』とあるが、浪漫的・情熱的で、自由奔放であったところから、均整の取れた表現と言うことにしばられない作風が生まれたのであり、その点に着いて後の藤原俊成などから大いに尊敬されている。元慶四年（８８０）没、五十六歳。②『千早振る』と書いて、「神」や「神の名前・神社」など神に関係する語に係る枕詞。③《珍シイ事ガイロイロ沢山アッタ神代ニダッテ、コノヨウナコトハ見モシナイシ聞キモシナイ》。④龍田川は大和川の上流で、龍田山の麓を流れている。その龍田山には神社があり、上代より風の神を祀ってきたと言う謂れがある。⑤昔朝鮮半島からの帰化人によって齎された染料によって濃い紅色に布を染める染料。⑥「括る」とはしぼり染の一つの方法であって糸を使い、布を括って「括り染め」にする染め方。

現代語訳

イロイロト不思議ナコトガ有ッタト言ウ神代ニモ、コノヨウナコトガ有ッタトハ聞カナカッタコトダ。龍田川ノ水ヲ唐紅色ノシボリ染メニスルトハ。

補説と鑑賞

形式から見ると、二句切れで第五句に係る。龍田山の風の神が紅色に染めた紅葉の葉を、龍田川に吹き集めて、川の流れを括り染に見立てた明るい晴れやかな歌である。この歌のイメージを日本画にした屏風や、その絵に加えて、この歌も共に屏風にも掲げられるようになった。

また「伊勢物語」の百六段には『昔、おとこ、親王たちの逍遥し給ふ所にまうでて、龍田河のほとりにて、・・・』の一行の文の後に、古今集294番の「ちはやぶる・・・」のこの歌が載せられ一段を成している。

冬の歌とてよめる　源宗于朝臣(①みなもとのむねゆきあそん)

315　山ざと(②やま)とは冬(③ふゆ)ぞさびしさまさりける　人め(④ひと)も草もかれ⑤ぬとおもへば

語句の解説

①光孝天皇の皇子で、一品式部卿(いっぽんしきぶきょう)であった是忠親王の御子。臣下に下り右京太夫四位下になり、天慶二年（９３９）没。三十六歌仙の一人。生没年齢不詳。②都から遠く離れた山の中の人里。③名詞「冬」＋強調の係助詞「ぞ」＋複合名詞「寂しさ」

＋ラ行四段動詞「勝る」の連用形「勝り」＋過去の助動詞「けり」の連体形「ける」（前の係助詞「ぞ」の結び）＝《冬ガ格別シミジミト寂シク感ジラレルコトダ》。④複合名詞「人目」《人ノ訪レ・人トノ接触》で、次に続く「かれ—ぬ」は「はなれ—てしまう」の「離れ」と、草木が「枯れる」の意味が、同音異義語の掛詞として使われている。⑤ラ行下二段動詞「かる」の連用形「かれ」＋完了の助動詞「ぬ」の終止形＋提示格助詞「と」＋ハ行四段動詞「思ふ」の已然形「思へ」＋条件接続助詞「ば」＝《モ枯レテシマウト思ウト》。

現代語訳

山深イトコロニアル人里ハ、都ト違ッテ、トリワケ冬ノ寂シサガ勝ッテ感ジラレルトコロダ。人ノ訪レモ絶エ、草木モ枯レテシマウト、一層寂シイモノデアル。

補説と鑑賞

三句切れの倒置法であり、典型的な古今調である。また技術的にも冬の山里の寂しさを『かれぬ』と言うことばで、二様の意味に使い分けた掛詞を用いて強調している。歌の形式からも、技術的な面からも作者は山奥に離れた人里の孤独感を思うときに、山里は、都から離れていて、冬でなくても人の訪れる事はまれで、冬になると、人は全く訪れる事がなくなり、目の前にあった暖かい時には楽しませてくれた草々もすべて枯れてしまうので、山里の寂しさが格別感じられるのである。この一首の詠嘆・感慨は最後の《草木モ枯レテシマウ》と言う掛詞の表現によって、人事も自然も一つに統一され、上の句と下の句の倒置法による接続が緊密に調和し、捉えられているものが誰にも共感できる。このような普遍的心理は、古今集の歌としてはめずらしく、山里の人たちの気持ちを率直に表現していて、古来広く親しまれてきた秀歌である。それだけにこの宗于の歌は、以降の歌人の本歌にも遣われているほど、「山里」の情趣をよく詠いあげている。「小倉百人一首」にも見られる一首である。

332

①やまとのくににまかりける時に、雪のふりけるをみてよめる　②坂上これのり

③あさぼらけ④ありあけの月とみるまでに⑤よしのの⑥さとにふれるしら雪

語句の解説

①複合名詞「大和の国」（現在の奈良県であるが、それでは漠然としすぎている。歌中に出ている『吉野の里』のことである）＋格助詞（目的）「に」＋ラ行四段動詞丁寧語の「まかる」の連用形「まかり」＋過去の助動詞「けり」の連体形「ける」＋

名詞「時」＝《大和ノ国ノ吉野ノ里ニ参リマシタ時》。②坂上是則は、坂上田村麿の曾孫の好蔭の子と言われている。醍醐・朱雀両帝に仕えた。後に従五位下の位置にあり、加賀介となった。三十六歌仙のひとりで、後撰集の撰者であった望城の父である。③「夜がほのぼのと明ける頃」で、現在の時間で言うと夜明けがたの、四時から六時の二時間ほどを「彼は誰れ時＝向こうから来る彼は誰であるのかまだはっきりとは判らない時刻」と言うが、その後半の五時から六時頃をいう。④複合名詞「有明の月」は、陰暦十五日以降、特に二十日過ぎの月で、夜明けがた西の空にまだ残っている月の事を言う。⑤マ行上一段動詞「みる」の連体形「みる」＋程度の副助詞「まで」＋状態の格助詞「に」＝《見エルホドニ・思ワレルホドニ》。⑥ラ行四段動詞「ふる」の已然形「ふれ」＋完了の助動詞「り」の連体形「る」＋複合名詞「しら雪」＝《降リ積モッテイル白雪ダナア》＝体言止めであるのは、その後に抒情的な気持ちが略されているので、『体言止』・『余情止』などと言われる「体言終止法」であり、その歌全体から感じられる叙述のことばを補うことが望ましい。

現代語訳

大和ノ国ノ吉野ニ参リマシタ時ニ、雪ガトテモ美シク真ッ白ニ降リ積モッテイル朝ニ詠ンダ歌

坂上是則

ホノボノト夜ガ明ケル頃。有明ノ月ガマダ照ッテイルノカト見エルホドニ、吉野ノ里ニハ雪ガ

真ッ白ニ降リ積モッテイルコトダナ。

補説と鑑賞

作者は、大和の国の吉野の宿に泊まって、その翌朝、外に出て見ると一面に真っ白な雪景色である。その光り輝くような美しさを、さえざえと照る有明の月光に見立てて、一首の最終句を素直に体言止めで強調して結んでいて、読む者にとっても分りやすく受け止めることができ、体言「白雪」の後に補いたいことばが自然と続けられるような歌であり、これまで広く親しまれてきた歌である。そのような特色からか「小倉百人一首」にも取り入れられている。右の語句の解説③「彼(か)は誰(たれ)時」に対して、夕方の五時から六時すぎ頃の時間帯は、「向こうからくるのは誰だ彼は？」という意味での時間帯を「誰そ彼(たそがれ)時＝黄昏時」と言っていることも同時に学習すると、記憶しやすいのでここで関連して補足しておく。

題しらず　　①在原行平朝臣(ありはらのゆきひらあそん)

365　立ちわかれ②いなばの山(やま)の③峯(みね)におふる　④松(まつ)としきかば今⑤かへりこむ

語句の解説

①作者行平は、平城（へいぜい）天皇の皇子、阿保親王の子として生まれた（818）。在原業平の異母兄。斉衡二年正月に因幡守に任命され、因幡の守を無事任務遂行した後、元慶六年（882）に中納言に任命された。寛平五年（893）没。七十六歳。②作者はこの第二句を名詞＝因幡の国は今の島根県の稲羽の地の山を表現している＝「ナ行四段動詞の「いぬ」（「行く」の意味も掛けている）の未然形「いな」＋条件接続助詞「ば」＋格助詞「の」＋名詞「山」」＝《私ハ因幡ノ国ニ行カナケレバナラナイガ》。③名詞「峯」＋格助詞（場所）「に」＋ハ行上二段動詞「おふ」の連体形「生ふる」＝《峯ニ生エテイル》ここまでの二句が、第三句の最初の語「松」を言い出すための序詞になっている。（序詞は、枕詞と違って「解釈できる場合には解釈する」と言うことになっているので、この場合は解釈する）。④名詞「松」・「タ行四段動詞「待つ」の終止形」＋格助詞（引用）「と」＋副助詞（強意）「し」＋カ行四段動詞「聞く」の未然形「きか」＋仮定条件接続助詞「ば」＝《（「松」にかかる序詞による場合は、「…ノ峯ニ生エテイル松ト言ウ名前ノヨウニ」、と「待つ」と見た場合には、《因幡ノ国ニ帰ッテクルヨウニ待ッテイルト聞イタナラバ》と言う意味になる。⑤ラ行四段動詞「かへる」の連用形「かへり」＋カ変動詞「来（く）」の未然形「こ」＋推量の助動詞（意思の用法）「む」の終止形＝《帰ッテキマショウ》。

現代語訳

アナタ方ト別レテ因幡ノ国ニ行キマスケレドモ、稲葉山ノ峯ニ生エテイル松ト言ウ名ノヨウニ、私ヲ待ツトモシ聞イタナラバ、直グニデモ帰ッテキマショウ。

補説と鑑賞

作者が因幡の守に任命され赴任する時に、名残り惜しむ都の人たちへの別れの挨拶の歌である。当時の感覚では、因幡の国といえばはるか遠い辺国へ行く心細さ・やるせない悲しさが歌に流れている。一首のうちに序詞や二語の掛詞を巧みに遣っている技巧的な歌である。その巧みさが読み手・聞き手、つまりは都の人が気付いた時に、さらに名残惜しさは強くなるであろう。

①もろこしにて月を見てよみける　②安倍仲麿（あべのなかまろ）

406　あまの原（はら）ふりさけみれば　かすがなるみかさの山にいでし月かも

語句の解説

①名詞「もろこし＝唐の国」＋格助詞（場所）「にて」＝《唐ノ国デ》。②中務大輔（なかつかさたゆう）船守の子と言われている（701年）。霊亀二年（716）に十六歳で遣唐留学生

として入唐三十年余を唐の国で留学。そのうち玄宗皇帝にも仕えていた。一度帰国しようとして明州と言うところから船出しようとしたが、嵐に遭って港へ引き返し、そのまま唐の国にて死没（770年）。七十歳。③日本神話で神々の住む天上界、すなわち高天原。広い大空。④マ行上一段の複合動詞「ふりさけみる」の已然形「ふりさけみれ」＋一般的条件の接続助詞「ば」＝《ハルカ遠クヲ仰ギ見ルト》。⑤固有名詞「かすが」＋断定の助動詞「なり」の連体形「なる」＝《春日ニアル》。

現代語訳

大空ヲ遠クフリ仰イデ見ルト、月ガ昇ッテイルガ、ソレハ故郷ノ春日ニアル三笠ノ山ニ昇ッタ月ト同ジナノダナア。

補説と鑑賞

前の②でも解説したように、作者安倍仲麿は、奈良時代に留学生として渡唐し、三十余年いて帰国しようとした時、嵐にあって帰れなくなり、明州と言う所の海岸で、折からの満月を異境の空で眺め、この望郷の歌を詠んだ。十六歳の少年時代にひとり外国に渡り、成年期の五十年余を経て帰国を思い立って、満たされなかった思いが一層望郷の念を深め、少年時代に眺めた三笠の山の月をひとりでしみじみと見詰めている心境は、誰にでもよく理解される情況であり，古来有名な名歌の一首である。「小倉百人一首」に入れられているほか、『土佐日記』の承平五年（９３５）一月二十日の日記の中に、土佐の任務を全うして都に帰る船旅の途中であるので、発句を『あおうなばら』と紀貫之は書き直して引用している。

①あづまの方（かた）へ、ともとする人ひとりふたり②いざなひていきけり。③みかはのくにやつはしといふ所にいたれりけるに、その河のほとりにかきつばた、いと④おもしろく⑤さけりけるをみて、木のかげに⑥おりゐて、かきつばたといふ⑦いつもじを⑧くのかしらにすゑて、たびの心を⑨よまんとてよめる

⑩在原業平朝臣（ありわらのなりひらあそん）

410 ⑪唐衣（からころも）⑫きつつなれにし⑬つましあれば　はるばるきぬる⑭たびをしぞおもふ

語句の解説

①「都から見て東の方の国」と言う意味で現在の関東地方を指していた。②ハ行四段動詞「いさなふ」の連用形（「いざなひ」《誘ウ》の意味だが、ここでは自分は都ではあ

まり役に立たないと思って、「東のほう」へ行こうと思っているのである）＋接続助詞「て」＋カ行四段動詞「行く」の連用形「いき」＋過去の助動詞「けり」の終止形（この場合は物語の最初の文の最後の「けり」は「伝聞」として《…ト言ウコトダ…トイウコトダソウダ》と訳すのがよい）＝《誘ッテ行ッタトイウコトダソウダ》。③現在の愛知県の三河地区内にある知立市。④《大変美シク・ヒジョウニキレイニ》＝形容詞連用形の副詞法。⑤カ行四段動詞「咲く」の已然形「さけ」＋完了の助動詞「り」の連用形「り」＋格助詞（対象）「を」＝《咲イテイルノヲ》。⑥ラ行上二段動詞「降る」の連用形「おり」＋ワ行上一段動詞「居る」の連用形「ゐ」＋接続助詞「て」＝《下ニ降リテ、坐ッテ》＝この場合の「居る」は、位置を決めて落ち着いて坐っている状態を言う。⑦「いつもじ」＝五文字」⑧和歌三十一文字は、5・7・5・7・7の五句で構成されているが、その五句の各句頭にそれぞれ『か・き・つ・ば・た』の五文字をおいてと言う意味。⑨マ行四段動詞「よむ」の未然形「よま」＋推量の助動詞「む」の連体形「ん」＋格助詞（理由）「とて」＋マ行四段動詞「よむ」の已然形「よめ」＋完了の助動詞「り」の連体形「る」（この後に体言およびそれに続く叙述のことばが省略されている）。⑩148頁294番の歌にて説明済、参照を。⑪この場合は「唐衣」には、次の（―きつつ）までが「なれ」を引き出す序詞として用いている。然し和歌においては常に枕詞は、解釈はしない。⑫カ行上一段動詞「着る」の連用形「き」＋反復の接続助詞「つつ」＋ラ行下二段動詞「なる」の連用形「なれ」＋完了の助動詞

「ぬ」の連用形「に」＋過去の助動詞「き」の連体形「し」＝《何度モ着ツヅケテ着慣レテイル》。このばあいの「なれ」は「慣る」と「萎る」が、掛詞である。⑬名詞「つま」＋副助詞（強意）「し」＋ラ変動詞「あり」の已然形「あれ」＋条件接続助詞「ば」＝《妻ヲ都ニ置イテ来テイルノデ》。この場合には、「つま」を「妻」と「褄」とが掛詞になっている。　名詞「たび」＋格助詞（目的）「を」＋副助詞（強意）「し」＋係助詞（強調）「ぞ」＋ハ行四段動詞「思ふ」の連体形（前の「ぞ」の結び）＝《コノヨウナ遠イ所マデ続ケテキタ旅ヲシミジミト思ウコトデアル》。

現代語訳

アズマノ方へ、友達一人二人ヲ誘ッテ行ッタ。三河ノ国八橋ト言ウ所ニツイタ時ニ、ソノ河ノホトリニカキツバタガ、大変美シク咲イテイルノヲ見テ、木陰ニ道カラ降リテキテ腰ヲオロシテ坐リ、カキツバタト言ウ五文字ヲ各句ノ頭ニオイテ、旅ノ気持チヲ詠モウト言ッテ詠ンダ時ノ歌。　在原業平朝臣

何度モ着続ケテ来タノデ、着慣レテ体ニ馴染ンダ着物ノヨウニ、慣レ親シンダ妻ヲ都ニ置イテ来テイルノデ、ハルバルトコノヨウニ遠ク離レテココマデ来テシマッタ。旅ノ寂シサヲシミジミ感ジテイルトコロデアル。

補説と鑑賞

さすがに業平の歌と感心させられるような修辞法が、この一首のうちにほとんど取り込まれ、技術の巧みさが示されている。先ず詞書にあるように、各句の頭に「かきつばた」の五文字を置いて旅の気持ちを歌にしようと言う〈折句〉と言う修辞法の一つである（190頁参照）。つまり分りやすく書けば『からごろも　きつつなれにし　つましあれば　はるばるきぬる　たびをしぞおもふ』（本来古歌では、濁点はつけなかった）と言うことになる。まことに難しい高度な修辞法であるが、業平は見事に歌い上げている。次に一首の歌の中にも、枕詞「唐衣」と序詞「唐衣着つつ」までが次の「なれ」を引き出すものである。さらに、「なれ」が「慣れ」と「萎れ」を、「つま」が「妻」と「褄」を、「はる」が「張る」と「はるばる」の三組の掛詞を駆使している。「つま（褄）」・「はる（張る）」・「き（着）」は最初の「唐衣」の縁語である。これだけ多くの修辞法を使いながら、またさらに素晴らしく、ここまで続けてきた「旅心」をみごとに詠み上げている技量は業平にしかなし得ないと、古来秀歌として採り挙げられ「小倉百人一首」にも容れられている。

『伊勢物語』の九段では、業平はさらに詳細にこの歌についての旅情を綴っている。同じ『伊勢物語』の九段の最後に、『古今集』のこの歌に続く歌として、『411　名にしおはばいざこととはむ　宮こどり　わが思ふ人は有りやなしやと』が歌われている。（ここでは取り上げず、次の巻で解説する）。

題しらず　　　　　　　　　　　　　　　　　　小野小町（おののこまち）[1]

552　思ひつつぬれば[2]や人（ひと）のみえつらん[3]　夢（ゆめ）[4]としりせばさめざらまし[5]を

語句の解説

①113の歌参照。　②ナ行下二段動詞「（寝）ぬ」の已然形『ぬれ』＋条件接続助詞（確定）「ば」＋疑問の係助詞「や」＋名詞「人」＋格助詞（主格）「の」＝《アノ人ノコトヲ思ッテ寝タカラソノ人ガ夢ニ出テキタノデアロウカ》。　③ヤ行下二段動詞「見ゆ」の連用形「見え」＋完了の助動詞「つ」の終止形＋推量の助動詞「らむ」の連体形「らん」（この場合は前に係助詞「や」の結び）＝《夢ニ見タノデアロウカ》。　④名詞「夢」＋断定の助動詞「たり」の連用形「と」＋ラ行四段動詞「知る」の連用形「しり」＋過去の助動詞「き」の未然形「せ」（古語）＋条件接続の助詞「ば（仮定）」＝《モシ夢ダト分ッテイタナラバ》。　⑤マ行下二段動詞「さむ」の未然形「さめ」＋打消の助動詞「ず」の未然形「ざら」＋推量の助動詞「まし」（反実仮想＝事実に反して仮に想像する）＋間投助詞「を」（詠嘆）＝《サメナケレバイイノニネエ》。

現代語訳

恋シク思ウ人ノ事ヲ思イナガラ寝タノデ、アノ人ガ夢ノ中ニ現レタノダロウカ。モシコレガ夢ダト分ッテイタナラバ、イツマデモ覚メナイデイテホシイモノナノニネエ。

補説と鑑賞

女性らしい夢の中での恋人との再会を大事にしたい、と言う希望がよく滲み出ていてほほえましい歌である。恋人の夢が覚めてしまった後の、寂しく苦しい思いが詠んだ歌によく出ている。この歌は三句切れの歌であるから倒置法である。したがって「見えつらん」は最終句になっているのでこの歌は、目が覚めた後の歌である。

題しらず　　みぶのたゞみね①

625 有明のつれなくみえし②別れより　あか月③(つき)ばかりうき物はなし

語句の解説

①壬生忠岑(みぶのただみね)は、安綱の子。忠見の父。右衛門府生、御厨子所預。摂津の国の役人などを経て権大目に叙せられ、古今集の撰者、三十六歌仙の一人。著書に『和歌体十種』、家集に「忠峯集」がある。　②形容詞「つれなし」の連用形「つれなく」＋ヤ行下二

段動詞「みゆ」の連用形「見え」＋過去の助動詞「き」の連体形「し」＝《アナタトオ別レシタガ、アノ時ノ月ノヨウニツレナク無情ニ見エタ》。③名詞「あか月」＋限定の副助詞「ばかり」《(アナタダケニ限ッテ)アノ有明ノ月ノヨウニ》。

現代語訳

知ラヌフリノスマシタ顔ヲシテイル有明ノ月ノヨウニ、ツレナクナッテ逢ッテモクレナクナッタアノ人ノ許ヲ去ッタアノ朝以来、夜明ガタホド辛ク悲シイ時ハナイ。

補説と鑑賞

この歌にも古今集に見る修辞法が遣われ、技巧的な歌である。「有明の月」は毎月の下旬頃になって、夜明け方に至ってもまだ大きな表情をしながら現れて、直ぐさま雲の流れなどに隠れて見えなくなってしまうような、連れないある種の女性にたとえた擬人法であろう。最終句の「うきもの」は、「有明の月」が大空の雲間に「浮き隠れ」している様子と、自分の気持ちが「憂き」状態を表した掛詞にしているのであろう。早朝の冷たく見える有明の月は、思い遣りの深い気心の持ち主であると知っていると思っている自分にも、逢おうとしないその相手の無情さがこの歌の中心になっている。家集の「忠峯集」には『ある女に』という詞書がある。それに続いて『心強き女に』とか『心ざし侍る女に』などという詞書の歌もあるので、忠峯の恋人を詠んだ歌であろう。この歌は、恋人の女性に逢った後の朝の歌と読み取る説と、恋人に逢えなかった翌朝の歌とみる説に分かれている。藤原定家は『顕中密勘』の中で、「これほどの歌一つ詠み出でたらん、この世の思ひ出に侍るべし」と言うだけに、この後の勅撰歌集などにも、この忠峯の歌を本歌とした歌が見られる。それほど当時の歌人に対して印象に残っている歌である。

題しらず　　　かはらの左大臣

724 みちのくのしのぶもじずり　たれゆゑにみだれんと思ふ我ならなくに

語句の解説

①川原左大臣は源融のことを。嵯峨天皇の皇子。弘仁十三年（822）に生まれ、仁明天皇の皇子とされ、さらに源姓を賜って家臣となる。貞観十四年（872）左大臣。河原院を東六条に営んだので、この名がある。「古今集・後撰集」に二首ずつ入集されている。寛平七年（895）没。七十四歳。②福島県信夫郡から出産した「しのぶ草」の色素を原料にした染料と言うが詳細は不明。③ラ行下二段動詞「みだる」の未然形「みだれ」＋推量の助動詞（意志）「ん」の終止形＋格助詞（提示）「と」＋

ハ行四段動詞「思ふ」の終止形＝《乱レテミヨウト思ウ》。④名詞「我」＋断定の助動詞「なり」の未然形「なら」＋上代語の打消助動詞「ず」の未然形（ナ系列）「な」＋形式名詞を作るク語法の「く」＋逆接の接続助詞「に」（下の句は、この第四句と第五句は倒置法になっている）＝《私ノセイデハナイハズダガ》。

現代語訳

陸奥ノシノブモジ摺リノミダレ模様ノヨウニ、私ノセイデハナイハズデアルノニ、ダレニヨッテデショウカ乱レヨウト思ッテイマス。

補説と鑑賞

この歌も上の二句までが、第四句の「みだれ」を言い出すための序詞を用いている。だから右の現代語訳では、序詞の部分に『陸奥ノシノブ……ノヨウニ』までが序詞の訳語の範囲である。繰り返して記述するが、『序詞は解釈できるものは解釈する。枕詞は解釈しない』と言う原則によっている。その後、明確に意思表示をして提示の格助詞「と」に加えて「思ふ」と断言している。修辞法を使いながらも男性的に強く言い切っていて勢いを感じさせられる歌である。これは蛇足になるが、『小倉百人一首』の⑭番には、第四句の「みだれんと思ふ」だけが、「乱れそめにし」＝複合動詞マ行下二段「乱れ—そむ」の連用形「乱れ—そめ」＋完了の助動詞「ぬ」

の連用形「に」＋過去の助動詞「き」の連体形「し」＝《乱レ始メヨウトシテイル》＝として採り挙げられている。

747 五条のさきの宮の西のたいにすみける人に、ほいにはあらでものいひわたりけるあるを、む月とをかあまりになん、ほかへかくれにける。あり所はききけれど、えものいはで又のとしの春、むめの花さかりに、月のおもしろかりける夜、こぞをこひて、かのにしのたいにいきて、月のかたぶくまで、あばらなるいたじきにふせりてよめる

在原なりひらの朝臣

月やあらぬ　春やむかしの春ならぬ　我身ひとつはもとの身にして

語句の解説

①（226頁294番の歌にて解説済・参照を）。　②「西の対」は、后と同等の人の居る

部屋を言う。ここでは二条天皇の太皇太后高子の居室。マ行四段動詞「すむ」の連用形「すみ」＋過去の助動詞「けり」の連体形「ける」＋名詞「人」＝《西ノ対ニ棲ンデイル高子ト言ウ女性ニツイテ》。③「ほい」は「本位＝ほんい」の「撥音＝ん」の省略である。上代では、このように撥音を使わないのが日常的であった。例えば助動詞の「む・らむ」なども平安時代に至って漢文訓読学習が一般化した頃からは、撥音も使うようになった。この場合には、最後の「で」が打消接続助詞であるから、《本意デハナクテ・本カラノ意思デハナクテ》。④「ものいひわたる」は「もの・言ふ・わたる」の三語の複合ラ行四段動詞である。その連用形「ものいひわたり」＋過去の助動詞「けり」の連体形「ける」＋逆態接続助詞「を」＝《ズウト言イ交ワシテキタガ・コレマデオ話ヲシテ来マシタガ》。⑤「むつき」は、陰暦一月（正月）、「とをかあまり」は「十日あまり」で《十日過ギ》のことで当時の慣用的表現。⑥名詞「ほか」＋方向の格助詞「へ」＋ラ行下二段動詞「かくる」の連用形「隠れ」＋完了の助動詞「ぬ」の連用形「に」＋過去の助動詞「けり」（過去回想）の連体形「ける」（上の係助詞「なむ」の結び）＝《ドコカ外ノホウヘ行ッタヨウダ》。⑦副詞「え」（後に打消語をともなう陳述の副詞）＋複合動詞ハ行四段動詞「もの言ふ」の未然形「ものいは」＋打消の接続助詞「で」＝《全クモノモ言ワナイデ》。⑧「むめのはな」＝「「梅の花」既に201頁の41番の歌にて解説ずみ」参照を。⑨去年《上代語では「昨夜＝きぞ＝kizo」をさして言う場合がある。これは子音共通現象による母音変化で、「こ＝ko ぞ」といった。

⑩だれも棲まなくなったので、板敷きのあばら家になってしまったのである。⑪（226頁）［294番の歌にて解説済み］参照を。⑫名詞「月」＋係助詞（疑問）「や」＋ラ変動詞「あり」の未然形「あら」＋打消の助動詞「ず」の連体形「ぬ」（前の係助詞「や」の結び）＝《コノ月ハ、去年ノ月デハナイノカ》。⑬名詞「春」＋係助詞「や」（疑問）＋名詞「昔」＋格助詞「の」＝《春モ昔ノ春デハナイノカ》。⑭名詞「春」＋断定の助動詞「なり」の未然形「なら」＋打消助動詞「ず」の連体形「ぬ」（前の疑問の係助詞の影響を受けている）＝《春ハ昔ノママノ春デハナイノカ》。⑮名詞「もと」＋格助詞「の」＋名詞「身」＋断定の助動詞「なり」の連用形「に」＋接続の助詞「して」＝《モトノママノ身デアルノダ》。

現代語訳

詞書　五条ノ后ノ宮ノ対ニ棲ンデイラッシャッタ方ト、密カニ交際ヲ続ケテイタ女性ガ、姿ヲ隠シテシマッタ。ソノ翌年ノ春ノ梅ノ花ガ盛リノ月ノ夜、去年ノ事ヲ恋イ慕ッテソノ館ヲ訪レ、荒レタ板敷キニ臥セッテ詠ンダ歌

在原業平朝臣

コノ月ハ去年ト同ジ月デハナイノカ。春ハ昔ノママノ春デハナイノカ、辺リハスベテ変ワッタヨウダガ、私ノ身一ツダケハモトノママナノダ。

補説と鑑賞

発句と二句・三句の「や」の係助詞に対する結びの「ぬ」で詠み始めた時の口調の感じよさ、この歌は発句切れ・三句切れの七五調で、上の句と下の句とが倒置法になっていて、古今調の典型的な型を示している。業平が読者に知らせたかったのは、自然は不変であるが、人事は常に変化すると言う世の通念を逆にとって、境遇の変化と心の苦悩の姿を詠んでいる。業平の心で感じた深い部分を、かなり率直に分りやすく、抒情詩として純粋な有り方で纏めている。『伊勢物語』の第四段に少し補足して分りやすく載せられている。

五節(ごせち)①のまひひめをみてよめる　　よしみねのむねさだ②

872 あまつかぜ③雲のかよひぢ吹き(ふ)④とぢよ　をとめのすがたしばしとどめん⑤

語句の解説

①大嘗祭(天皇が即位したその年の穀物を神々に供え、今後の豊穣を祈念する祭事)・新嘗祭(天皇が即位したその歳に取れた穀物を神々に供えたのち、天皇自らも食する儀式で、宮中において陰暦十一月の卯の日に行われる)の時に朝廷で催される少女を中心とした行事で、陰暦十一月中の丑・寅・卯・辰の四日間にわたり、『五節の参

り・五節の試み・五節の舞』などが行われる。その最終日の辰の日に催される『豊の明かりの節会』で演じられる少女の舞。　②良岑宗貞は、弘仁七年（８１６）に生まれ、桓武天皇の孫。大納言安世の子息。仁明天皇に仕えたが崩御に遭い出家して、僧正遍昭と言った。天台宗に帰し、僧正にいたる。その歌は軽妙洒脱である。六歌仙・三十六歌仙のひとり。寛平二年（８９０）入寂。七十五歳。　③「あまつかぜ」は、「天つ風」で、奈良時代の万葉集ではしばしば使われた「つ」は連体修飾の格助詞であった。《ノ》である。今日でも使われている「目ノ毛＝目つ毛」・「ニノ日＝二つ日」も同じ格助詞である。しかしここでは、「あまつかぜ」は複合名詞だが、枕詞であるから一語と見ても差し支えない。　④カ行四段動詞「吹く」の連用形「吹き」＋ダ行上二段動詞「とづ」の命令形「とぢよ」＝《吹イテ閉ジテシマエ》強く命令して三句切れの七五調で、典型的な古今調である。　⑤程度副詞「しばし」＋マ行下二段動詞「とどむ」の未然形「とどめ」＋推量の助動詞「む」の希望の用法終止形＝《モウシバラクノ間ココニ止メテオイテホシイ》。

現代語訳

大空ヲ吹ク風ヨ。雲ノ中ノ通リ道ヲ雲ヲ吹キ寄セテ閉ジテシマエ。美シイ舞姫ヲモウシバラクココニ止メテ置イテホシイカラ。

補説と鑑賞

語句の解説の中でも記述したように、この歌は古今調らしく三句切れの七五調で口調よく、天皇の御前で舞う「五節の舞姫」を天女にたとえ、その美しい姿を眺め惜しんでいる宗貞の軽妙洒脱な歌風がそのまま現された名作である。「五節」の起源は『源平盛衰記』にも出てくる話であるが、天武天皇の時代に唐の帝から崑崙山の五つの玉を贈られた。これは暗いところでも辺りを照らしたので、『豊明(とよのあかり)』と言った。天武天皇が吉野に行幸し、弾琴したときに五人の美女が庭に出て佳麗な舞を踊ったのを観て詠んだ歌である。

①ははのみこの、②文(ふみ)の返し　　業平朝臣

901　世中に③さらぬ別(わか)れの④なくもがな　⑤ちよもとなげく⑥人(ひと)のこのため

語句の解説

①作者在原業平の母のことである、桓武天皇の皇女で伊都内親王のこと。②「(母からの)手紙の返事」と言うことであるが、その手紙には文はなくて歌一首だけであった。その歌は、この業平の前の歌として古今集には、詞書とともに記載されている。③ラ行四段動詞「避る」の未然形「さら」＋打消の助動詞「ず」の連体形「ぬ」

＋ラ行下二段動詞「わかる」の連用形「別れ」（名詞法）＝この三語の複合名詞と見てもよい＝《ドウシテモ避ケラレナイ別レ＝死別》。④形容詞「なし」の連用形「なく」＋強意の係助詞「も」＋願望の終助詞「がな」＝《ナイト言ウコトガトテモイイコトダ＝有ッテ欲シクナイコトダ》。⑤名詞「千代」＋係助詞（添加）「も」＋提示格助詞「と」＋カ行四段動詞「嘆く」の連体形「なげく」＝《千年モモット長ク生キテイテ……ト嘆キ願ウ》。⑥複合名詞「人のこ」＋格助詞「の」＋名詞「ため」［「の」は「ため」の接頭語的用法で「―のため」で解釈するのが適当な用法］＝《子ノタメニ》。

現代語訳

コノ世ノ中ニ避ケルコトノ出来ナイ死別ト言ウモノガナケレバイイノニナア。親ガ千年モイツイツマデモ生キテイテ欲シイ、ト深ク嘆キ願ッテイル子ノタメニ。

補説と鑑賞

業平は宮仕えを理由に、しばらく母である桓武天皇の内親王である伊都内親王の許へ伺候せずにいたところ、母のほうから急な事だと言って、人に手紙を言伝て来たので、驚き慌てながら開いてみると、手紙文はなくただ歌が一首だけあった。「古今集」のこの歌の前の900番の歌には、詞書が母の歌の前に書かれている。業平としては大いに安心はしながらも、吾にかえってこの歌を詠んだのであろう。「人の子」

としては誰しもが願い怖れることであるが、いつの間にかその時期になりつつあると、あれこれと事ある毎に心を痛めている。その心持がとてもよく滲み出ている母の「子の歌」である。この歌も作者が『伊勢物語』の主人公であり、異腹の兄弟はいるが、伊豆内親王にとっては、業平は一人息子であるから母の内親王にとっては『いとかなしうし給ひけり』と言う気持ちが八十四段に詳細に記述されていて、母の歌の詞書を補助した文面にも読める。

題しらず　　　　　　　　　　よみ人しらず

994 風(かぜ)ふけばおきつしらなみたつた山(やま)　よはにや君がひとりこゆらん

語句の解説

①名詞「風」(主語)+カ行四段動詞「吹く」の已然形「ふけ」+条件接続助詞「ば」(既定条件)=《風ガ吹クト》。②名詞「沖」+上代語の連体修飾格の格助詞「つ」[前の(164頁872の歌の③)で解説済]+名詞「しらなみ」=《沖ノ白波》↓ここまでの二句が次の「たつ」の序詞になっている。③名詞「たつた山」=龍田山には神社があり風の神を祀っている(と言う解説は、「万葉集」のほか「古今集」では、226頁294の歌の中でも解説済。参照を)。④名詞「よは=夜半」↓[これも747番の歌の詞書の

③で解説済みだが、上代では撥音（ん）を書く文字がなく、発音していたかもしれないが書いたものにはぬけている事が多い。ことばのうちでも「懸念＝けんねん」・「懸想＝けんそう」・「勘解由＝かんげゆ」・「御旅＝おんたび」・「御節＝おんせち」・「冠者＝かんじゃ」など多い。平安時代になって、漢文訓読学習が一般家庭の子弟の日常教育が普及してからは、撥音語も正確に書くようになり、読みことばでも撥音をはっきりと読むようになった。」＋断定の助動詞「なり」の連用形「に」＋疑問の係助詞「や」＝《夜中ニ…デアロウカ》。⑤ヤ行下二段動詞「こゆ」の終止形＋現在推量の助動詞「らん」の連体形（四句の係助詞「や」の結び）＝《越エテイルノダロウカ》。

現代語訳

風ガ吹クト沖ノ白波ガ立ツト言ウヨウニ、ソノコトバノタツタ山ヲ、コノ夜中ニアナタハヒトリデ越エテイルノデショウカ。

補説と鑑賞

語句の解説でも説明したように、この歌の作者である女性は、二句の「しらなみ」までが「たつ」を言い出すために序詞として使っているが、この歌には後書が着いていて、男性であろう「君」には河内の方に「人をあひしりて」通うようになっていたが、今宵も大和から立田山を越えて河内の女性のもとへ出掛けたところなのであろう。龍田山の「風の神」の機嫌がよくないときには、このあたりは時折山風が荒れるところで、古来龍田神社は風の神が祀られている。生駒山や信貴山などの山波続きで、大和と難波の交通の要衝にもなっている。河内へ行く「君」を送り出す女性は、いつもとかわらず女性の身だしなみを整え、嫌な表情も見せず送り出してくれる。男の方は、自分以外に男がいるのではないかと思って、庭の植え込みに隠れて女性の様子を見ていたが、自分を送り出した後も夜が更けるまで琴を弾き、深く嘆きながら『あの人は今頃ただ一人で山道を越えているのでしょう』とこの歌を詠んで寝たのを見て、その後この男性は河内へは行かなくなった。と言う話はこれも『伊勢物語』の二十三段に、もう少し詳しく話は書かれている。

これまでに、奈良時代に編集された『万葉集』から五十首を撰集して読み、平安時代に編集された最初の勅撰和歌集『古今集』から三十首を撰集して読んできた。

第四節　『古今和歌集』のその後

平安前期に勅撰された『古今和歌集』の後にも続いて、『後撰和歌集』・『拾遺和歌集』と三代集を見る。その後、平安後期には『後拾遺和歌集』・『金葉和歌集』・『詞花和歌集』・『千載和歌集』の四代集の勅撰集が世に出され、近世の時代へと移り、『古今集』から八代目の勅撰集である『新古今和歌集』の撰集となる。

万葉集が、当時の倭民族が日ごろ謡い続けていた古謡をもとに、『和歌（やまとうた）』の多くを全二十巻の中に収録しているように、万葉集後から、古今集が勅撰された後も謡い続けられていた平安末期頃までの歌謡に心惹かれた後白河法皇が、一日中謡い続けるほどに当時世間に広まっていた今様（平安後期の新興歌謡で、七・五調の四句からなる特定の歌謡で、貴族の宴席などで歌われていた。「いろは歌」はこの形式をとる。今日でいえが流行歌のように一般的に謡われていた歌）の、歌詞の素晴らしいものを取り集めて、法王自身で集め編集した（『梁塵秘抄口伝集』による）『梁塵秘抄』は［《歌ウ声ハスバラシク、他ノダレモ及ブモノハイナカッタ。聴ク者ハソノ歌イブリヲ誉メ深ク感ジ入ッテ、涙ヲヌグワンバカリデアル。歌ウ声ノ響キニヨリ、古イ家ノ天井ノ梁ニ積モッタ塵ハ、飛ビ散ッテ三日モナクナッテイタト言ウ事カラ梁ノ塵ノ秘抄ト言ウベキデアル》＝「秘抄巻一」の末尾より、現代語訳は筆者］、五百五十首になり、歌詞は優れていて、法文・神歌・仏歌・四季・雑歌などに分けられているが、それらの内容から、文学史上のみならず、音楽・民俗学その他文化史上・思想史上絶大な貢献を成した（以上は『日本文学大辞典』より）。高校の教科書にもごくまれに扱われているが、ここに採り挙げるほどではないので、紹介だけに止める。

その後、近世中期に至って、国学者の間で『古事記』『万葉集』の研究に伴って歌作も進められていたが、その第一人者である賀茂真淵とその弟子たち数人も詠歌を続けていた（113から114頁に略記あり参照されたい）。そのうち、師匠の賀茂真淵と愛弟子の田安宗武や香取魚彦などは、真淵の直系の（県居派(あがたい)）に残り、万葉調の歌作を続けていたが、村田春海・加藤千蔭たちは、小沢蘆庵や桂園派の香川景樹らと共に、古今調の歌作に専念していた。現代に至っては、正岡子規の「根岸短歌会」から伊藤左千夫・斎藤茂吉の「アララギ」そして佐藤佐太郎の「歩道」という万葉調の流れは明確であるが、古今調では、桂園派の香川景樹の後を受けたのが落合直文・尾上柴舟に続いて、若山牧水・北原白秋・吉井勇たちの後の現在では宮柊二や木俣修たちのグループがあえて言えば「古今調」ではないかと、明確な資料を手元に持たないままに作品を読んでの感じである。

続いてこれまでと同じように高校の教科書教材に取り上げられている歌は、上記二歌集（万葉・古今）に次いで多くの歌が採択されているのは、「日本の古典三大歌集」の最後として『新古今和歌集』である。『新古今和歌集』の中から採択されている歌を各教科書から選び出し、解説を続けたい。

第四章　『新古今和歌集』

第一節　「新古今和歌集」の成立

「新古今集」が、『古今・後撰・拾遺・後拾遺・金葉・詞花・千載』の七勅撰和歌集の後を受け、八代集の最後として撰集される事となった。後鳥羽院の院宣により藤原俊成が撰進したのが文治三年（１１８７）であった。以来二十年近くが経過し、元久二年（１２０５）に、さらに後鳥羽院の院宣に基づいて改訂が五年ほど続けられ、承久四年（１２１０）に完成したのが『新古今和歌集』である。「古今集」にも、真名序と仮名序が初めに書かれているが、「新古今集」にも、藤原親経が真名序を、藤原良経が仮名序を書いている。全巻二十巻。歌数は流布本では千九百八十一首。部立ては、古今・千載に準じているが、歌の配列には芸術的配慮がなされている。

おもな歌人には、西行（九十四首）・慈円（九十一首）・良経（七十九首）・俊成（七十三首）・式子内親王（四十九首）・定家（四十七首）・家隆（四十三首）・寂蓮（三十九首）・後鳥羽院（三十五首）などである。

第二節　「新古今和歌集」の内容

一、「新古今和歌集」の形体

「新古今集」の形体は「古今集」とも変わってきている。（おもな例を次に列挙する）。

1　初句切・三句切が多い

初句切は、初句の内容を強調し、まず暗示を与える効果がある。体言止を伴う事が多い。

三句切は、上の句と下の句がそれぞれ文を構成する場合に生じ、一首の意味は明瞭性を欠き、情調を漂わせるには効果がある。

2　体言終止法が多い。

体言終止法は、省略法や倒置法によってできるもので、余韻余情を伴う。

3　省略法を用いる。

体言止はその一種であるが、その他簡単な助詞や、理解しやすい説明語が省略される。

4　倒置法を用いている。

万葉集や古今集の倒置法では、初句切のものはなく、三句切のものも少ない。多くは、二句・四句で切れて返ったが、新古今では、初句・二句・三句・四句のいずれからも返る。

5　本歌取の歌が多い。

万葉集では、枕詞・序詞が、古今集では、掛詞が最も多かったが、新古今集ではいわゆる本歌取と言われている引喩法が非常に多い。この方法は、古歌の一部あるいは内容全体を取り入れて、一首の内容を複雑にし、情調を豊かにしようと言う目的がある。

6　隠喩法を用いる。

比喩の中の隠喩は特に多い。巧妙に過ぎて意味の掴みにくいものがあり、かえって難解になっている。

二、「新古今和歌集」の歌風（前項と同じように特徴的な事を項目として列挙して解説したい）。

1　構成的である。

新古今集は、単に写生で捉えるのではなく、作者の観念・連想によって、美的官能の世界を作品に構成しようとする。

2　情調的である。

古今集以来「もののあはれ」の情趣は深まり、把握しがたい情調となって歌風の根底をなしている。その構成要素は、「幽玄」と「有心」の二理念である。「幽玄」は、俊成が文学上の理想としたもので、静寂を中心とする優艶な情調であり、「有心」は定家の和歌に対する理想で、妖艶であることが特性であると見られる。

3　絵画的である。
当時の大和絵の影響により、美しい絵画的な色彩美のゆたかな歌が多い。もちろんそれらは実景の写生によるものではなく、観念の上に美景を構成したものので、あくまでも情調的なものである。

4　物語的である。
源氏物語の影響により、新古今集にいたって初めて和歌に物語的な複雑な内容や、情趣を持つものが現れた。本歌取りの手法が物語の上に及ぼされたのである。

5　象徴的である。
複雑な気分・情調を表現するのに本歌取その他、縁語・掛詞などの修辞法を用いて、象徴的な手法をとった。

第三節　「新古今和歌集」の解説

①はるのはじめのうた　　②太上天皇（だじょうてんのう）

2　③ほのぼのと　春こそ空に④きにけらし　⑤あまのかぐ山（やま）霞たなびく

語句の解説

①元久二年(1205)三月日吉三十首御会。②後鳥羽上皇。治承四年(1180)誕生、延応元年(1239)二月二十二日没。六十歳。第八十二代の天皇。名は尊成、法号は良然。後鳥羽院。別名、隠岐の院。高倉天皇の第四皇子。母は、七条院藤原殖子。元暦元年(1184)即位。建久九年(1198)譲位。以後院政を執行。承久三年(1231)鎌倉幕府打倒に失敗、同年七月八日に出家、同十三日隠岐の島に遷御、十九年後に同島にて崩御。譲位後、歌道に専念し、西行や俊成の歌風を尊び、幽玄新風の歌を詠み、俊成・定家等を中心とした後鳥羽院歌壇とも言うべき会を成立させ、「正治百首歌」「千五百番歌合」の他各種歌会を主催したり、和歌どころの解説・勅撰集の企画を進めたりなど「新古今」歌風を盛り上げた。その院撰によって成立した「新古今集」には、一旦成立後も切り継ぎ作業を続け、隠岐ではこの集の歌を精選して、いわゆる「隠岐本新古今和歌集」を編集した。家集に『後鳥羽院御集』の他、歌論書『後鳥羽院御口伝』『世俗深浅秘抄』などがある。③情態副詞。《ホノカニ・ホンノリト》。第三句の「きにけらし」に係るだけでなく、この歌全体に響いている副詞である。当時『ほのぼのと』は、「光」の形容として用いられるのが一般的であった。④カ変動詞「来(く)」の連用形「き」+完了の助動詞「ぬ」の連用形「に」+過去の助動詞「けり」の語幹の用法「け」+推量の助動詞(視覚的用法)「らし」=《来タヨウニ見エル》。⑤「天の」は「香具山」の美称。香具山は、大和三山の一つ。この山は天から降ったと言う伝説があるので付けられているが、万葉集では(アメ)と読むが

新古今では（アマ）である。

現代語訳

春ガホノカニヤッテ来タラシイ。香具山ノ上ニ霞ガ棚引イテイルノヲ見ルトソウ感ジラレルコトダ。

補説と鑑賞

この歌は「本歌取り」の修辞法を採っている。その本歌は、「万葉集」の『ひさかたの天の香具山この夕べ霞たなびく春立つらしも』である。「本歌取り」とは、前項の「新古今集」の形体」の中で説明したように、和歌などにおける修辞法の一つで、有名な古歌や漢詩の一部を意識的に取り入れ、古歌の世界を基盤として、その上に新しい歌の世界を創造することによって、重層的で複雑微妙な効果をあげることができる。「古今集」の頃から行われていたが、藤原俊成・定家父子により、積極的に提唱され、「新古今和歌集」の頃に最も盛んに行われた。

この本歌は、「万葉集」巻十の春の冒頭歌であり、まだ冬が明けたことが察知されるかどうか、と言う時季の歌であることは、下の句の二句で、末句の「春立つらし―しも」根拠のある推量の助動詞「らし」の根拠になる語は、四句の「霞たなびく」である。つまり《春霞ガ初メテタナビイテイルノヲ見テヤット立春ニナルノダ》と、春を待ち焦がれている人たちの期待に応える春霞の風情により、当時の人々は察知していたのである。この歌は先にも記述したように、巻十の「春」の部立ての冒頭歌であるから、その歌を掲載している箇所から見ても、冬から春への以降の時期の歌であることは感じられるのであるが、それだけに有名な歌であって、後世の歌集で生み出された修辞法にまで成立した本歌取りと言う技法のひとつである。

　この二首を引き比べてみても、場所も季節も同じで「天の香具山」の「春」の情景で、歌に遣われている素材も、「天の香具山」「霞」「春」と同じであるが、異なっているのは、本歌では「夕べ」の情景であり、立春間じかか、その日の歌であるが、新古今の後鳥羽院の歌では、春は既に中旬の頃である事は、先の〈語句の解説〉の中でも記述したように（③で）、春の大空に春光がほのかに明るく輝いている時間帯が異なっている。この歌も新古今集中の「春上」の中ほどに位置する箇所に掲載されているが、詠まれた時は元久二年（１２０５）三月である。したがって本歌の早春の夕ぐれの情景よりも、春は暮れかけた明るい陽光の香具山の風情が歌われた叙景歌である。

①百首歌②たてまつりし時（とき）、春の歌　　③式子内親王（しょくしないしんのう）

3　④山（やま）ふかみ　⑤春（はる）ともしらぬ　⑥松（まつ）の戸（と）に　絶々かかる雪の玉水

語句の解説

①正治二年（１２００）八月に行われた「初度百首歌」の催し ②作者の式子内親王が、主催者の後鳥羽院に奉上した時の歌。 ③後白河天皇の皇女で、母は藤原季成の娘成子である。兄に以仁王、姉に殷富門院。建仁元年（１２００頃）五〇歳ほどにて死去。平安末期から鎌倉時代にかけての女流歌人。大炊御門斎院・高倉宮・萱斎院とも言い、法名は承如法。平治元年（１１５９）に賀茂斎院と成り、その後十一年も奉仕された。平治の乱後の騒然たる中で、一族の悲運を眺める他なく、俊成・定家の指導をうけ、ひたすら和歌の道に心を慰め、繊細で孤愁を秘めた清澄高雅な歌が多い。時代に処する苦悩は自から歌に現れている。 ④名詞「山」＋形容詞「深し」の語幹「ふか」＋形容詞の語幹について、原因・理由を現す接尾語の「み」＝《山ガ深イノデ・山ガ深イカラ》。 ⑤名詞「春」＋格助詞（提示）「と」＋係助詞（強調）「も」＋ラ行四段動詞「知る」の未然形「しら」＋打消の助動詞「ず」の連体形「ぬ」＝《春ニナッタト言ウコトモワカラナイ・春ガ来テイルノニソウダト気付カナイ》。 ⑥松の枝や板で作った粗末な戸。

現代語訳

山深イトコロナノデ、春ガキタコトモ気ヅカズニイルト、山家ノ粗末ナ松ノ戸ニ雪解ケ水ガ、ポツリポツリト落ル雫ニヨッテ、ハジメテ春ノキタコトガ分ルコトダヨ。

補説と鑑賞

この歌にもいくつかの修辞法が取り扱われている。まず誰しも感じるのは、「松」の濃い緑の葉の上に真白な「雪」のこんもりと積もった冬の絵画的な叙景から、「松と雪」は深い縁語関係の修辞法である。また句末の体言終止法による余情の効果は極めて効果的に、遅い春の到来の喜びがうかがい知られる。さらにその点を一層強調しているのは、三十一音節の歌のうちk音・t音など濁音の破裂音も加えると十音も使われていて読者の耳にも作者の余情効果は生きて伝わってくる。さらに加えて言うなれば、ある学者の主張によると、「源氏物語（若紫の巻）」に有る『奥山に松の戸ぼそをまれに開け　まだ見ぬ花の顔を見るかな』の一首を、この歌の作者は本歌としていると指摘しているが、もっともな事である。この部分も機会があればいつの日にか『王朝物語文学』の中で採り挙げたい箇所である。「松の戸ぼそ」は《粗末ナ松ノ扉ノコト》であり、「まだ見ぬ花の顔」は《美シイ光源氏ノ姿》の譬であり、早く会いたいと思う気持ちがよく現されている。作者式子内親王が、長い間奉仕していた賀茂神社などでは、春の遅い山里では雪解けの雫によってわずかに春の訪れを聞き取る極めて微妙な喜びが感じられる。下の句の「絶え絶えかかる雪の玉水」には女性らしい繊細な感覚が伺われることからも、「新古今集」中の傑作の一首と言われている。

①をのこども、②詩（し）を作りて③歌（うた）に合はせ侍りしに、④水郷春望（すいごうしゅんぼう）といふ事を

⑨藤原定家（ふじわらのさだいえ）

36　見渡せば　⑤山（やま）もと霞む⑥みなせ川（かわ）　⑦夕（ゆう）べは秋（あき）と⑧何思（なにおも）ひけん

語句の解説

①この場合は、殿上人たちを指して言っている。「ども」は、複数を表す接尾語。②古典において「詩」と言えば「漢詩」を意味している。③同様に、「歌」と言えば「和歌」を意味していた。サ行下二段の他動詞「合はす」の連用形「合はせ」＋ラ変動詞（丁寧）「侍り」の連用形「侍り」＋過去の助動詞「き」の連体形「し」＋格助詞（時格）の「に」＝《漢詩ヲ作ッテ、和歌ニ合ワセマシタ時ニ》。④『水辺の春の風景』と言う題意であるから、『水望』は海辺でも川辺でも春の風景ならばよいのであるが、ここでは作者が愛好した「水無瀬川」の風景を採り挙げて詠んだ。⑤山のふもとのことであるがこの場合の山は「天王山」と言う山の方であるといわれている。⑥今の、大阪の三島にある川で、古く「水無瀬の里」と言われ後鳥羽上皇の離宮があり、景勝の地で、歌会なども催された。現在はその跡地に水無瀬神宮があり、祭神

には、後鳥羽・土御門・順徳の三天皇となっている。⑦「枕草子」に、『秋は夕ぐれ』とあり、当時では、そのような感じ方にとらわれていた。⑧疑問の副詞「何」＋ハ行四段動詞「思ふ」の連用形「思ひ」＋推量の助動詞（過去）「けむ」の連体形「けん」（「係り結び」と同じように「何」を受けて連体止になっている。「何」を強意と見るのが、係助詞と同じ用法である）＝《ドウシテソウ思ッテイタノデアロウカ》。⑨生年は応保二年（１１６２）京極中納言と称され、（ていか）と呼ばれる事が多い。「千載和歌集」の撰者俊成の子。母は美福門院と言われた歌人。姉も歌人の建春門院。幼児のころから文字や和歌に親しみながら育ち、二十歳過ぎると旺盛な作歌活動を展開し、四十歳代には父の後を継いで歌壇の第一人者として活躍した。この頃に後鳥羽院に認められ、その後宮廷歌壇のメンバーの一員に加えられ、建仁元年（１２０１）和歌所の寄人（よりゅうど）となり、院宣により「新古今和歌集」の撰者にも加えられ、父俊成が撰進した。父の幽玄体を発展させ有心の歌境を目指して、心象を象徴的に表現した余情・妖艶の夢幻的な美の世界を詠み上げた。家集に「拾遺愚草」、歌論に「近代秀歌」「毎月抄」。定家の子孫は二条家・京極家・冷泉家に分かれ、代々歌の師範家として歌壇を継いだ。定家は和歌を詠む時に仮名遣いにも関心が強く、同音文字の遣い方を整理した「定家仮名遣い」もある。

自分ノイル離宮カラズウット見渡シテミルト、山ノフモトヲ流レテイル水無瀬川ノ夕ベノ眺メハ実ニ素晴ラシイ。イママデドウシテ夕ベノ景色ハ秋ガ一番ヨイト思ッテイタノデアロウカ（春ノコノ夕ベノ風景モトテモスバラシイデハナイカ）。

補説と鑑賞

この「詩歌合の会」が行われたのは、元久二年（１２０５）六月十五日で、夏日の催しに「水郷春望」と「山路秋行」の春・秋の二課題で詠まれた時の歌である。このような状況下で詠まれるのが新古今の歌なのである。つまり、全く時季外れの時に出された課題について、目の前の状況を詠んだものではなく、いつか経験した・いつか見たり聴いたり記憶に残っていたりしている事を思い出して、想念や観念で詠んでいるのが、このような新古今の作歌情態、詠み振りであることが特に明瞭である。後の巻の第四の「秋下」にも、藤原清輔の『薄霧のまがきの花の朝じめり秋は夕べと誰か言ひけむ』と言う歌が見られるが、この歌も『枕草子』の「秋は夕ぐれ」と言う意見にとらわれていたことから見直した実感を詠んだ歌で、秋の朝も夕べに比較して劣りはしないと詠んでいる。春の夕ぐれの霞に対して、秋の朝じめりの霧は、春と秋の時刻にたたずむ風情の趣のそれぞれは縁語的素材であり、また各季節にはなくてはならぬ自然の風情を作り出す重要な自然現象である。それぞれの歌にそれぞれ必要な素材が適切に使われているのである。ともに『枕草子』以来の観念への批判を歌いながら、同じ『夕ぐれ』ながら春と秋の季節の違いに伴う『夕暮れ』の素晴らしさを詠み、同じ秋の歌ではあるが、その時刻による風情の違いから感じられる『秋の朝の風情』の素晴らしさを捉えている。高台にある自らの離宮から水無瀬川の流れ全体を一望して、詠んだ後鳥羽院の歌は、おおらかで、広大な風景画である。対して清輔の作は繊細微妙で、これまた対照的で明らかな違いを感じさせている。

千五百番歌合（①せんごひゃくばんうたあわせ）に　　皇太后宮太夫俊成女（②こうたいごうぐうたゆうしゅんぜいおんな）

112　風かよふ　寝覚（③ねざ）めの袖（④そで）の花（⑤はな）の香（か）に　かをる枕の春（⑥はる）の夜（よ）の夢（ゆめ）

語句の解説

①後鳥羽院主催の、建仁元年（１２０１）から翌年に掛けて行われた大歌合の会。作者は、後鳥羽院を初め当時の代表歌人三十名。各参加者百首ずつ（春二十首・夏十五首・秋二十首・冬十五首・祝五首・恋十五首・雑十首）の作を提出し、三千首の歌を千五百番に組んだ。判者は、後鳥羽院のほか藤原定家・忠良・良経・源通親・慈円・釈阿など十人。②生没ともに明らかではないが、建長六年（１２５４）に

八十四歳ほどで没下らしいと推定されている。父は藤原盛頼、母は藤原俊成の女（むすめ）で、定家と同腹の八条院三条。俊成の孫であるがのち俊成の養子になった。建久の頃、「新古今集」の撰者のひとりとなった源道友の妻と成り、男女二児を生んだが、のち正治の頃には夫通具は疎遠になっていた。建仁頃から歌才が認められ、建仁元年（１２０１）からその翌年に掛けて催された千五百番歌合せには、宮内卿・二条院讃岐・小侍従らと共に作者に加えられ、建仁二年には後鳥羽院に出仕、以後、一流の女流歌人として重んじられ、式子内親王・宮内卿とともに「新古今」時代の三才女と称された。建保元年（１２１３）に出家。嵯峨に棲んだので嵯峨禅尼と呼ばれたが、晩年には御子左家の領所、播磨の越部の庄に住んだので、越部禅尼とも呼ばれた。歌風は、優艶華麗な趣の底に哀切な心情をひそめているところに特色がある。家集に、「俊成卿女集」のほか、老齢な禅尼が定家の嫡男為家に送り届けた「越部禅尼消息」と言うものも残されている。「新古今集」入集歌数は二十九首。③目覚めの。④名詞「袖」＋格助詞（主格）「の」＝《袖ガ》の解釈のほうがその後の歌に続く場合にはより自然な文になる。「の」を連体格の助詞と見ても間違ってはいないが、やや不自然な解釈になる。⑤万葉時代では春の花は、華麗に密集して一度に開花する視覚による絵画的な桜よりも、春風に漂ってどこからともなく薫ってくる嗅覚によって捉えた香りよさを重宝していたが、平安以降では「春の花」と言えば「櫻」と決まったことになっていた。それに加えて、この歌は、「新古今」の一連の桜の歌の中に容れられて並んでいることから見ても、新古今の撰者たちはこの歌の中の「花」は桜の花を詠んでいると見ていると考えられる。そう感じて読むと、桜の香りと色彩感が同時に捉えられて、より豊満な歌境にたたずむことができる。⑥誰しも春の夜はなかなか目覚めが出来ない。今まで見ていた夢の名残が漂っていてさめにくい。

現代語訳

春ノ朝ノ風ガ吹イテキテ、私ノ着物ノ袖ガ、風ニヨッテ運バレテキタ櫻ノ香リガシテイテ枕モ花ノ香リガシテイル、コノ枕デ今マデ見テイタ春ノ夜ノ美シイ夢ノ名残リヨ。

補説と鑑賞

先の〈語句の解説〉の項でも記述したが、新古今の時代では「花」と言えばわが国では「桜の花」に定着した最初であろう。以前万葉時代では、香りの強い梅の花が和歌によく採り挙げられていた。この時季では漢詩漢学の影響がほぼ上流階級にいき渡っていたことによると考えられる。万葉時代の上流社会では漢の借り物による文字文化によって、倭民族の情緒面まで漢民族の心情を「梅の花」によって模造していた。

やがて平安時代に至って漢字を行書体からさらに女性の手により一層崩した草書

体が考案され、初めて日本人の考案した文字＝「女手」＝平仮名が出来て、和歌を中心に流麗な仮名による書承伝承は一気に広がった。自然界では生育した山桜を基本として、吉野・平安・鎌倉・江戸などと並行して、これまでの歌枕と言われてきた、その近隣周辺には、日本民族の集合箇所の各地があり、山桜の群生地ができ始めていた。日本民族の春の花に対する嗅覚的鑑賞から、櫻の花への嗅覚＋視覚的鑑賞力が一層強化して、鎌倉時代から江戸時代に掛けて次第に日本全国、あちこちに「桜の名所」が成立し始めた。この年＝建仁元年からその翌年に掛けての嵯峨の禅尼の歌が、日本最初の花見の会で判者の目に留まり、日本最初の花見の歌であろうと想像される。

題不知　　持統天皇御歌(①じとうてんのうおうた)

175　春過ぎて夏(②なつ)きにけらし③しろたへの　衣(④ころも)ほすてふ天のかぐ山

語句の解説

①この56頁に既出（「万葉集」巻一の28番の歌（語句の解説）①を参照）。②名詞「夏」＋カ変動詞「来（く）」の連用形「き」＋完了の助動詞「ぬ」の連用形「に」＋過去

の助動詞「けり」の連体形「ける」の語幹の用法「け」＋推量の助動詞〈視覚的〉「らし」の連体形「らし」＝《夏ガ来テシマッタヨウニ見エル＝↓夏ガキタラシク見エル》。②「白妙の」は、前出の万葉集での用法、白布の意味であるが、布の枕詞になる。「白栲の」は、楮の木の皮の繊維から布を織る。④名詞「衣」＋サ行四段動詞「干す」の終止形＋格助詞〈提示〉「と」＋ハ行四段動詞「言ふ」のこの部分だけの母音調和により「てふ」となった＝《衣ヲ干スト言ウ》。＝「といふ（↓ t$\overline{oi}$hu ↓ t$\overline{e}$hu）↓てふ」初めの音標表記の二重母音が母音調和により、e音に変化。

現代語訳

春ガ過ギテ夏ガ来タト言ウコトダガ、夏ガ来ルト天ノ香具山デハ、夏衣ノ白布ヲ干スト言ウ言イ伝エガアルト伝エ聞イテイルガ、今頃ハ白イ夏衣ガ干シテアルコトデアロウ。

補説と鑑賞

この歌は、前記〈語句の解説〉①に記述したように、おなじ作者の歌として記載されている。かつて万葉集で詠んだ自分の歌を本歌として、「白妙の衣干したり＝真ッ白ナ衣ガ干シテアル」状況を目の当たりに実際見て詠んだ歌であるが、この新古今集の歌では、春も既に過ぎて夏が「きにけらし＝来テシマッタヨウニ見エル」ので、その情景から「天の香具山」の辺りに伝わっている「ころもほすてふ＝衣ヲ干ストイウ」言い伝えを思い出して、今頃は「天ノ香具山周辺デハ、真ッ白ナ衣ガ干シテアルコトダロウ」と、実景を見ないで想像をめぐらして詠んでいるのである。万葉集の実景を見て詠んだ写実の風景画と、新古今集のそのころから伝わる香具山周辺の慣例を、思い出して空想をめぐらした想像画を詠む楽しさを感じているのであろう。この新古今集の歌は、「小倉百人一首」にも入れられている。

①入道前関白（にゅうどうまえのかんぱく）、右大臣に②侍り（はべ）ける時（とき）、百首歌よませ侍りける山郭公

③皇太后宮大夫俊成（こうたいごうぐうだゆうとしなり）

201 ④昔思ふ（むかしおも）　⑤草の庵（くさのいおり）のよるの雨に　⑥なみだなそへそ　⑦山郭公（やまほととぎす）

語句の解説

①藤原金実のこと（1149～1207）で、忠通の第三子、九条家の祖。慈円の兄。良経の父。源頼朝と結び、勢力を拡大したが、頼朝の没後には勢いを失った。後鳥羽院の出現以前の歌壇の牽引者であった。　②ラ変動詞この場合は丁寧の補助動詞「侍り」の連用形「侍り」＋過去の助動詞「けり」の連体形「ける」＋名詞「時」＝《…デイラッシャッタ時》。　③藤原俊成。永久二年（1114）に生まれ、元久元年（1204）

十一月三十日没。九十一歳。名ははじめ顕広と言い、後改名。安元二年（１１７６）に重病のために出家し、法名を釈阿と言った。歌人としては、若い頃に藤原基俊に師事したが、「金葉集」の撰者の源俊頼を深く尊敬し、保守的歌人の基俊の歌風と、革新的歌人の俊頼の歌風を総合発展させ、「古今集」以来の伝統を重んじるとともに、「源氏物語」などの抒情趣味を新しく学び得て、典雅で幽寂哀婉な趣を持った象徴的歌境を創造し、それを『幽玄体』といった。人柄は円満であり、指導力豊かで多くの歌合での判者を務め、優れた歌人の育成もした。勅撰集『千載集』の選者をし、後には『新古今集』成立の直前まで生きていて、『新古今』の歌風形成の主導力となった。和歌所の寄人のひとりで、家集には「長秋詠藻」・「長愁草」があり、歌論書「古来風体抄」もある。新古今集には七十三首が入集されている。④人生において最も勢いのあった中央での政界でときめいていた頃を振り返って考える。⑤と⑥草葺の粗末な仮の家＝「いほり」は、隠者や僧侶がしばらく住む仮の家のことで、「枕草子＝七十四段」や「和漢朗詠集」にある『蘭省花時錦帳下　廬山夜雨草庵中』の白楽天の『白氏文集』巻十七の漢詩の一節を本歌として『夜の雨』にさらに『涙の雨』を付け沿えている。「なみだなそへそ」の『な…そ』は、禁止を表す上代語の終助詞であるが、『な』と『そ』の間に動詞型活用語の連用形が入るが、そのことばの感じがただ『な』だけで使われるようになったその後の禁止の用法と異なり、たいへん優しく思いやりのある禁止の気持ちを述べているのである（このシリーズ『日本語を科学する』の文法編下巻95〜96頁参照）。

⑦『山郭公』は、ほととぎすは昔を思い出させる鳥と思われていたことと、夏になってもしばらくは山の奥にいる。その時季のほととぎすを、あえて『山郭公』と言っている。

現代語訳

宮中ニ出テ華ヤカデアッタ昔ノ事ヲシミジミト思イ出シテ、コノ草庵デヒトリ雨ノ音ヲ聞キナガラ涙ヲ流シテイル私ニ、悲シゲナ声デ鳴イテ、コレ以上私ニ涙ヲ流サセナイデ欲シイナ。山ホトトギスヨ。

補説と鑑賞

この歌はその詞書にもあるように、藤原兼実が『百首歌』で、「郭公（ほととぎす）」の題を指定して詠んだ時の歌の一首である。右の〈語句の解説〉の⑤と⑥の中でも記述したように作者俊成は、この歌は古歌からではなくて、白楽天の漢詩の一節を引用したいわゆる、本歌取の歌の修辞法を執っている。特にその『夜の雨』に添え加えて『涙の雨』を、『山郭公』の悲しげな鳴き声に対して擬人法を使って、この時の自己の悲哀の感情を詠み挙げ、体言終止法で自己のその時の感情をさらに強調している。またこの歌が、しみじみとした悲哀感情を強めているのは、三十一音節中に使われているオ音とウ音の母音が、十八音も使われていることが、作者の『夜の雨』の非哀感を一層強調し、『涙の雨』としている基礎になっていることも感じるのである。

361　さびしさは②その色（いろ）としもなかりけり　③まき立（た）つ山（やま）の④秋（あき）の夕暮（ゆふぐれ）

①寂蓮法師（じゃくれんほふし）

語句の解説

①本名は、藤原定長。生年は不詳。没年も二説あり決定的ではないが、保延五年〈1137〉頃とも、康治二年〈1143〉頃とも言われているから六十歳か六十四歳位で没している。父は、藤原俊成の弟で、後に醍醐寺の阿闍梨となった俊海である。十二歳の時に伯父俊成の養子になったが、伯父俊成の子定家が十歳になった時に出家して寂蓮と言った。出家後は諸国に修行の旅に出て、中央に戻った後は、寺院の仕事や歌壇でも歌作に精進した。官位は、従五位上・中務少輔であった。歌では、後鳥羽院の歌壇において諸種の歌合の作者に加わり、目覚しい活躍をした。その後、和歌所の開設に伴って寄人（よりゅうど）となり、宮中の和歌所の職員として、勅撰集の編纂の際には全国から寄せられる歌の選定を行ったり、歌会や歌合の際には、その準備役を務めたり、多くの執務を成し遂げていた。中でも『新古今集』の撰者の一人に加えられたが、その完成を見ずに没してしまった。俊成の歌風を直接的に受け継ぎ、洗練された風調

を持ち、艶と静寂を合わせ供えた幽寂の歌境は、歌壇においては異色を以って示されていた。家集に『寂蓮法師集』がある。『新古今集』には三十九首が入集されており、その他の勅撰集にも七十三首の歌が取り入れられていると言われている。②名詞「そ」＋格助詞「の」＋名詞「色」＋格助詞〈提示〉「と」＋副助詞〈強意〉「し」・「も」〈二語とも同じ〉＋形容詞〈カリ活用〉「なし」の連用形「なかり」＋助動詞〈過去詠嘆〉「けり」の終止形［従ってこの歌は形式の上でも三句切れ七・五調の典型的な新古今調である」＝「色」は、ここでは常緑樹の真木の縁語法である。その色は色彩と言うだけでなく，木々の形や様子も含めて言っている。＝《ドノ木ノ様子ガドウダトカ、ドノ辺リノ木ノ様子ガドウナッテイルノカナドト、イチイチ限ッタ事ヲ言ウコトハ出来ナクテ、全体的ニ観テ感ジルノダナア。》③「真木」は普通の山に生えている杉・檜・松などの常緑樹の総称的な語である。＝《ソノ見タ感ジハ、紅葉ノ華ヤカサトハ違ウ、一面ニクスンデ墨絵ノヨウナ静寂ノ中ニ感ジラレル美シサノアル山》。④これまでに採り挙げてきた歌についても「秋は夕ぐれ」と言う観念は、既にこの新古今の時代からは遠い昔に言われた事と考えられているが、やはりその思いは変らず「秋の夕ぐれ」を詠んだ歌は多いが、特に、この寂蓮に続く次の西行法師の362と、その次の藤原定家の363の歌を、句末が『秋の夕ぐれ』と体言止めになっている三者の歌を、『三夕の和歌』と言って有名である。

現代語訳

寂シサハドノ木ドノ山ノ色ト言ウノデハナク、杉ヤ檜ガ茂ル山全体ノ秋ノ夕グレハ何ト言ウコトモ出来ナイ深イ寂シサヲ感ジルモノダ。

補説と鑑賞

「万葉集」の頃から、寂蓮法師が生きた時代までには既に四百五十年ほど経過している。王朝時代の華やかな時期も過ぎ、度重なる戦乱を重ね落ち着きかけた時期である。それら人間界の外で、自然界は宇宙のままに変化成長し、山は弱くもろいところは崩れ堅い部分のみ残り、海は潮に打ち砕かれてこれも形を変えている。その中にあって生物はそれぞれに成長しやすい部分に集散してまとまり、人も生き安い部所に集まって村ができた。そうした自然界の変容に伴って、特に王朝時代頃から山桜の密集地は花の名所となり、山の南斜面の日当たりのよい所には楓や櫨・漆などの落葉樹が群生した。海辺の白砂青松の地も、その遠望の美しさと、砂浜の生活が豊かな条件から活気のある場所になって、日本全体には名所と指定されているところがほぼ「古今」から「新古今」の時代に掛けて出来たのではないだろうか。そのころの寂蓮の見た秋の夕暮れ時の情感である。季節の美しさを彩る春の櫻や秋の紅葉も何もなく、ただ有るのは昔ながらの大木に育って正に林立する杉・檜・松など常緑樹ばかりで深緑のくすんだ色合いばかりの中に、遠くに見えるのは海辺の漁師の苫葺小屋だけである。朝の早い漁師には夕暮れはない。海辺にも人影はひとりも見えない。なんとも寂寥とした墨絵的な情趣に、出家の身になった寂蓮の「秋の夕ぐれ」を捉えた歌である。形体も三句切れ七・五調で体言終止法を使用して余情を残している。

362 心[②こころ]なき身[み]にもあはれ[③]はしられけり[④]鴫立[⑤しぎた]つ沢[さは]の秋の夕暮

西行法師[①さいぎやうほふし]

語句の解説

①生年は、鳥羽天皇の元永元年（１１１８）、没年は、後鳥羽天皇の文治六年（１１９６）。俗名は佐藤義清、出家して円位と言い、西行と号し、また大宝房とも称した。父は衛門太夫康清、母は監物源清経の娘。若年の頃には権大納言徳大寺実能の随身となり、その後、鳥羽院の北面武士（院の御所の警護に当る武士）に任じられ、従五位左兵衛の尉であったが、崇徳天皇保延六年（１１４０）十月十五日官職をなげうち、妻子を捨て、二十三歳で出家した。佐藤家の家系は藤原北家の房前の第五子の末で、西行は、平将門の乱を平定した功績により、鎮守府将軍となった関東の豪族俵藤太秀郷の九代目の子孫であるが、その同族は秀郷の流れである。平泉の豪族として

『藤三代』の栄華とうたわれた清衡・基衡・秀衡を初め、関東・奥羽の各地土着の武士たちがおり、武力・財力を兼ね備えた名門としての背景を持っていた。西行もまた、体力・武力に優れていただけではなく、上流階級の間で行われていた蹴鞠（けまり）の達人でもあった。出家後も経済的に恵まれていたようであるが、世俗的に身の立て方には無欲であると言うこの西行が出家したことは、自己の信念であろうが、当時の世間の風潮は、厭世観や慣習と言う説・恋愛問題と言う説などが噂となっていた。西行の出家した頃は、多感であり同時に世俗の人間の姿を深く見通すことの出来た人であったことは、その後の作品に明らかに現れている。出家後は自由人として旅を好み、その足跡は奥州から四国・九州にまで及び、その間に多くの歌を詠み、文治五年（１１８９）河内の国の弘川寺にあって病み、翌年二月十六日に『ねがはくは花のもとにて春死なむそのきさらぎの望月のころ』と言う自作のとおり七十三歳で他界した。家集には、『山家集』・『聞書集』・『聞書残集』・『西行法師家集』の他、晩年の歌合である『御裳濯川歌合』・『宮河歌合』も残されており、また西行が歌人としてこの世界を生きた事を知るには『贈定家卿文』や弟子の蓮阿が書いた『西公談抄』などがいい資料となる。歌人としては、歌壇の外にあり自由に詠んでいたが、藤原俊成と親しくして「古今集」の伝統の上に立ち、俊成の幽玄の歌風に近く、しかも真実の情感を深くふまえた珠玉の抒情詩を創り出している。そして『千載集』成立後間もなく他界しているにもかかわらず、『新古今集』では最も重んじられて、九十四首と言う最多の入集を受けている。

後世の人々には優れた歌人として仰がれている。②出家した者には、悲喜愛情など人情の世界を断ち切った身であるはずであるから、物の情趣に動かされることはないと言う道理に立って言っている。③名詞「あはれ」＝《シミジミト身ニシミル情趣＝王朝風の『もののあはれ』に中世風の『さび』が重なったような情趣》④ラ行四段動詞「知る」の未然形「しら」＋自発の助動詞「る」の連用形「れ」＋過去の助動詞（詠嘆）「けり」の終止形＝この歌も第三句で切れている七・五調の倒置法である。＝自然ト感ジラレルモノダナア》。⑤「鴫」は水辺に棲む中型の水鳥で、秋に北方から来て、春になると北の方へ帰ってゆく渡り鳥。「沢」は谷川の流れについても言うが、この場合は低湿地帯の沼と見られる。

現代語訳

モノノ情趣ヲ理解スルコトヲ棄テ出家シタ自分ニモ、コノシミジミトシタ趣ハ自然ニ感ジラレルモノダナア。コノ鴫ガ水辺ヲ飛ビ立ツ秋ノタグレノ情景ヲ見テイルト。

補説と鑑賞

一般凡俗に生きる現世の人心を棄てて出家したこの自分にも、まだ秋の夕ぐれに、ただ一羽の鴫か水辺を静かに飛び立つ風景を見たその瞬間に、やはり素晴らしいものは素晴らしいと、誰しもが心を動かすものであると正直に自己の立場を顧みて、告白した歌であると見て称賛したい。秋の夕ぐれのすばらしさは、あちらこちらにいろいろあるが、やや遠景の水辺から静かに音もなく飛び立った瞬間の情景を捉えて感じた情趣である。眼前に広がる広々とした秋の夕暮れの森閑とした水辺に、ただ一羽の真っ白な鴫に焦点を凝集しているのも、秋の夕ぐれの寂寥感が強調されているのである。これがまた『新古今調』の特色である体言止による手法で、二重に強調法が使われた技巧による詠いぶりである。

西行法師(さいぎやうほふし)①、すすめて、百首歌(ひやくしゆうた)②よませ④侍り(はべ)けるに　藤原定家(ひじわらのていか)④

363　み渡せば　花ももみじもなかりけり⑤　浦(うら)⑥の苫屋(とまや)の秋の夕ぐれ

語句の解説

①前の362番にて詳細に記述済。②あらかじめ、この時は春・夏・秋・冬二十首と恋・雑十首ずつの題を定めて、いつまでに詠むのか時期を限って百首の歌を詠む事で、歌道修練の為に詠んだ。しかし一般的には百首をひとりで読む場合と、数人で詠み合計して百首とする場合などがある。平安時代中期に曽禰好忠や源重之によって個人詠の百首が始まりとされ、鎌倉時代頃まで行われた。③マ行四段活用動詞「よむ」の未

然形「よま」＋尊敬の助動詞「す」の連用形「せ」＋ラ変動詞（丁寧）の「侍り」の連用形「侍り」＋過去の助動詞「けり」の連体形「ける」＋格助詞（時格）「に」＝《詠マセラレマシタ時ニ》。

④作者藤原定家の生誕は、応保二年（１１６２）、没年月は、仁治二年（１２４１）八月二十日八十歳。名は初め光季、また季光と改め後定家と決めた。正二位権中納言まで登り天福二年（１２３３）七十二歳の時に出家。法号は明静と言った。藤原俊成の二男、母は、藤原親忠の娘で、美福門院に仕えた女房で加賀といった。歌については，早くから父俊成に学んだが、父の歌人としての生き方を受け継いで、歌道に専念し、正治二年（１２００）三十九歳の時、後鳥羽院主催の百首歌の作者として出詠を許されるに及んで，後鳥羽院からも重んじられるようになり、和歌所の開設に当っては寄人として列席し、「新古今集」の撰者の中にも加えられ、選者の中心になった。後には後堀河天皇の勅による『新勅撰集』の撰者ともなった。また新古今時代からは、歌合の判者としても大いに活躍し、歌壇の先導者として歌人に多くの影響を与えた。没後も中世を通じて、尊敬の的となった。定家はその歌論において父俊成の「幽玄論」を発展させ、「有心論」を説いた。彼の歌風の特色は、平家物語の抒情を汲み入れて観念化された美的情趣を、構成的手法を用いて幻想的な妖艶美の世界として歌い上げているところにある。その論理の趣は「新古今」の中においても彼がこの時期に最も論理構成を考察し、作歌によって深めていた時代であるから、その頂点はこの「新古今集」に見られる。定家の家集には、「拾遺愚草」、歌論

には「詠歌大概」・「近代秀歌」・「毎日抄」があり、『小倉百人一首』は定家の撰と言われている。「新古今集」の入集は四十六首である。⑤形容詞「なし」の連用形「なかり」＋過去の助動詞詠嘆の「けり」の終止形＝《何モナイノダナ》。⑥「浦」は海辺、「苫屋」は、菅や葦を編んで菰にしたものを屋根に葺いた漁師の小屋。

現代語訳

見渡シテミルト春ノ櫻モ、秋ノ紅葉モ何モナイノダナ。タダ向ウノ方ノ海辺近クニ苫屋ガ見エルダケノ秋ノタグレの景色ダガ、スバラシ風情ダナ。

補説と鑑賞

最初の寂蓮法師の歌でも解説したように（277頁）、ここまでの三首は「三夕の歌」としてまとめて読まれてきているが，言うまでもなくともに末句が「秋の夕ぐれ」と体言止めの余情法である。また三首とも三句で、過去の助動詞「けり」の詠嘆終止法を執った三句切れの七・五調である。その中で三者三様の「秋の夕べ」の情趣を捉えて特色を詠み挙げている。定家のこの歌は二十五歳と言う若い頃の作であると言うことであるから、後年に見られるほどの豊かさはまだ感じられないが、既に新古今時代の歌壇を代表する家風を現している。そのあたりを細かく読み返して観ると、海辺に点在する苫屋の辺りを秋の夕ぐれの色が漂っている情景は、なんともわびしくもの寂しい。作者が感じているそのような主観的な描写を、視覚によって写した苫屋を中心とする具体的な場所・季節・時刻の描写によって客観化し、余情表現の方法をとっている。下の句の歌風を強めているのは、上の句の対照的な、華やかな花も紅葉の何もないと言う詠嘆的表現である。定家のこの作には構成的技巧が、すでにこの頃から確実に構築されている事が感じられる歌である。

擣衣(たうい)[①]のこころを　　藤原雅経(ふじわらのまさつね)[②]

483　み吉野[③]の山の秋風さ夜深けて[④]　古郷(ふるさと)[⑤]さむく衣(ころも)[⑥]うつなり

語句の解説

①衣に、光沢を出すために、砧(きぬた)で打つ時の趣。「よめる」が省略されている。②作者雅経の生誕は、嘉応二年（1170）、没年は承久三年（1231）三月十一日、五十二歳。頼経の五男で、右兵衛督・参議・従三位に至り、承久の変の直前に没した。飛鳥井家の祖で、蹴鞠の道に秀で『蹴鞠略記』の著書がある。和歌については藤原俊成に学び、次第に上達して、和歌所の寄人のひとりとなり『新古今集』の撰者にも加えられた。雅経以降飛鳥井家は、蹴鞠だけでなく、和歌の家としても重んじられ、子

孫の中からも歌人が出ている。家風は、俊成・定家等の影響を受け、新鮮な着想で、洗練されて適度な軽快さを含み持った歌調によって、艶麗さとしみじみとした哀感とを備え持った抒情の世界を生み出している。『新古今集』に二十二首が入れられ、家集には『飛鳥井集』がある。③「み」は「吉野」の美称の接頭語。「吉野の山」は、桜・雪・霞の和歌で知られる。「吉野川」を含めて吉野を中心としてその地方一帯は、古来信仰の地として名高く、宮滝には歴代天皇の離宮があり景勝の土地でもある。室町時代以降には、桜の名勝地となった。④「さ」は語調をあわせるほどの意味しかない。《夜ノ深ケタ感ジニナッテ》。⑤「古郷」には、ア、古跡・旧跡、イ、古びて荒れた土地、ウ、生まれ故郷、エ、かつて住んだり訪ねたりしたことのある土地。ここでは、ア。「さむく」は、「古郷が寒い」と「寒いが衣をうつ」の二重の用法である。⑥「なり」は伝聞・推定の助動詞「なり」の終止形。＝《寒々トシタ響キデ、衣ヲ打ツ音ガ聞コエテクルヨ》。

現代語訳

吉野ノ山ノ秋風ハ、夜モフケテ寒々ト吹キ、コノ古イ吉野ノ離宮デハ、砧ヲウッテイル音ガ、寒々トシタ感ジデ聞コエテクルヨ。

補説と鑑賞

この歌は、建仁二年（１２０２）八月二十五日の『擣衣』の題詠の時に詠まれた歌である。衣をうつ音については、白楽天ら中国の詩人たちも漢詩に訓でいる。秋の夜更けにその音が聞こえてくると、一層寒さが加わって身にしみる感じを，歴史的に回顧の情を思い起こしながら聞いている時に詠んだ歌であろう。この歌のもうひとつの修辞法は、本歌取りの歌である。その本歌になっているのは、「古今集」の『み吉野の山の白雪積もるらし古郷寒くなりまさるなり』（巻六、冬。坂上是則作）である。この本歌の冬の季節を秋に替え、これからはますます寒さも加わり、白雪に覆われる冬に向かう頃の、旧跡吉野の離宮の夜更けに、擣衣の音を聞く悲愁、寂寥の感じを効果的に歌い上げている。口ずさむ時の流れるようなリズムが深い余情を感じさせている。「小倉百人一首」の中に入れられている名歌である。

①五十首(しゅ)歌たてまつりし時　　②寂蓮法師(じゃくれんほうし)

491　③村雨(むらさめ)の露も④まだひぬ槙の葉に⑤霧(きり)立ちのぼる秋の夕ぐれ

語句の解説

①「五十首歌」とは、建仁元年（１２０１）二月に後鳥羽院主催の五十首歌の催し。

春・夏・秋・冬・雑各十首ずつ。作者は老若十人。二百五十番の歌合に組まれ、その判は二月十六日と十八日の二日間でなされた。「老若五十番歌合」の名で残っている。ラ行四段動詞「たてまつる」の連用形「たてまつり」＋過去の助動詞「き」の連体形「し」＋名詞「時」＝《五十首歌ヲ後鳥羽院ニサシ上ゲタ時》。②寂蓮法師については、(361)番の歌の解説①（188頁）に記述。③秋から冬に掛けて、断続的に降ったりやんだりするにわか雨で、夏の夕立のような激しさはなく風に吹かれて降る細かい雨。④情態副詞「まだ」＋ハ行上一段動詞「干る」の未然形「ひ」＋打消の助動詞（ナ系列）「ず」の連体形「ぬ」＝《マダ乾イテイナイ》。「まだ」は、肯定表現にも否定表現にも用いられ、ある状態が依然として続いている様子を表す言葉。⑤春「霞」、秋「霧」と言って野山にかかる靄（ガス）を季節によって明確に言い分けている。「たち上る」は複合動詞（ラ行四段の自動詞）。

現代語訳

ヒトシキリ降ッタニワカ雨ノ露ガマダ乾カナイデ残ッテイル杉ヤ檜ノ葉ノ辺リニ、霧ガ白ク立チ上ッテイル秋ノタグレノスバラシイ情景ヨ。

補説と鑑賞

この時の歌合は、寂蓮の最晩年の頃の歌であり、これまでの寂蓮の歌からみると叙景に徹して詠んでいるように見えるが、秋の夕ぐれの幽寂な深山の暮れゆく動的な捉え方の中に、その奥にはやはり彼らしい自然との融合の心境が感じ取られるのである。自然観照に徹しているごとく枯淡の情景を詠んでいるのではなく、自己の抒情を「霧立ち上る秋の夕ぶれ」に、槙の葉から霧が立ち上る幽玄の境地を自らの心境の動きとして観ているのである。かつて寂蓮の詠み歌から感じさせられた嫋々たる優美な詩情と、そのリズムが叙景のかすかな動きや時間の推移などにより、確かな慕情として受け取りながら読んだことが忘れえない寂蓮の歌境であったことを思い出させてくれる歌である。

①中納言家持（ちゅうなごんやかもち）

620 ②かささぎの渡せるはしに置く霜の　③しろきをみれば④夜（よふ）ぞ深けにける

語句の解説

①大伴家持については前（160・161と163頁）に詳述済。②名詞「かささぎ」＝鳥よりやや小さく、羽は黒いが肩と腹が白い鳥」＋格助詞（主格）「の」＋サ行四段動詞「渡す」の已然形「渡せ」＋完了の助動詞「り」の連体形「る」＋名詞「橋」＝古来からの七夕説話で、陰暦七月七日の夜、カササギが羽を並べて天の川に橋を渡し、彦星を渡ら

せると言う「鵲の橋」伝説。③形容詞「しろし」の連体形「白き」（体言の省略法）＋格助詞（目的）「を」＋マ行上一段動詞「みる」の已然形「みれ」＋条件接続助詞（一般条件法）「ば」＝《真ッ白ニナッテイルノヲ見ルト》。④名詞「夜」＋係助詞《強意》「ぞ」＋カ行下二段動詞「深く」の連用形「深け」＋完了の助動詞「ぬ」の連用形「に」＋過去の助動詞「けり」の連体形（詠嘆の用法）「ける」（上の「ぞ」の結び）＝《夜モスッカリ深ケタコトダナ》。

現代語訳

冬ノ夜、天ノ川ニ鵲ガカケタ橋ガ真ッ白ニナッテイルノヲ見ルト、夜モスッカリ深ケタコトダナア。

補説と鑑賞

この歌は語句の解説でも陳べたように、七夕の「鵲の橋」伝説を本として詠んでいる机上の作歌である。家持の作歌態度には多くこうした空想的作歌や萬葉集の後半、特に巻十五などにはその前半と後半を大別し、前半に新羅への使人の歌を百四十五首載せている。その最初の十首あまりは、目的の新羅の期待や憧れでなく、妻との分れの悲哀と都へ早く帰って、妻に会いたいと願うその一点に纏められている。また目的地であった新羅を望んで詠んだ歌が一首もないと言うことや、天平八年（736）四月に拝命してから翌年一月に帰朝するまで、新羅に滞在した折々の歌がこれまた一首もないと言う編集の仕方、あるいは家集としてまとめた物でも、ただ一首の歌として選び出した歌についても、不自然な箇所があると言う万葉の当時から、こうした総体的に観ると創造歌や空想歌が多く、いろいろな学者諸氏からの指摘が多いが、この七夕伝説を冬の夜空に冴える天の川を詠んでいるとする説や、禁中の階段を「鵲橋」と呼ぶところから、冬に宮中で宿直している時に詠んだ歌と見る説がある。

題しらず　　　　西行法師（①さいぎやうほふし）

627 ②さびしさに③たへたる人（ひと）の④又（また）もあれな⑤庵（いほり）ならべん⑥冬（ふゆ）の山（やま）ざと

語句の解説

①186頁〈語句の解説〉の、①に詳述、参照されたし。②心に堪えるほどの深い寂寥感＝③ハ行下二段動詞「たふ」の連用形「たへ」＋完了の助動詞〈存続の用法〉「たり」の連体形「たる」＋名詞「人」＝《ジット我慢シテイル人》④情態副詞（複数の暗示・列挙）「また」＋係助詞（例示）「も」＋ラ変動詞「あり」の命令形「あれ」＋感動の

終助詞（命令形に続く時＝願望の用法）「な」＝《他ニモアッタライイガナア》。⑤「庵」は、葦や萱あるいは笹を編んで重ね、屋根を葺いて造った小さな仮小屋で、中世の出家者にはこのような草庵で修行を重ねた人が多い。＝バ行下二段動詞「並ぶ」の未然形「並べ」＋推量の助動詞「む」の（意思・勧誘の用法）連体形「む」＝《仮小屋ヲ一緒ニ並べ（テ修行ヲシ）ヨウジャナイカ》。⑥第五句の「冬のやま里」は作者西行が呼びかけている人たちに示している。全く侘しく寂しい人影の見えない山里と言う場所を細く指定していて、第四句とは倒置法である。

現代語訳

私ト同ジヨウニ、淋シサニジット耐エテイル人ガ、他ニモモシイタナラバ、ソノ人ト仮小屋ヲ並ベテ一緒ニ住モウジャナイデスカ。コノ侘シクテ淋シイ冬ノ山里デ。

補説と鑑賞

前の解説の最後に記述したように、体言終止法の余情法であるが、四句・五句は下の句としてまとまっていて、寧ろはっきりと第三句の上の句で切れていて、七・五調の典型的な新古今調を周到している。出家した自らの立場においては、この厳しい孤独の生活を継続しながら、自分と同じように淋しさに耐えている人がもしいれば、そのような人とは心の通う友として、この山里で一緒に修行をしようと誘い掛けている自己の一面を弱さと見るか、修行における矛盾と感じるかを問わず、山里の冬の環境の厳しさに直面している自分に、正直に心のままを表白し、微妙な真実を一首の歌に詠み上げている。家集「山家集」にある歌である。

百首歌　忍恋　　　　式子内親王

1034 玉のをよ　絶えなばたえね　ながらへば　忍ぶる事のよはりもぞする

語句の解説

①作者の式子内親王については、180頁の3番の歌にて記述済。②「玉=たま」は、古来ものの精霊の事を言い、「人のたま」は、「人間の魂」をいい、「魂」は人の体からはなれて自由に行動することができ、肉体が滅びたのちも存在して、その人を守ると言う観念的な考え方で、「玉の緒」は，その玉を繋ぐ紐であり、首飾りである。人の場合「玉」は「魂」のことで、その魂を繋ぐ「緒」は人の肉体と見て、肉体が玉を、つまり魂を繋いでいる緒と見なし、緒である肉体がその人を守っている事から、「玉・玉の緒」も「人の命」の事をいっている。③ヤ行下二段動詞「絶ゆ」の連用形「絶え」＋完了の助動詞「ぬ」の未然形「な」＋条件接続助詞「ば」（上の語が未然形か

ら続く場合は仮定条件法）＋ヤ行下二段動詞「たゆ」の連用形「たえ」＋完了の助動詞「ぬ」の命令形「ね」＝《モシ絶エテシマオウト言ウノナラバ絶エテシマエ》 ④ハ行下二段動詞「ながらふ」の未然形「ながらへ」＋条件接続助詞「ば」（前行の「たえ＋な」と同形）＝《モシ生キナガラエテイルナラバ・モシ生キナガラエテイルトスルト》。⑤《ジイット絶エテイルコト・誰ニモ話サズニ自分ダケノ秘メ事ニシテオクコト》、＋格助詞（主格）「の」＝《我慢シテジイット絶エテキタコトガ・誰ニモウチ明ケナイデ自分ダケノ内緒ニシテキタ事ガ》。 ⑥ラ行四段動詞「よはる」の連用形「よはり」＋係助詞（暗示）「も」＋係助詞（強意の係り「も＋ぞ」の形は不安・危惧の用法）「ぞ」＝《（これまで我慢して隠してきたのにその力が）弱マッテモイケナイカラ・（今まで自分だけの隠し事としてきたのに打ち明けてしまうと）自分ノ気持チモ弱マッテスベテヲウチ明ケテハナサネバナラナクナリ、自分ノ気持チガ弱リモシテ心配ナコトダロウト》。

現代語訳

私ノ命ヨ。モシ絶エルノナラバ絶エテシマエ。モシ生キナガラエテイルト、秘メ続ケテキタカガ弱マリ、隠シテキタ恋ガ知レテシマウトイケナイカラ。

補説と鑑賞

百首歌の中の『忍恋』と言う標題の付いた歌であることが記されているが、この歌の中に見られる修辞法も、その点ではさすがに女性らしく細かくて多い。発句の『玉の緒よ』の『緒』の縁語は、「たえ」「ながらへ」「よはり」で「たへ」は二語遣われている。縁語はいうまでもなく意味上、あるいは発音上において、その歌の主体語となることばと関係が深いと感じられる語を意識的に使って、面白さをかもし出す修辞法である。発音上と言うのは、掛詞で別の意味を言っているのではあっても縁語として見つけるのもまた修辞と認められる面白さである。逆に、叙景・抒情の歌いずれにおいても、例えば海辺の叙景歌を歌に詠んだ時に、浪・船・魚・島などは意味上で関係する使い方ならば縁語と見なされる事もあるが，歌意に関係なく使っているのでは、海に関する単なる素材用語であって、縁語とはみなされない。ここに万葉時代の奈良時代から平安時代を過ぎ、室町時代を経て新古今の時期に至るまでの、倭民族の知的発展性がこの新古今集に至って初めて見られるようになり、多くの複雑な修辞法にまで進歩してきたのである。さらに加えて言うなれば、万葉時代から新古今の時代までには、民族の識字能力も格段に発展して来ている。この歌の上の句の強い歌い出しのバックには、おのずとその語感の響きを歌意に相応しい用語で歌い表している。当然現代の言語学用語など関係なく、日日詠み続け歌い続けている経験の中で、自ずと身につけてきた情況表現に相応しいことばの音感を把握して来ていたのである。上の句には破裂音が続いている事と対比して観ると、下の句にはまたその内容に相応しい柔軟な語感であるナ行を初めとする鼻音が続いて使われている。決して筆者のこじつけではなく、この歌を読む人それぞれが率直に感じるところであろうと、短詩形文学は決して第二芸術ではなく、こうして音韻面から分析し『科学する』と普遍性があり、一般的に十分に芸術たり得ると思って、言葉不足ながら記述した。ご批判はこれまた率直に受けたい。

この歌も言うまでもなく「小倉百人一首」に容れられている秀歌の一首である。

1049
伊勢（①いせ）

なには②がた短き③（みじか）あしのふし④のまも　あはで⑤この⑥よをすぐしてよとや⑦

語句の解説

①生年未詳〜天慶二年（９３９）頃。伊勢守、藤原継蔭（つぐかげ）の娘。藤原北家の系統をひいた左大臣冬嗣の兄真夏を祖としている。祖父の家宗は参議左大弁で日野法界寺を開き、父継蔭は文章生から、参河の守、大和の守となる。その父の従弟には歌人有隣が、伯父の広蔭や従弟の繁時は大学頭を務めており、伊勢の親族の多くから幼くして文学的刺激や影響を受けて成長してきたと思われる。父が伊勢の守の頃から宮仕に出ていてその頃から、父の任地「伊勢」を女房名として使っていた後に、伊勢は宇多天皇の七条后に仕えていて周りからは、「伊勢の御（ご）」と言われ、三十六歌仙のひとり。平安

前期の女流歌人。始め宇多天皇の中宮温子に仕えた。温子の兄弟とも愛し合い、そのち宇多天皇の寵愛を得て皇子を生むが夭逝した。のち宇多天皇の皇子の敦慶（あつよし）親王に愛されて、女児中務（なかつかさ）を生む。その間にも藤原中平、時平とも愛情関係が続き多感な中にも作歌活動をつづけ、勅撰集に百八十四首入集されており、家集に『伊勢集』がある。「新古今集」のこの歌も『小倉百人一首』に容れられている。　②大阪南部の海岸地帯を差している。　③「あしの」の「の」は次の名詞「ふし」を修飾する連体修飾格の格助詞で、発句から「あしの」までが第3句「ふしのまも」を引き出すための序詞である。　④「ふしのま」は、既に奈良時代の上古から蘆の節と節の間の極めて短い部分を「よごと」と一般的な言い方で、普通に名詞として使われていた言葉であることは、すでに『説話物語文学』の中の「竹取物語」でも出ていて、その頃から使われてきた言葉である。ここでの「ふしのま」は、時間の短さに転用している作者の修辞法であり、また「ふしのま」を「よ」と言うことから，蘆の縁語としても使用している作者の知的な深さを理解しなければ、この歌の価値が引き出せない。　⑤ハ行四段動詞「あふ」の未然形「あは」＋打消接続助詞「で＝ず＋て」＝《逢ワナイデ》。　⑥《コノ人生ヲ》「この世」の「よ」も④と同じで蘆の縁語表現である。　⑦サ行四段動詞「すぐす」の連用形「すぐし」＋接続助詞「て」＋間投助詞（呼び掛け、指示）「よ」＋格助詞（提示）「と」＋間投助詞（疑問・確認）「や」＝《過ゴセト言ウノデスカ》。

現代語訳

難波潟ニ生エテイル蘆ノ短イ節ト節トノ間ノヨウナ、短イ間デサエモアナタニ会イシナイデ、私ニコノ世ヲ過ゴセヨトオッシャルノデスカ。

補説と鑑賞

伊勢の家集『伊勢集』を読めば分ることであるが、十世紀前半に活躍した伊勢は、人格も優雅清貧で、容姿端麗であり歌道に優れ、宇多天皇やその御子にも深く寵愛を受けていた。特に『亭子の院歌合』延喜十三年（９１３）三月では、宇多天皇の中宮温子の恩顧を賜り感激しているが、このときの歌合の記録に残されている『歌合』は規模も大きくなって、後世に残される大会がある。例えば八九〇年頃に行われた「寛平御時后宮歌合」・延喜二十一年（９２１）より、最も古い記録はこの『亭子院歌合』であると考えている。

語句の解説でも記述したように上の句の第三句を言い出す為に二句までは序詞を使い、難波潟に生える蘆の節と節の間を「よ」と言う言葉に、世間の意味の「世」を掛けた掛詞も遣っている。これを含めて蘆の縁語としても使用している。下の句では、通って来なくなった男への激しい憤りを述べてはいるが、上の句の序詞が効果的に働いていて、総体的には恋する女性の姿を優美に歌い挙げている秀歌である。「小倉百人一首」にも採り挙げられている一首である。

あめのふる日、女①（おんな）につかはしける　　皇太后宮大夫俊成②（こうたいごうぐうだゆしゅんぜい）

1107　思ひあまり③（おも）そなた④の空を詠むれば⑤（なが）　霞を分けて春雨ぞふる⑥（はるさめ）

語句の解説

①恋人に贈った歌　②藤原俊成＝182頁120番の歌〈語句の解説③にて詳説〉。③《恋シイ思イニ耐エラレナクテ》。④人称代名詞の対象＝《アナタ》。⑤マ行下二段動詞「詠む」の已然形「詠むれ」＋条件接続助詞〈確定・一般条件〉「ば」＝《モノ思イニフケッテボンヤリト眺メテイルト》。⑥《一面ニ霞ノカカッテイル空カラ、春雨ガ降リ出シテキタ様子》。「ぞ」は係助詞強意、「ふる」はラ行四段動詞連体形。上の「ぞ」の結び。

現代語訳

思イ余ッテ、貴女ガ住ンデイルホウノ空ヲボンヤリト眺メテイルト、一面ニ霞ノカカッタ空カラ恰モ霞ヲ分ケルヨウニ春雨ガ降ッテキタノデスヨ。

補説と鑑賞

春雨は、涙の縁語であるが、この歌には具体的表現はないが、「思ひあまり」・「詠むれば」の裏に「涙」を感じさせている。ふたりを包む世界はまだはっきりせず朧なままである。その霞を分けるようにして降り出した春雨は、作者の涙のようでもあり相手の恋人の涙のようでもある。哀婉な情趣の広がる歌境である。

はやくより①わらはともだちに侍りける人の、②としごろへて③ゆきあひたる、

④ほのかにて、七月十日のころ⑤月にきほひて⑥かへり侍りければ

⑦紫式部

1497 めぐりあひて⑧みしやそれとも⑨わかぬまに⑩雲隠れにし⑪夜はの月かげ

語句の解説

①幼な友達のこと。②《何年カ経ッテ，久シブリニ。》の意味。③《出合ッタ（時ニ）》。④《ツイチョット遭ッタダケデ》。⑤《雲ニ隠レル月ト競ッテ、雲ニ隠レヨウトスル月トトモニ》。⑥ラ行四段動詞「かへる」の連用形「かへり」＋ラ変動詞「侍り」〈丁寧〉の連用形「侍り」＋過去助動詞「けり」の已然形「けれ」＋条件接続助詞「ば」＝《返リマスト》。⑦作者、「紫式部」は、女房名であり、本名は当時の常としてわかって

はいない。「式部」は、父または兄の官名、式部の丞に拠ったものであろうが、「紫」については藤原氏の藤の色や源氏物語の主人公『紫の上』など諸説言い続けられてきた。生年も、天元元年〈978〉あるいは天延三年〈975〉と明確ではない。没年は長和五年〈1016〉あるいは長元四年〈1032〉とこちらも二説ある。彼女の父は藤原為時で詩歌に優れ、藤原冬嗣を祖とする家柄である。一族の中にも歌人・文人は少なくはなかった。母は、藤原為信の娘、兄に惟規・惟通・定通らが居たが、式部は幼い頃から聡明で、和・漢・仏教の知識教養を身につけ、音楽の才能を持っていた。長方元年〈999〉に二十余歳で藤原孝宣と結婚し，賢子（第弐三位）が生まれたが、長保三年に夫と死別。その後、一条天皇の中宮彰子に仕えるまでの数年間の独身生活中に、「源氏物語」の一部か大構が考案されたと考えられる。その後、長和元年（1012）頃まで、皇太后宮になったときまで使えていたが、兄との死別など淋しい晩年を過ごしていた。式部の人格・性格については、同時代のしかもおなじ一条天皇の中宮定子に仕えていた清少納言と比較される事があるが、式部は豊かな教養、鋭い感受性、厳しい自己批判のこころを持った内向性の人柄のように見受けられる。作品には「源氏物語」「紫式部日記」の他家集に「紫式部家集」がある。勅撰集には六十首ほどの歌が見える。この歌も最終句の一字を替えて「小倉百人一首」の中に容れられている。　⑧マ行上一段動詞「見る」の連用形「み」＋過去の助動詞「き」の連体形「し」＋係助詞（疑問）「や」＝《今見タノカドウカ》。　⑨カ行四段動詞「わく」の未然形「わか」＋打消の助動詞「ず」の連体形「ぬ」＋名詞「ま」＋格助詞「に」＝《見分ケノツカナイ間ニ》。⑩「に＋し」は完了の助動詞「ぬ」の連用形「に」＋過去の助動詞「き」の連体形「し」であるから、形式上も過去完了型である＝《雲ニ隠レテシマッタ》。⑪「夜は」は現在の「夜中」の時間帯だから、夜の十時頃から翌朝の三時頃まででであろう。「月かげ」は、古来、月の輝き、月に照らされている明るい部分を言い、月に照らされたものの蔭ではない。

現代語訳

早クカラ幼友達デアリマシタ人ガ、道デフト出合ッタダケデ、七月十日ノ頃、月ガ雲ニ隠レルカドウカヲ競ウヨウニ家ニ帰リマスト

紫式部

久シブリニ巡リ会ッテ、月カゲカドウカハッキリ見分ケモツカナイウチニ、早クモ雲ニ隠レテシマッタ夜中ノ月ノヨウニ、御目ニカカッタカト思ウマモナク、タチマチ夜中ノ月ノヨウニ姿ヲ隠シテシマッタアノ人ノヨウニ。

補説と鑑賞

久しぶりに出合った幼友達と、しみじみ遭う暇もなく帰ってしまった物足りなさを、月に託して優美な姿に歌っている。月に象徴したことにより、複雑な疑念はすべて消滅させることの詠みぶりは、式部の知的センスの象徴である。「雲」と「めぐり」は「月」の縁語である。

和歌所歌合に、関路秋風といふ事を　摂政太政大臣

1599 人すまぬふはの関屋のいたひさしあれにし後はただ秋の風

語句の解説

①「和歌所」は、和歌に付いての撰集事業を司る役所。その始まりは、村上天皇の天歴五年（951）に『後撰集』の撰集事業の時に設置された。その後『新古今集』の撰集が建仁元年（1201）に、二条殿に再び設置された。この場合の『歌合』は、建仁元年八月三日に、後鳥羽上皇の主催により、設立間もない和歌所で、柿本人麻呂の画像を飾って、その前で行われた『影具歌合』のことである。②その時の歌合の歌題が『関所のある道に吹く秋の風』と言う題名であった。③作者、藤原良経の生年は、嘉応元年（1169）、没年は、建永元年（1206）三月七日、三十八歳。式部史生・秋篠月清・南海漁夫・西洞隠士などの号があり、後京極摂政と称された。九条兼実の次男、母は藤原季行の娘。従一位摂政太政大臣までのぼり、後鳥羽院政の中心人物となった。建永元年の夜突然死に会い、刺殺されたとも、心臓発作とも言われていて不明のまま短い生涯を終えた。和歌は藤原俊成に学び、新古今時代の新風歌人として代表的作者であり、高い格調の中に哀婉さと寂寥感を湛えた作が多い。漢詩

文の素養もゆたかで、それが歌壇にも深く反映している。和歌所が開設された時、寄人の筆頭となったが、さらに『新古今集』成立に際しては仮名序の筆者となった。『新古今集』には七十九首の入集があり、西行・慈円に次いで第三位である。『新古今集』の巻第一の巻頭歌もこの良経の歌で始まっている。なお、良経は、父兼実とともに、政治的権力者であり新古今時代の主導力となった俊成等のよいパトロンであった事なども知られている。家集に『秋篠月清集』がある。他にも『作庭紀』・『後京極殿藤原良経公記』などがある。④不破の関は、今の岐阜県関が原にあった関所で、歌枕にもなっていた。『関屋』は関所の番小屋。不破の関は、天武天皇三年の時に、帝都防衛の為に、帝都と東山道との通路の重要地点に設置された関所で、三重の鈴鹿の関と福井の愛発の関とあわせて主要三関と言われた。逢坂の関が設置されて、延暦八年(789)に前の三関は廃止された。⑤板で作った粗末な庇(ひさし)。⑥ラ行下二段動詞「荒る」の連用形「あれ」+完了の助動詞「ぬ」の連用形「に」+過去の助動詞「き」の連体形「し」=《荒レ果テテシマッタ》。⑦陳述の副詞(強調)「ただ」+…=《タダ秋ノ風ガ吹クダケデアル》。

現代語訳

(設置間もない新設の)歌所ノ(記念)歌合デ、「関路ノ秋風」トイウ事ヲ(題として詠んだ歌)

藤原良経

番人ガ住マナクナッタ不破ノ関所ノ番小屋ノ板廂モ、スッカリ荒レ果テテシマッタ今デハ、タダ秋ノ風ガモノ悲シク吹キ渡ッテイルダケデアル。

補説と鑑賞

右の一行目の詞書によれば、題詠の歌合の時の歌であるが、時の権力を持っていた関所が滅びた後は、みるも無残なわびしさが印象的である。その荒涼たる光景が具象的に表現され、寂しさは格別である。平安時代に逢坂の関が設置されて不要になった「不破の関」を、関所が廃止されるという事は既にその場所は交通の要衝ではなくなって、人の関心からはずれ、顧みられなくなっているのである。作者はそのような事を想像して詠んだ歌であろうと思われる。放置された関所あとはそれだけでも淋しいのに、あきかぜが吹くのに任せ一段と寂しさを加え、風の吹くままに任せているのである。荒涼とした風景に変わり果てている。歌詞には作者の主観的用語は一語も無く、全て客観的な具象用語だけの表現である。それがかえって深い抒情詩になっている。結句の体言終止法による省略表記は、関所辺り一体を吹く秋風により荒涼状態の継続を動的に言い加えている余情法として、今後さらに荒れ荒んで行くであろうという余韻も与えている。

清輔朝臣（①きよすけあそん）

1843　②ながらへば　又このごろや③しのばれん　④うしと⑤見し（み）よぞ今は恋しき

語句の解説

①藤原顕季の孫。顕輔の次男、顕昭の兄。生年は、長治元年（1104）～治承元年（1177）。堀河・鳥羽・崇徳三代に仕えた。二条派の俊成に対して六条派の歌学を重んじた。二条天皇の勅を受け『続詞花集』の撰に当ったが、天皇の崩御に遭い私撰に終わった。家集に『清輔朝臣集』。『奥儀抄』・『袋草子』・『和歌初学抄』などの著書がある。　②《生キナガラエテイルト》。　③バ行四段動詞「しのぶ」の未然形「しのば」＋自発の助動詞「る」の未然形「れ」＋推量の助動詞「む」の連体形（上の係助詞「や」の結びで、ここで切れている）＝《自然ニ思イ出サレルコトデアロウ・自ズト懐カシク偲バレルコトダロウト思ウ》。　④形容詞「憂し」の終止形＋格助詞（提示）「と」＝《辛イナアト・厭ダナアト》。　⑤マ行上一段動詞「見る」の連用形「見」＋過去の助動詞「き」の連体形「し」＋名詞「よ」＋係助詞「ぞ」＝《（あの頃の事をそう思って）見テイタ世ノ中ヲ》。

現代語訳

モシコノ世ニ生キナガラエテイタナラバ、将来ニナッテ今ノコノ辛イ事ガマタ懐カシク思イ出サレルコトダロウカ。辛イト思ッテイタカツテノ日ガ、今ニナッテ恋シク思イ出サレルヨウニ。

補説と鑑賞

三句切れの典型的な七・五調であり、誰しも過ぎ去った過去を懐かしく感じている。その昔悲しかったこと、辛かった事も何もかも懐かしい思い出になっている。時間の不思議な作用に改めて感銘を受けている歌である。作者は今現在を生きている世の中では、少しも楽しく嬉しい事が感じられないのに、生きながらえた時、今の「憂い事」が少しでも楽しくなるのだろうかと、苦渋に満ちた実感を、この歌を読む者に思わせるのは、上下二句に切れているそれぞれの終わりのことばが、ともに係結法で終わっていて強調している事から、しぜんに感じさせられている。作者が不安に考えている現在の心配は、十分に読者側に通じてくるのである。また歌の詠み手のリズム感から見ても、母音三十一音中、優雅な感情の感じられるa音が十音、落ち着きを感じさせる音といわれているO音が九音で、厳しい感じを表現すると言われるi音が八音使われていると言う面から思うに、短歌三十一音節中、a・i・o音の三母音で二十七音が使用されている。このことから考察しても、作者は、落ち着いて冷静な気持ちで、これまで同様の作歌態度で詠み、特に上の句にa音が重なっていて、作者も優しい気持ちで詠み始め、読み手も作者の歌意を良く受け止めることが出来る。

また歌の主題は、自己の生き方の重厚な生きかたについて詠んでいる。さらにこの歌の子音は三十音であるが、濁音も交えた破裂音が十音も使われていて、歌のリズムを心地よくしている。作者も読み手も音韻とは別に単なる語感からの感覚で詠み、それを受け止めているのである。詩歌に付いての、特に短詩形文学では、一時一音の語感音感の分野における研究が深められてきた中で、次第に重視されるようになり、科学的な鑑賞法が客観性を持つようになってきたことは言うまでもない。

第四節　『新古今和歌集』のその後

『万葉集』から百五十年近くの空間を経て、醍醐天皇による勅撰を受け、撰集された勅撰集第一代の『古今和歌集』は、当時の歌人の機知や情感を基調とした理想的な歌集が成立した。それ以来三百年の間に、勅撰集の第八代目の『新古今和歌集』が、勅撰集全二十一代のうち最高潮と見られる有心体（うしんてい）を歌の基調として、それぞれに絵画的、音楽的、象徴的、物語的な美の世界を詠み上げられている歌千九百八十首余の歌を、多様な知的技巧を駆使し、近代的な特色を遺憾なく表出した歌集である。その歌集を勅撰した後鳥羽上皇は、王政復権を計り、日本最初の武家政権の当時の執権者、北条義時の追討を企てた承久の乱（承久三年（１２２１）の失敗、後鳥羽院は隠岐の島に遷幸された。この承久の乱に際して幽閉されていた西園寺公経は、解放され太政大臣に昇進し、藤原定家と姻戚関係にあり、次第に定家は歌壇の主流を掌握するまでに至っていた。定家の子の為家には三子がいて、長子が二条家、為教は京極家、為相は冷泉家と和歌道師範の三家に分かれ、互いに争う結果となり、父の為家以降勅撰集十代が選定されたが、多くは二条家が撰者となったものの新鮮味に欠けており、当時盛んになりつつあった連歌の勢いに押されて勅撰和歌集もここで終結した。

室町時代になると、和歌の世界は貴族よりも武家、僧侶が活躍し、中でも宗祇が二条家の復興をはかったが、和歌に師範家の傾向は秘伝主義的傾向が強く、ますます和歌は新鮮さと独創性を失って衰退していった。

その後江戸期に入ると国学者が歌論を極めつつ実作を成し、それぞれに家集をまとめている。新古今和歌集の流れを受けて、研究の合間に詠んだ歌を集めて伊勢の松阪にて、本居宣長が『鈴の屋集』を編集したのが唯一の新古今調を継投していると思われる。

以上のように、『新古今和歌集』からわずか二十首しか解説できなかったが、こんにちの高校国語教科書十社以上の中から調べて、そこに採択されているのを観ても「三夕の歌」の三人と式子内親王の歌が決められたように採択されている。古典三大和歌集を観ても、ほぼ次のように万葉50・古今30・新古今20という率で採択されていることがほぼ感じられるので、それを根拠にしてこの書の中には、『万葉集』から五十首、『古今和歌集』から三十首、そして最後に『新古今和歌集』から二十首と三歌集から百首を選んで、藤原定家の『小倉百人一首』や斎藤茂吉の『万葉秀歌』百首に依拠して「高校生が学ぶ『和歌(やまとうた)百首』」として解説を続けてきた。

恐らくこれだけの和歌を採り挙げていれば、高等学校で古歌の学習する際には、資料として80%以上の役には立つものと考えている。教科書に最も多く採択されている、いわゆる『古典三大歌集』以外にも、例えば源実朝が独創的に詠んだ万葉調の家集『金槐和歌集』の中の「大海の磯も・・・われて砕けてさけて散るかも」・「もの言はぬ四方の・・・あはれなるかなや親の子を思ふ」など数首が、また『小倉百人一首』にも、十首あまりも出ている『後拾遺和歌集』や『千載和歌集』などの歌集からも、高校の教科書にはここに採り挙げた三古歌集のように、一定していないが、高校の教科書に採択されている和歌もある。しかしここに採り挙げる余裕が無く割愛する事にした。

あとがき

『日本語を科学する』の基礎篇二編に引続いて、文芸篇の第一編として「説話物語文学」を刊行し、ここに、「和歌文学（やまとうた）」を第二編としてまとめることができた。今日の高等学校の国語の教科書に採択されている日本の古歌について念のため、国語・古典・総合国語の三種類の十数社の教科書を集めて確認のうえ、古歌集から取り上げられているものを全て選択して、複数社に採り上げられている歌を選び出してみると、百五十首に余る古歌があり、中・高校生諸君のなじみの歌も「新古今集」以前の五勅撰集（拾遺・後拾遺・金葉・詞花・千載集）から載せられた教科書も複数社にわたって採択されていることもわかった。最初は多くの教科書に採択されている歌から選び出そうと考えて、参考資料の三点（解説・現代語訳・鑑賞）を順に、記述していたが本年に至って、これでは予定の紙数と時間を大幅に超過することが分り、一般の教科書と同じように、よく教材に採り挙げられるという意味での「三大」古歌集（「萬葉・古今・新古今集」）にしぼって採り挙げ、綿密に解説を続けることとした。

　これまでこの『日本語を科学する』を読んで下さった方がたから、次巻の出版について問い合わせがあり、また五十年余り昔の高校卒業者の多くの人々から温かい激励や注文もあって、早く出さねばならない自己責任を感じ続けていた。今日の高校生が使用している多種の教科書をまず集め、そのうちから教材になっている和歌を拾い上げ、参考になるようにもっともよく取り上げられている和歌を選択するのに時間が予想以上に必要であった。加えて各歌人の紹介などに出てくる年号だけでは、この歌人は今からどれほど昔の人物なのか判断しにくくて、西暦年数の記述は今日の学習者諸君には必要であり、歌の背景を捕らえ鑑賞する上でも大切な事であり、改めて年表で確認しながら正確を期して進めてきたことも時間を要した。

末筆ながら今回の出版にご尽力いただいた出版プロデューサー今井恒雄氏、展望社の唐澤明義社長をはじめ関係諸氏には大変お世話を賜り、心より深甚なる謝意を申し述べたい。

令和四年三月三日

『日本語を科学する』　著者

【参考資料】

『日本国語大辞典』《小学館》
『日本語現代辞典』《小学館》
『日本古典文学大系』「万葉集一～四」《岩波書店》
『日本古典文学大系』「新装版 栄華物語」《岩波書店》
『日本古典文学全集』「万葉集一～四」《小学館》
『日本文学大辞典』《新潮社》
『世界文学大事典』《角川書店》
『古語林』《大修館書店》
『古語辞典』《三省堂》
『萬葉集全講』（上・中・下）武田祐吉著《明治書院》
『萬葉考説』 尾崎暢殃著《笠間書院》
『万葉集 東歌・防人歌』 水島義治著《笠間書院》
『万葉と新古今』 尾山篤二郎著《笠間書院》
『万葉秀歌』（上・下） 斉藤茂吉著《岩波新書》
『万葉集物語』《有斐閣ブックス》
『和歌文学釈考』 関守次男著《笠間書院》
『大伴家持研究』 小野寛著《笠名書院》
『古典の発見』 梅原猛著《講談社》
『古代日本を考える』 梅原猛 全対話《集英社》
『萬葉人と詩の心』 梅原猛 全対話《集英社》
『水底の歌』「柿本人麿論」（上・下）梅原猛著《新潮社》
『日本国民文学全集』「江戸名作集」《河出書房》
『日本古典文学大系』「古今和歌集」《岩波書店》
『日本古典文学全集』「古今和歌集」《小学館》
『日本古典文学大系』「新古今和歌集」《岩波書店》
『日本古典文学全集』「新古今和歌集」《小学館》

塩谷 典（しおたに つかさ）

昭和７年（1932）名古屋市生まれ。三重県立尾鷲高等学校を始め、同県立員弁高等学校。愛知県古知野高等学校・同県立一宮高等学校・同県立熱田高等学校・同県立児玉高等学校などに在職。

公立高等学校勤務の間に、全国高等学校生活指導研究協議会［略称「全国校生研」］事務局・全国高等学校定時制通信制教頭会全国理事・愛知県高等学校定時制通信制教育振興会［略称「愛知定通教育振興会」］事務局・名古屋市少年補導委員会委員など兼務。六十歳にて公立高校を定年退職。

その間の共著・論文・記事・報告書など多数。

公立学校定年後は、私立尾張学園名古屋大谷高等学校に在職、六十五歳の定年まで勤務。教員歴は四十三年。

現在、愛媛県の最北の島嶼部に在住。転居後の著書に、第１シリーズ『日本語を科学する』の基礎編「言語・音韻編」（北辰堂出版）及び「文法編」（上・下巻）（展望社）に続いて応用編の「説話物語文学編」（展望社）。

日本語を科学する《和歌文学編》

令和４年７月４日発行
著者／塩谷 典
発行者／唐澤明義
発行／株式会社展望社
〒112-0002 東京都文京区小石川３-１-７エコービルⅡ 202
TEL：03-3814-1997 FAX：03-3814-3063
http：//tembo-books.jp/
印刷製本／モリモト印刷株式会社

ISBN 978-4-88546-418-8 定価はカバーに表記